草木记

刘学刚 ◎ 著

沈阳出版发行集团
沈阳出版社

图书在版编目（CIP）数据

草木记/刘学刚著. —沈阳：沈阳出版社，2016.5（2020.6 重印）
ISBN 978-7-5441-7495-4

Ⅰ.①草… Ⅱ.①刘… Ⅲ.①散文集—中国—当代 Ⅳ.①I267

中国版本图书馆 CIP 数据核字（2016）第 118807 号

出版发行：沈阳出版发行集团｜沈阳出版社
（地址：沈阳市沈河区南翰林路 10 号　邮编：110011）
网　　址：http://www.sycbs.com
印　　刷：永清县晔盛亚胶印有限公司
幅面尺寸：145mm×210mm
印　　张：7.5
字　　数：150 千字
出版时间：2016 年 7 月第 1 版
印刷时间：2020 年 6 月第 6 次印刷
责任编辑：沈晓辉　张　闯
封面设计：关　皓　朱席君
版式设计：杨　旭
责任校对：日　光
责任监印：杨　旭

书　　号：ISBN 978-7-5441-7495-4
定　　价：28.00 元

联系电话：024-24112447　　62564922
E-mail：sy24112447@163.com

本书若有印装质量问题，影响阅读，请与出版社联系调换。

自 序

我们所津津乐道的一些发明创造，在植物那里早就有了。我们高歌猛进，锐意创新，其实，不过是重走植物走过的路，寻找植物先前就有的东西。

植物是地球上最早的生命，在它面前，没有任何可以照搬的生命模式。

大约三十五亿前，浩瀚的海洋里出现了一种用显微镜才能看见的藻类植物，样子类似蓝色的细菌，但是，它含有叶绿素，开创了光合作用，产生的氧气堆积在海水和大气中，灰蒙蒙的地球被冲刷一新。大海湛蓝，天空蔚蓝，这蓝色的光源是由植物增添的。

陆地隆起，植物随之露出水面，蓝藻类家族必须在光秃秃的岩石上生长，植物迎来了一个大动荡大变革大进化的时代。让人惊奇不已的是，植物站起来了。有关科学研究表明，大约四亿两千万年前，光蕨属顶端是两齿的长柄叉，看上去就像一棵五厘米高的灯心草，它是直立的，这和类人猿从树上到地面生活的进化同样富有创世的意义。

小草追求大地的繁茂，树木向往天空的寂寞。一些贴地而生的植物小心翼翼地抬起头来，它们看见了更远的风景，也更早更多地承领着阳光的沐浴,越长越高,抵达着天空的高度。说说节节草吧,蕨类植物的一个古老的物种,世界上第一批真正意义上的植物。节节草出现于古生代的晚泥盆纪,距今大约有三亿六千万年。它历经地质的剧变而不改生命的姿势,今天的它依旧每向上前行一寸,就打一个结,坚持独立的茎、寸寸的节,宛若大地执着的手臂,又如地球坚定的信念。

　　这一点是确定无疑的:比之人类,植物的诞生和成长要艰难得多,缓慢得多。因而,植物更像人类的一个标杆,一直模仿的对象。类人猿在丛林中采摘香甜鲜美的果子。人类逐水草而居,采食、收藏和播种水边的果实,播种创造了村庄和田野,农耕文明由此发端。植物呢?它们的面前一片黑暗,一片死寂,一片冷漠,充满恐惧和绝望,它们只有艰难地探索,不忘初心,砥砺前行,不懈地同阻挡它们扎根发芽的势力做斗争,取得一个又一个缓慢的胜利。它们有失败之后的沉默,以及沉默之中的坚韧,还有拥抱火热生活的灿烂如花的笑脸,它们并非高不可攀,而是像我们中的某一群人,它们披荆斩棘,遇水搭桥,让后来者悦享世界的平和与静谧。

　　若是我们运用植物的智慧思考生活,我们所经历的风险更小,成果更大。认识、理解并掌握地球上的一切智力行为,是人类的一门必修课。

　　子房的出现,让一些植物的种子有了自己的暖巢,适应恶劣环境的能力显著增强。保护雌性细胞这一温情的行为被后来的动物乃至人类不断地模仿。许多阔叶植物大量落叶,以减少水分蒸发，安全地度过干旱而寒冷的冬季。尤为奇妙的是，一亿年前，植物开出了花朵，大地从此五彩缤纷万紫千红，而人类的所有幸福都复制着花的笑容。花朵，是植物美艳的性器官，它的出现早于昆虫。昆虫一出现，即可成为花朵们坚贞不渝的粉丝，传粉，把植物的种子运送到更为辽阔的生存空间。植物对于昆虫这些后来者是具有先天的预见性，还是随着环境的变化做出的积极的调整？这实在是一个有趣的现象。

不得不说，植物的全株都生长着蓬勃盎然的智慧。车前草叶片之间的夹角正好是137.5度，每一个叶片的生长经过了缜密的思考和精确的计算，和它的左右结构成一个黄金分割角。植物比人更清楚它们应该集中精力做什么，它们为种子的旅行殚精竭虑，冥思苦想，生产出最为简单最为实用的形态各异的行囊。譬如，槭树翅果的飞机螺旋桨，大戟的爆发性弹力器、葫芦科植物木鳖的喷射装置，以此摧毁植物家族狭窄的天地，保障物种繁盛的未来。

每一种植物都是值得尊重的生命个体，它们为大地的繁茂和人类的繁衍付出了艰苦卓绝的努力。当那些美妙绝伦的植物因为人类的生活所需被划分为庄稼和杂草两种形式时，我的内心一直惶恐而不安。而被列入杂草的许多植物，譬如苍耳、苋菜、米瓦罐，甚至长满刺毛的猪殃殃，都曾经是我们的粮食或蔬菜。

我们欣喜地发现，数千年狩猎、采摘的人们开始采集植

自 序

株高度相等和成熟期相近的种子，然后播种，收割，创造了碧绿金黄的田野以及生机勃勃的农耕文明，迎来了一个崭新的植物时代。

没有田野，就没有杂草。没有人类的辛勤耕耘，就没有杂草。人类的拓荒、施肥、浇水，甚至锄草，给杂草提供了宽阔的生长空间。"种豆南山下，草盛豆苗稀。晨兴理荒秽，带月荷锄归。"陶渊明，一个用文字为农业画像的诗人，从《归园田居》里，我们看见一个与土地休戚与共的真诚心灵，很多人都在歌颂乡土麦地高粱，但在陶渊明这里，我们看到了父亲的形象。

在《圣经》这部伟大的著作里，植物是众生的血脉。"葡萄树枯干，无花果树衰残。石榴树，棕树，苹果树，连田野一切的树木，也都枯干。众人的喜乐尽都消灭"；"叶子华美，果子甚多，可作众生的食物。田野的走兽卧在荫下，天空的飞鸟宿在枝上。凡有血气的都从这树得食"。《圣经》里还有一个奇妙的现象，视田间野草为塑造人格磨炼意志的障碍物，就像犹太人被放逐到巴比伦尼亚沙漠，杂草是造物主选中的教具。野菜随手可得，野果伸手可摘，人们无忧无虑地生活在人间天堂里，神情慵懒，进化缓慢。于是，人们被放逐，放逐不是抛弃，不是惩罚，而是磨炼，收获果实必须挥洒汗水，艰辛劳作。

"多刺的蓬子菜和蒺藜，在闪光的庄稼中长出，无果的毒麦和不育的野麦称王称霸。"如此富有深意的安排在《诗经》里也有体现:"楚楚者茨,言抽其棘。"言抽其棘,是农业文明的开始。作为野草,蒺藜在大田里只剩下尖刺,这尖刺却从此具有教谕的意义。蒺藜生长在农业文明和人类美德的入口处,人间勤劳、善良、勇敢和温厚的美质,无不来自杂草的磨砺。

如何对待杂草乃至地球上的一切草木,是农业文明、生态文明不可忽视的一部分。而我们对待草木的宽容和尊重,既显示着人类文明的成熟,也决定着这个星球的勃勃生机。人与草木是一种共时性的存在,是一个和谐美好的整体。如果草木是根,那么,人类就是草木之上生的枝,开的花。离开了草木,人类真的成了无本之木。

我赞赏《诗经》。《诗经》里的植物太美好,与人们的心灵声气相求。原始的风光产生人类精神的原质,这样一个植物胜利的时代。人间美色、人类美质在植物那里体现得淋漓尽致。我痴爱《本草纲目》《救荒本草》,那种开阔的博物精神以及对人间苍生的深切关怀,在里面都不缺乏,远远胜过一切文学著作。每一种本草都是救命草,都与我们血脉相连。

我更赞同古代的农耕方式。古人对待杂草的方式有两种,一是拔除,二是吃掉。作物连同杂草一起收获,杂草或喂牲畜,或作柴烧,这是对待杂草最好的方式,而不是除草剂等化学武器。喷洒除草剂、无限扩张的水泥狼群等人类行为使很多植物快速地走向灭绝。一棵野草都不能存活的土地,一定是贫瘠荒凉的。

自 序

当我们经历了隐忍的苦痛、无助的挣扎与破碎的缝合之后，当我们看尽了美好的机遇、不懈的探求向我们呈现的生活的奇观之后，我们的思路会无限地延伸，延伸到童年闪闪发光的小河，少年青青翠翠的小草，以及目送我们远行的那一排郁郁葱葱的大树。这是人生最美好的事情，是我们获得宇宙感、幸福感的源泉。我们欲语还休欲哭无泪的生之悲哀也有不少，譬如，随着我们的长大，一些草木犹如我们的亲人溘然消失，永难寻觅。譬如，当一些草木残存的是标本，是名字，是教科书的图片，我们该如何向一脸好奇的孩子们讲述它们的故事，它们如何滋养着童年，如何以它清澈的绿构成我们视界中最精彩的段落，如何为我们的幸福创造芬芳的呼吸。

对于我，断然割绝不了草木与水的血脉渊源。我的故乡不仅仅是鲁中平原的一个村庄，不仅仅是一个浸润着乡土意义的地理概念。它是无限放大的，容纳着河流、草木、田野、星辰等人间景观，是一个有着儿时印记的、心理认同的经验世界和心灵家园。故乡有河流曰洪沟河，它从童年流淌而来，有一条支流灌注我的身体，滋润我，教诲我，督促我，活成一棵草木的样子，自茎而叶，自花而果，简单明澈，活出一个青枝绿叶的人生。

对于我，断然无法隔离母亲与草木的密切联系。我的母亲，她一生做出的最重大的决定，是从生到死都不离开洪沟河南岸的那个小村。就像一棵草，凝神聚力，以茎叶的繁茂挣脱空间的束缚，开花，结果，播撒种子，以此结构洪沟河南岸春天的繁茂绵远。她是一个普通的家庭妇女,名字却卓尔不凡:"玉莲"。外公是个私塾先生,也许,他给长女取名时脑海中真的闪过"尚德如玉,洁若荷莲"这几个字。大地黄得无法再黄,土得不能再土,但是,茅草找到了它的白,苍耳寻到了它的绿,地丁遇见了它的紫。我的母亲,在田间劳动的时候,她掐一些酸模叶蓼的叶子给我们润喉解渴,挤压搓碎蒌蒌菜的叶子给我们止血疗伤。她像一个孩子,看见一些紫不溜丢的龙葵果,欣喜不已,捧着给我们看,看我们吃。她教我们只掐苋菜的嫩叶叶,留下它的茎继续生叶,开花,一如从容不迫的生活。

许多年之后,终于明白,我的母亲以及更多的母亲,以这样的方式为我们打开了一个宽广的人生,一个美丽的世界。

是为自序。

目 录

自序

- 001　香草：问草哪得香如许
- 004　茜草：喜看染园出卮茜
- 008　茅草：旧时茅店社林边
- 011　荍苡：性滑如葵甘若饴
- 014　苍耳：采采卷耳，不盈顷筐
- 019　水蓼：蓼蓼者莪，匪莪伊蒿
- 023　麦蒿：菁菁者莪，在彼中阿
- 027　毛谷英：既坚既好，不稂不莠
- 031　灯心草：闲敲棋子落灯花
- 037　三棱草：青鞋喜作踏莎行
- 040　小蓬草：北望飞蓬万里秋
- 044　节节草：节节新条出嫩丛
- 048　鬼针草：子作钗脚着人衣
- 052　紫露草：淋漓玉露滴紫蕤
- 057　野西瓜：野果烛照绿叶稠
- 061　苘麻：麻叶层层苘叶光
- 066　拉拉藤：只去水边缠倒藤
- 070　牛筋草：老人结草亢杜回

074	荠菜：春在溪头荠菜花
079	苦菜：谁谓荼苦，其甘如荠
083	慈姑：茨菰花白小如萍
087	牛蒡：牛蒡叶齐罗翠扇
095	蒌蒌菜：愁同芳草两萋萋
101	灰灰菜：南山有台，北山有莱
105	马齿菜：苦苣刺如针，马齿叶亦繁
109	铁苋菜：沃沃葵苋畦，焰焰棠杏坞
113	云星菜：云满星坛草满地
117	扫帚菜：地肤嫩苗，可作蔬茹
121	夫子苗：我行其野，言采其葍
125	酸溜子：少年辛苦真食蓼
129	米瓦罐：瓦罐泥中宝，野草土中金
133	蒲公英：芳姿赢得春飘絮
137	紫花地丁：地丁叶嫩和岚采
141	风花菜：好花风袅一枝新
145	马兰头：马拦头，拦路生
149	蓬子菜：自伯之东，首如飞蓬
153	蒺藜：楚楚者茨，言抽其棘
157	半夏：鹿角解，蝉始鸣，半夏生
162	萱草：焉得谖草，言树之背
166	艾草：呦呦鹿鸣，食野之苹
170	丹参：一味丹参，功同四物
174	地黄：苏暖蒌白酒，乳和地黄粥

178　地锦：天蓝地锦草怀香
182　瓜蒌：芄兰之支，童子佩觽
186　决明子：开花无数黄金钱
190　顺筋枝：英英陆上草，灼灼雪中花
194　曼陀罗：舞采酿酒饮，令人舞翩翩
198　车前草：采采芣苢，薄言采之
202　益母草：似孩儿恋抱亲株
206　远志：处则为远志，出则为小草
211　虎杖：杖言其茎，虎言其斑
215　王瓜：蝼蝈鸣，蚯蚓出，王瓜生
219　薄荷：滋兰九畹，树蕙百亩
223　**对话莫言（代后记）**

香草：问草哪得香如许

在洪沟河南岸，在野蒺藜三棱草毛谷英蓬子菜马齿苋之间，香草最有女人味。

出了村子，向北走，一直向北走，远远望见一片果园，绕过去，就是洪沟河。这果园，村里人叫它苗圃，广播站的大喇叭也喊它"苗圃"。苗的圃，人的脚是不能乱印的，怕惊扰了苗的梦。到了洪沟河南岸，就是另一番天地了。

洪沟河，顾名思义，是洪水冲出的大沟，人们因势利导，疏通为"河"。村里人说话"ong""eng"不分，一出口就是"横沟河"。一条大沟横在那里，两岸的村庄牵根红线，都让媒婆费半天口舌。闭塞，也有闭塞的好处。河的南岸，白杨长得比屋顶的烟囱还高，槐树在浓密的枝叶里爽朗大笑，一些灰麻雀呀红蜻蜓呀绿蚂蚱呀，就会从草滩上扑棱棱乌压压地飞起，人欢马叫的，统治了偌大一个草滩。

说说草滩吧。自然要从春天说起，从零零星星的鹅黄说起。米粒儿大的草芽拱出土层的时候，还异想天开地顶起一小撮泥土，像顶了一个小小的斗笠。也有穿蓑衣的，那是一丝鹅黄沿着干枯的草棵往上蹿，鹅黄，嫩绿，浅绿、草绿。当这根温度计的水晶柱到达翠绿的高度时，阳光已是夏日的温度。稍稍远处，苹果是绿的，果叶同色，一枝枝深绿在微风里晃悠，一副举重若轻深不可测的样子。草滩上，草不像嫩绿的时候那么内秀：到处乱跑，勇敢而又偏执；自信满满，甚至有一些疯狂。毛谷英长到一尺多高的时候，就开始抽薹吐穗，向天空肆意扩张，毛茸茸的穗子突然变得谦逊，向下弯曲，立着，摇着，颇有谷子的风度。熟草蔓，单是这名字，就有鸡鸣、炊烟、羊肠小路的味道。在草滩上，它是熟练的偷渡客，巧舌如簧的媒婆。一棵草分枝发权，波纹一样四散开去，前脚路过一蓬野蒺藜的家，后脚跟儿已在一株灰灰菜那里安家落户，拉拉扯扯，盘根错节，但看上去，翠绿墨绿深绿碧绿覆盖了整个草滩。

也有香气。细闻，不像是果园的。苹果平和的呼吸，要拨开枝叶浓密的喧哗，越过花椒树站成的篱笆，从远处跑来，微微的青涩，已细若游丝。这香，起初是一线微光，不动声色地擦过你的鼻翼。等你察觉空气的氛围微微变了样，那香气却飘忽不定，就像一阵好风，迟疑着，犹抱草叶半遮面。过了一会儿，你的鼻子抽动了一下，声响很大，告诉眼睛耳朵们它的新发现，它激动得有些语无伦次，继而又抽动了一下，香气还有些羞涩，淡淡的，和空气一般稀薄，鼻尖却有一种温柔的抚摸，就像情人的低语，毛毛虫的蠕动。就这样走着，香气它有脚啊，挪着细碎的脚步，走一路香艳。过了一些日子，那香，真叫一个香。仿佛猪肉片裹在滚烫的油锅里，吱啦吱啦地香，香破了鼻子，还要香到肉里去，快要把骨头撑开了。

这香，是草的魂，空气里的宝石，隐秘的空中花园。它四处奔跑，给绿的草滩镀上了一层黄金，它把夜晚的秘密、朝露的纯净、空气的激情、阳光的明快以及不可名状的幸福都集聚在这片草滩上，无限扩张着我们的嗅觉世界。

草有香味,就叫香草吧。有些艳,有些野,但朴实,有质感。草是丝绸,薄薄的凉;香是肌肤的气息,细腻的香,温柔的香。香草,把我们从高大光明激越宏亮的核心世界里搭救出来,呼吸着新鲜的香气,自然的香气。香草,无疑是人类的一个重大发现。

窄着身子,香草散布在三棱草、熟草蔓、野蒺藜和毛谷英丛中,苗条的茎配以细长的针形的叶,酷似古代的静女。它把更大的空间让位给伞状的草冠。纤细的茎上,丛生着微凸的节,节上分生出枝杈,枝杈上再生枝杈,细丝一样的枝杈吐出细密的苞蕾,互生,有茎和枝杈相连,就像摊开的婴孩的手。说是苞蕾,细细碎碎的,星星点点的,更像是草籽,靠近根部的稍稍大些,草尖上的就娇小得让人心疼了。就叫花吧,它有花的体态和香气。似乎一生出来就那般小巧,柔弱,单薄,开了,和草叶一色,是淡然的绿;枯了,也不萎谢,和草叶一色,是淡定的黄。这花之伞在微风里摇,即使你对它视而不见,它也在摇,摇啊摇,而盛大的空中花园就是从这里向我们敞开了它的门扉。

《圣经》里矗立着一座"香草山"。洪沟河南岸的草滩,它是伊甸园的别名,每每走在那里,"如羚羊或小鹿在香草山上"(《圣经·雅歌》)。

香草 禾本科画眉草属一年生草本植物。学名画眉草,又叫蚊子草、星星草。秆丛生,直立或基部膝曲,高15厘米~60厘米,径1.5毫米~2.5毫米,通常具4节。花果期8~11月。用手触摸,手上会有一种好闻的香味。

香草:问草哪得香如许

茜草：喜看染园出卮茜

洪沟河南岸，一个植物的共和国。各种绿，嫩绿、翠绿、碧绿、蓝绿、油绿、深绿、苍绿、墨绿，这些绿染绿了大地，碧蓝了天空。各种植物，红高粱、黄玉米、白棉花、青萝卜、紫葡萄、香薄荷、臭蓖麻、酸石榴、甜草莓、苦莴苣，这些春天的小美女，秋天的美少妇，它们把大地难以捕捉的美和阳光的所有深情全都着了色，调了味，你对着空气咬一口，细嚼慢咽，舌床上就满是绿叶叶酸菜菜香馍馍了。洪沟河南岸的植物，创造了天空的湛蓝和大地的碧绿，又滋养着人们的生命。

从最初的藻类植物给荒芜的大地穿上绿色的衣服开始，亿万年以来，植物始终在创新，在变化，无限可能地改观着人们的生活。"缟衣茹藘（lú），聊可与娱"（《诗经·郑风·出其东门》），在城市飞彩流丹的夜晚，打开线装的《诗经》，我的眼睛被一件红红的蔽膝（古人遮盖大腿至膝部的服饰）所吸引，那种色泽有一种古朴的美亲切的美。茹藘晕染着贫贱的缟衣，犹如一簇梅花开在素净的雪野上，朴素而又高贵，单纯而又明快，让看了美女如云的诗人，独爱那缟衣茹藘的心上人。印染红蔽膝，用的就是《诗经》里的"茹藘"，这种植物是一味中药，有通经活络镇咳祛痰之功效，它的大名写进《黄帝内经》，被尊为"藘茹丸"，这样的植物染料染就的衣物，有一种清淡而持久的芳香，穿在身上，护体养颜，宝衣一件。

茹藘的茎四棱形，数寸一节，每节轮生四叶，向四面伸展，药房染坊，健康美丽，它的体贴全面而周到。茹藘不止一个名字，地苏木、活血丹、染绛草、红根藤、土茜苗，这些名字包含着大地的缤纷色彩和太阳的奇妙光辉。我最喜爱的是故乡洪沟河南岸的叫法：茜草。在《尔雅》里，它被称为蒨。倩，从人，从青，倩俊倩巧，都是青春美丽的模样，戴上一顶绿草帽，就是青青的草美好的草。蒨茜相通，怎么听，都是一个倩女的芳名。在我的故乡，你喊一声茜茜（倩倩），一个少女回过头，三个少女回过头，田边沟沿林缘河滩，全是青嫩嫩鲜亮亮的笑容。

　　茜草是一种很神奇的植物。在古代，只有茜草能够表达太阳的深情，并伴随人们的脚步登上梦中的月亮船，"染园出卮茜，供染御服"，《汉官仪》用文字记载了茜草染红这一人间盛事。随着人类文明的初露曙光，美好的植物像一面镜子，照见人类生活的单调和乏味，也启蒙了人类的审美理想，植物迎来一个崭新的时代。"千亩卮茜，其人与千户侯等"（《史记·货殖列传》），种植茜草，不仅可以绿化大地，经由氧气分解阳光以重构蔚蓝的天空，还可以得到社会的尊崇。"茜袖捧琼姿，皎日丹霞起。"（李商隐《和郑愚赠汝阳王孙家筝妓》）茜草绘制了人间美色，这真是一个美好的植物时代。

　　时过境迁，故乡的茜草不复往日的荣耀。它们生长得极为零散，在庄稼地的边边角角生出一些老实本分的绿叶，田边沟沿，茜草在那里承领天光，沐浴雨露，在那里观赏小麦的飘香和野兔的匆忙。河滩上也有茜草的芳踪丽影。城市的水泥狼群在很远的地方，茜草们生活在凉爽而湿润的河滩上，犹如在遥远的汉唐，

茜草：喜看染园出卮茜

无忧无虑，自由自在。

茜草是一种很有个性的植物，根茎花叶显现出互相对立的趋向，却创造着植物世界特有的和谐共生。它的茎长可达数尺，茎节之间相隔数寸，颇像旧时的驿站，但是停驻之处生发出迷人的风景，让人忽略行程的漫长。节间是轮生的叶，四片一组，很像一架绿色的风车，茎株横着走绿，风车转着圈儿发绿，彼此交错着，叠加着，就构成一种密实的绿，深刻的绿。它的叶子更让人惊奇，四片皆卵形，有的叶端细尖，有的叶端浑圆，细尖与浑圆相悖，又复与浑圆共生，一如视线和眼睛。一蓬一蓬的绿，望之清雅清秀，"黄陵女儿蒨裙新"（李群玉《黄陵庙》），细端详，茎叶皆生细刺，乡间少女美丽亦有刺儿，轻浮之心要不得也。

是大自然的疏忽吧，茜草的花也绿绿的，聚伞花序，样子就像一个小辣椒。大自然似乎意识到了这种缺憾，随即它让茜草结出一些红色的浆果，很像龙葵的果实紫端端，但比紫端端要小一些，就是一些活蹦乱跳的小雨点，落在层层绿上，让所有的绿更丰盈繁盛，是那种一望无际的绿，从茎株绿到花叶，从黑夜绿到白昼。若是我们的认识仅仅停留在事物的表象，若是我们只是看见"茜草叶交萱草叶，桃花枝映李花枝"的物象之美，就无法领悟大自然的美好意愿。茜是什么，它用一轮落日标识着茜草之美在看不见的根部。作为多年生攀援草本植物，茜草的根要在地下蛰伏两三年，在漫无边际的黑暗里变粗变长，且保持根条的均匀和颜色的橙红，一旦破土而出，它就像太阳一样把大地染红，人间遍是暖色。

茜草的根含有茜素，易溶于热水，用茜草根熬制红色的染

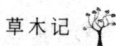

液,印染棉麻真丝,自西周以来,就是一场跨时空的红装走秀,狂野的吐蕃人喜欢以此染兽毛,那大兽奔跑着,但见滚滚黄沙之中,一轮灼灼红日腾空而起,蔚为壮观。传统的手工印染濒临绝迹,故乡的染缸已荡然无存,一件薄露透的时尚丝衫真的比古典的茜罗裙更富有审美情趣吗?

霜秋时节,天寒地冻,故乡的手艺人用一把锄头,很小心地把茜草的根从泥土里请出来,鼻孔凑上去一嗅,恍惚间,微苦的气息即可在口腔里蔓延,犹如一杯酽茶,越回味越香醇,也越清醒。洗净,晒干,研磨成粉,投入热水锅中,煮沸,红水滔滔,泡沫翻卷,倒入白醋,滤杂质,取染液,如是三次,茜草的根浴火重生,化为深红的溶液。把明矾水浸泡过的白棉布投入染缸之中,热煮。沸水是火辣辣的情话,木棍是恰到好处的撩拨,纯棉的布被滚滚热潮所裹挟,决心灵魂深处闹革命,染红自己,让单调沉闷的乡村从此红云飘飘,喜气洋洋。

茜草、棉花几经磨合,演变为红色的布匹,这是植物的奇迹,是草木的魂魄化为人间的美色。这红,这来自泥土深处的红,绿色植物孕育的红,是一种热烈持久的光芒,照耀着吾乡吾民,激活了黄土地的表情。红色涌动,血液沸腾,大地之上充盈着植物生命永恒的呼吸。

茜草 茜草科茜草属多年生草本植物。茎方形,有逆刺;叶心脏形或长卵形,生逆刺。秋季开穗状花,花后结黑色球状果实。根黄赤色,可作红色染料,也可入药,有活血、止血、解毒等功能。早在商周时茜草就是重要的红色染料,丝绸经茜草染色后呈现漂亮的红色。

茜草:喜看染园出卮茜

茅草：旧时茅店社林边

洪沟河，也可能是横沟河、洪谷河、横古河。叫法不一，都是一条河流。即使口误口吃，侧着身子，往北一指，人们知道说的就是洪沟河。

一条洪水冲出的大沟，没有谷子，也不古老。有的只是草，扁担草、龙须草，车前草，还有茅草。草在沟里，树在坝上。洪水冲出一些泥滩，沙滩，草滩。水草茂密，始终是水草，倒是茅草扎深根儿，憋足劲儿，往坝上跑。开始稀稀拉拉的，越跑越欢实，越跑越密集，高过了堤坝，又向南岸的低地奔涌而去，越过僵硬的石块，穿透板结的泥块，像一群群鱼，在绿色的大地上游来游去。

天真。执拗。坚韧。在洪沟河南岸，茅草直愣愣地生长着。有的草弱不禁风，有的草直立坚挺，有的草一岁一枯荣，有的草割不死晒不枯嚼不烂扯不断。在我关于洪沟河南岸的野草记忆中，茅草最富有生命的意境了。

洪沟河南岸，茅草随处可见，一簇簇，一丛丛，一片片，披针形的叶子很张扬，看似向上生长，却不是笔挺的直，有些偏执，各有各的姿势，样子很像地下的泉水在汩汩四溢。奇异的是，这泉眼深藏不露。细细地看，那些叶子真是一股股流水，奔突着，却也冲得不高，就有叶子向外又向下旋出优美的弧线，一片又一片，都是自由随意得不得了的样子。

茅草叶，狭长，呈线形，叶背有主脉，从泥土直奔叶梢，简洁而硬朗。叶子青绿，触之却似利刃，只是锯被创造出来以后，茅草再无大的用场。鲁班成了木匠们的祖师，茅草还是茅草，茅根细长而有节，蚯蚓一样在地下蜿蜒，粗粗细细的根结成网，连成片，叶子也固执，和茅根心手相连，不易拔除，倒成了牛羊们的喜欢。牛的嘴巴大，羊的嘴巴小巧；牛不长上牙，羊却上牙下牙一样也不缺。茅草茂密，牛伸出舌头，一卷就卷个满口青翠，然后，头使劲向内侧一扭，很执拗的样子，咯嘣蹦地响，茅草拽下来了，草地上清凉苦涩的气息越发浓郁了。羊用嘴巴抓，抓住一两棵，吃一口就看一眼田野，草茎还在嘴巴外露出短短的一截，看上去就像是羊们在轻吹横笛。茅草多着呢，慢慢吃，细细嚼，一副小家碧玉的表情。

　　洪沟河南岸，就是牛羊们的饲料厂。从初春到深冬，茅草什么时候都能吃。初春，茅草鲜嫩青绿，牛羊食之如甘蔗。到了深秋，遍地茅草黄澄澄的，收割了，用铡刀切成碎条状，拌上些许玉米，牛羊低头嚼着，心无旁骛，偶尔打一两个响鼻，以此表达它们的赞美。

　　牛羊有它们的胃口，我们也有我们的口福。清明节前后，上午十点左右的时间，露珠已沁入叶脉，阳光暖暖，茅草青青，我们挖野菜，也提茅针。茅针是茅草的幼芽，我们叫它"扎仁"。秋冬的茅草扎人，茅针是茅草的心，白嫩嫩甜津津的，很"仁"。我们挖野菜的时候风风火火，提"扎仁"了，却一个个变成胆怯谨慎的小姑娘，伸出右手，用拇指、食指和中指捏住"扎仁"，轻轻上提，一个白嫩湿润的"扎仁"就捧在手心里了，用舌头舔一

茅草：旧时茅店社林边

舔，滑腻腻的，有冰糖的触感，却不似冰糖那么坚硬，甜软滋润，如剥开的橘瓣。大人们说，提了"扎仁"，茅草就不再开白花了。我们哪会相信？年年仲夏，茅生白花，浩浩荡荡，那阵势，就叫一个大地飞雪。其实，寻几个"扎仁"，我们也只是尝尝新鲜，等到深秋，白花落了，我们便拎了铁铲，挖茅根吃。秋凉了，干枯的叶子在微风里晃，晃出细碎而凄凉的声响，让人听了有些落寞。地下的茅根，往横里走，朝竖里闯，根上生根，向四围扩散开去；根下走根，纵横交错，最终形成网状的群落、庞大的家族。挖出的三五茅根，粗肥，色白，有微微隆起的节，捡一根塞进嘴里，用牙齿慢慢地嚼，细细地品，茅根甜甜的，湿湿的。恍若南方的甘蔗，恍若母亲的乳汁。

　　曾住过一个名曰"茅舍"的高级宾馆。仿古的屋顶，内里却是十足的现代派头，不由得想起"筠轩野径，茅舍疏橡"的乡野生活。茅根在地下延伸三五年，我们在茅舍底下生活一百年。我们活着，站立着，是青青的茅草；死了，深埋地下，就做白白的茅根吧。

茅草　禾本科白茅属多年生草本。具粗壮的长根状茎，秆直立，高30厘米~80厘米，1~3节，根茎可入药。白茅，春生芽，花苞时期的花穗称谷荻，布地如针，故有茅针之称。3~4月间开白花成穗，结细实。其根甚长，白软如筋而有节，味甘。

菾莜：性滑如葵甘若饴

洪沟河南岸，一个古老的百草园，匍匐着、斜出着、攀援着、直立着，各种草欢实实青亮亮地生长。一岁一枯荣，这是草的命。也有树，很多的树。各种树，张扬或者含蓄。哨兵似的白杨，一脸天真的槐树，叶子阔大如伞的梧桐，在风里摇头晃脑的垂柳。杨絮一朵，又一朵，雾一般的洁白，和空气一样轻盈，飘来飘去，让人疑心这些小精灵来自远天的白云。洪沟河南岸的植物，和天空大地，和谷雨霜降，和鸟鸣虫啾，都是那么的同声相应，意气相投。

有一种草，并不安分守己，它对树们和树顶的蓝天充满了艳羡，茎直立，枝枝杈杈的，叶子类似于辣椒叶，茎株比筷子还粗，侧生白花，伞状花序，五瓣，细细的，碎碎的，黄的蕊拂动着轻的风，耳语一般细微曼妙。夏初挂绿果，翡翠绿；秋天成熟了，颜色深紫，亮亮的，紫色不肤浅，有底气。这种草，我们叫它菾莜，它的浆果也叫菾莜，可食用，含在口里，圆润如珠。在洪沟河南岸，在众草之间，它就是一棵枝繁叶茂的"树"了，坚实的植株，珠玉般的果实，很有树的气场。

洪沟河向东流去，犹如一根粗壮的植株，沿途分生侧生着田野、丘陵和宽宽窄窄的村落。河流和根系的相遇，那是另一条道路的开始。发芽，抽枝，生叶，分杈，吐蕊，挂果，是一条自下而上的路。菾莜是幸运的，河流给予了它鲜活的思想异质的思维,让它的草本有树木的架构。草木千千万万,大自然也有足够的智慧和宽阔的想象,它不会复制自己的灵感,它想让植物世界千姿百态。作为草向树的过渡,蓣莜的出现,体现了大自然独特的构思和创造的深意。如同蝉鸣响在夏日冗长的午后,月光涤荡着冬天沉闷的夜晚,蓣莜生长在了一个空白地带。老树新枝,遮天蔽日,树木千年挺秀;旧根新芽,冬枯夏荣,草们四季一生。而蓣莜,用树的姿态走草的路径,短促而生动,也不失为一种美好的旅程。

　　割草去。夏末秋初,草肥嫩猪长膘,绾起绳子,挂在镰刀把上,去洪沟河割草去。涉沟坎,穿草滩,拱玉米地,见到青草,左手攥个满把,右手伸出镰刀,雪光闪过之处,割断的草茎渗出绿色的汁液,腥涩的凉薄的气味。草是割不完的,割多了也背不动,够猪吃上三两顿就行了。对于我们来说,割草的奇遇不是大片肥草,而是那么一两棵蓣莜。割草累了,寻几颗浆果犒赏自己,蓣莜却像长了腿,在草丛里躲躲闪闪,微风一吹,深紫的小果就像新疆姑娘动人的眼睛,在绿叶浓密的睫毛下,眨呀眨,流光溢彩的,泄露了它的行迹。

　　通常松软的地里蓣莜长得粗壮,有一米多高,根扎得自由自在,叶子长得直溜溜欢实实的,颜色深绿,枝枝杈杈挑着串串果实,绿果初生时很小,如三五颗雨滴凝在植株上,通体油亮,慢慢的发紫,长成野枣一般大小,摘一颗小果,搭在牙齿上,轻轻一咬,甘甜得很,又有微微的酸,甜里藏酸,酸里含甜,葡萄的汁,苹果的味。那时,粮食短缺,食物粗糙而乏味,野菜树叶地瓜蔓,只要能充饥的、猪能吃的,我们也往嘴里塞,往咽喉里赶，往肚里填。菸菝太甜了，甜津津的，就像冰糖，入口融化，激活了我们的味蕾，把我们的身体也变成一个器皿，盛着蜜，装着甜。割草，这力所能及的劳动，让握镰刀的手越来越有力，一把一把的青草通往家畜的舌头和胃，也通往一棵一棵的菸菝。一捆青草，几颗菸菝，酸酸甜甜的，朦朦胧胧中，似有别的味道，说不清的味道，让味觉停止下降，迟钝的味蕾日渐敏感，如一颗少年的心。

菸菝，野生草本，浆果小巧，与水果的名分无缘。江南人叫它苦菜，北人谓之苦葵，可我们并不采食它的嫩叶，不与荠菜蒌蒌菜等野蔬同列。上学以后，我才知道，菸菝有一个很响亮的学名：龙葵。"龙葵，言其性滑如葵也"（《本草纲目·草五》），可入药，可服可敷，"尤为外科退热消肿之良品也"（清·张山雷《本草正义》）。它的果实还有一个可爱的昵称，叫紫端端。有一年，我把一棵幼小的菸菝移植在我家的庭院里，给它浇水，施肥，打杈，看它的果实由绿转紫。紫端端，好诱人的端端，让我的舌尖涎水涟涟。

菸菝 学名龙葵，茄科茄属一年生直立草本植物。叶互生，椭圆形，全缘或呈波状；花白色，浆果球形，熟时黑色。可供药用。

菸菝：性滑如葵甘若饴

苍耳：采采卷耳，不盈顷筐

打开古老的《诗经》，每一页都是绿草萋萋，美好的植物犹如绿翡翠红玛瑙一样，散发着清辉。有一柔媚女子，背了一只斜口筐，在路边采摘苍耳，"采采卷耳，不盈顷筐。嗟我怀人，寘彼周行"（《周南·卷耳》），采呀采呀，浅浅的小筐忽然被她丢弃在大路旁，她一个人就那么久久地站着，痴痴地眺望远方的风烟，眼睛里蓄满深深的思念：那远在天之涯的心上人，是否也被离思和忧伤所困扰，攀上那高高的山岗，回望他渐行渐远的故园和等在季节里的容颜？那一时刻，她的思念一如苍耳，沾着他布满征尘与酒痕的衣襟，天涯海角，如影随形。

诗经里的女子，采撷的是苍耳的嫩叶。苍耳的嫩苗，在古代是一种可食用的菜蔬，李时珍的评语极为精当："其味滑如葵，故名地葵，与地肤同名。诗人思夫赋卷耳之章，故名常思菜。"（《本草纲目·草四·枲耳》）三国人陆玑说它"可煮为茹，滑而少味"，《千金·食治》就有些直言不讳了："味苦辛，微寒涩，有小毒。"小毒是什么，就是玫瑰的小针刺，女人的小蛮横，要你小心谨慎地伺候她，细心周到地体贴她。总是古人有办法，把苍耳的嫩叶请到清水盆里洗洗尘，然后浸入热水锅里泡泡澡，还要淋一次冷水浴的，这叫醒醒神，如此软磨硬泡，那些嫩叶叶啊，变成了一条条滑溜溜温顺顺的小鱼儿。想吃鲜嫩嫩热乎乎的苍耳羹，不可或缺的配方是古人按部就班的处事态度和慢悠悠从容容的生活理念。作为农耕时代的伟大诗人，人类美质的发言人，杜甫以诗歌的方式思考和生活，他的诗句就像温热的光，一道一道地射过来，裹挟着恒久的暖意。"加点瓜薤间，依稀橘奴迹。"（《驱竖子摘苍耳诗》）只这两句诗，就让好味道覆盖了生活的寒酸：加一些瓜茬吧，瓜茬祛毒，滑而少味的苍耳游走在口齿之间，依稀就是一瓣瓣柑橘，口齿生津啊，生出一条香的河，再流出一泓甜的溪。

　　在我的故乡，苍耳生在干硬的土路边，也长在贫瘠的野地里。生在土路边的，叶子灰呛呛的，就是一只只竖着的鼠耳，探听着远远近近的声响。野地里的苍耳，植株有一米多高，在矮草丛里伸着卵状三角形的大叶，得风又得露，叶面青白色，被糙伏毛，有些艾叶的模样，缺刻比艾叶要小得多；艾叶芳香通窍，苍耳其味涩苦难闻。苍耳春天开绿花，花很小，碎碎的，看上去就是缺刻造就的小绿叶，一点儿也不打眼。似乎一抽枝，苍耳就苍老了，人们远远避着它，即使路边打个照面，亦是熟视无睹。故乡没有采采卷耳的姑娘。如诗经里那般多情的女子，才是苍耳的精气神。采了它的嫩叶叶，伊人美目盼兮，苍耳又会长出新的嫩叶叶。被这样的皓腕柔荑宠爱着，苍耳的叶子只要绿着，每一天都是春天。苍耳的叶柄有一拃多长，犹如一根根手臂，支配着叶子的大手，把春天推向繁茂丰盛。夏天的大太阳深情瞩目着绿色的大野，金黄的光线在植株内部涌动着，蓬勃着。当苍耳结出的果实由绿转黄时，秋天来了。苍耳用它的果实创造了秋天，也实现着一个植物家族的大繁荣大发展。

　　苍耳的果实纺锤形，其上钩刺密布。唐人孔颖达和陆玑一唱

苍耳：采采卷耳，不盈顷筐

一和,说这球果很像妇人的耳中珰。它的果实也叫苍耳。一身病痛的老人告诉我们,苍耳是一味中药,祛风散热,通窍止痛,其药力上通脑顶,下行足膝,外达皮肤。我们这群孩子却有着别样的植物体验。在我们看来,那刺儿头就是一枚枚神奇暗器,让我们个个练就弹指神功的绝招。从衣兜里取出一颗苍耳,置于手心,吹一口仙气,右手食指弯成一张弓,大拇指紧紧抵住食指,迅疾把其间的苍耳弹射出去,准确命中某个女孩的麻花辫。弹射苍耳,有儿童顽劣的成分,有聪慧和机敏,也有对麻花辫女孩莫名的喜欢。一个人若是从童年伊始,就对大自然有着强烈的好奇心,那活泼单纯的天性,就会成为他一生的叶绿素,让他童心不泯,等他苍老了,依旧生活在快乐清澈的童年时代。

  苍耳总苞外钩刺众多,细看,其上长有两个大的角状刺,一左一右,很像河蟹张开的一对铁钳般的螯足,让人敬畏得很。苍耳用它的钩刺和行人以及飞禽走兽建立关系,让后者来承担播撒种子的任务,从而彻底改变自己的命运。"种子的第一个最凶恶的敌人便是将它生出来的枝干"(梅特林克《花的智慧》),苍耳等在路边,等着它心仪的人或者动物,一旦遇见,怎会两忘于江湖,于是黏附着他的衣物,它的皮毛,相跟着行走天涯,在不知名的异乡扎根,抽绿。"洛中有人驱羊入蜀,胡枲着羊毛,蜀人种之,曰羊负来。"(《博物志》)"羊负来"就是苍耳。从《博物志》这部人间奇书里,我们可以看见这个江湖游侠的传奇人生。它敞开故乡的概念,把异乡变为故乡,让它的故乡走向更为辽阔的生存空间。苍耳落地生根,而苍耳二世又会借助它的钩刺,继续探索新的领域,在远离故乡的地方,实现运动而又活跃的家族理想。苍耳的别名还有许多。如常思菜、粘粘葵、刺儿颗、假矮瓜、野落苏、野茄子。放慢语速地读，这一个个名字都有一段植物的传奇。

在故乡的小路上，我曾经试图掰开一颗苍耳，无奈其外壳坚硬如铁，只好借助刀具，竖着锯开一道缝，再横着划出一个小口：小小的枣核形的刺儿头竟然有东厢西房两个居室，各住着一个瘦果；瘦果有些葵花子的样子，其果皮很薄，犹如一件松松垮垮的黑色真丝衫。如此硬而韧的外壳，走兽强大的胃也奈何不了它，不管走多远，它最终被归还大地。我们不禁倒吸一口冷气。人真的是万物之灵吗？人真的比植物更有智慧吗？苍耳先用毒蛋白、毒甙两种化学武器实行自卫，当钩刺助它千里远行之时，它的果实就是一座流动的坚城，果实干燥，不蒸腾水分，处于休眠状态，比经由落叶以减少水分蒸发的阔叶植物更能适用恶劣的外部环境。它可以等上几年乃至几十年，等遥远的春风，等迟来的秋雨，等来的是征服新大陆的绿色的奇迹。

许多年轻人远离故土，追随着一阵风、一声汽笛、一个念想，漂泊他乡，去探求生存的无限可能性。在异地的阳光下，远望故园，是否望见乡路上的植物苍耳。美丽的城市花园，容不下一株苍耳，辛勤的园丁视它为肉中刺，连根拔掉。废弃的瓦砾，苍耳最后的栖身之处，它站直身子，用绿叶的手捧出一串绿球球，构筑着它绿色的大厦。

异乡的夜晚，我亲近着《诗经》里的植物，由此迷恋着一切书写植物的美好文字。"黄姜收土芋，苍耳斫霜丛。"（苏轼《用过韵冬至与诸生饮酒》）"君不见诗人跌宕例如此，苍耳林中留太

苍耳：采采卷耳，不盈顷筐

白。"(陆游《山园草间菊数枝开席地独酌》)这些与苍耳有关的好文字,是今夜空气里的氧,温润的呼吸。若是没有植物,不止我,整个人类都会窒息而死。

苍耳　菊科苍耳属一年生草本。高约30厘米,全株被细毛。叶对生,长卵形。春夏间开白色小花,果实为圆柱形蒴果。嫩叶可供食用。全株都有毒,以果实特别是种子毒性较大。苍耳子外壳有硬刺,经常粘在羊的身上,随着羊的走动四处播种,由此得名"羊带来"。

水蓼：蓼蓼者莪，匪莪伊蒿

  水蓼是一种水草。

  在洪沟河曲曲折折的河床上，以及宽宽窄窄的河滩里，随处可见水蓼青青绿绿的身影。这些水蓼茂盛而又不可思议，我们曾笼统地称它们为水草。

  青绿色的叶，紫红色的茎，单棵的水蓼看上去很秀颀很柔弱。这样的一些水蓼拥在一起挤成一团，就有岛屿的气场了，风一吹，微垂的叶子轻轻地晃，晃成茎株的线谱上一些些奇异的音符，清凉的低语，低语的婉丽，颇有歌曲《绿岛小夜曲》的韵致。洪沟河的流水也有些层次了，青墨推搡着油绿，油绿催促着碧蓝，流成一条染料的河流，染蓝了天空，染绿了大地，染黄了人们的皮肤。

  洪沟河真是一条有意思的河流。它老实本分地流着，向东，向南，再向东，向北，复向东，像一条植物的藤蔓，缠来绕去，始终围绕着它的植株它的根系。它没有潍河、汶河那样显赫，贴着波光潋滟的文化标签，它是一条土生土长的河流，发源于县境内的寒登山东麓，羊角河、运粮河、小浯河这些支流就是一些些曲折有致的茎脉，把整个县城南部流成了一片阔大丰盈的绿叶。洪沟河俗称"红沟河"，它的上游，就像一个刚从山野里荷锄归来的汉子，粗粝而又沉韧，流到我的故乡，流过水草的绿岛，流成清澈温顺的小浯河。那可是一条四季飘香的河流，是一粒粮食吹到里面即可发酵酿酒的地方。

许多朴素而美丽的水草,生活在洪沟河宽广的流域里,犹如洪沟河在山野村落的根部,伸展着自己优美的流程。许久之前,只有它们,这些单纯而快乐的水草才懂得河流的美好,只有它们的茎叶才能展现河流的淳朴与延绵,并让自己的生命与河流融为一体,以此建构水边的生活理想,让河流成为人们生活的源头。在洪沟河这里,如同在世界上每一处"流奶与蜜之地"一样,水草是先知者的形象,它把流淌的水舒张成纷披的叶,叶簇拥着花,簇拥着河流和土地燃放的火焰。

就说水蓼吧。一棵棵水蓼形成的一个个绿岛,是水鸟的家,也是人们跳动着的心脏。"古人种蓼为蔬,收子入药"(《本草纲目·草五》),只这一句,就标识着我们的祖先对水蓼是如何的珍重和爱戴,那是怎样的一种深情厚意。既爱它年轻欢畅的时辰,也爱它衰老的脸上深刻的皱纹。水蓼密集而丰盈,始终把水作为部首的洪沟河更集中了天上的雨地下的水春日的雾冬季的雪,水蓼这河流的镜像也凸显着水边的生活之美和人间欢愉的诸多形色。

春天,河水干干净净地蓝着。小南风从洪沟河的南岸吹起,就像紫燕剪水那样,有几缕风轻巧地贴着高高的南岸溜过去,滑向低低的水面,新鲜的阳光轻轻地呀了一声,河水先是悄悄红了一下,又微微动了一下,羞羞的笑容就有些荡漾了,荡出一波波的笑纹,漾着一圈圈的红晕。白浪淘沙,经年累月,河滩上就挽留了一些细的沙,这些沙在冬日里冰着面孔,如今被柔风一吹,阳光一晃,就有些不一样了,长出丝丝缕缕的白光,用不了多久,就会长成一座座金矿的。河滩上长出的自然是草,普通的水草。普通的水草怎么会跟稀有的金矿联系在一起呢？在逐水而居的祖先那里，这青绿绿的水草就是黄澄澄的粮食，金灿灿的珠宝。

河滩也是草滩，到处都是草。车前草爬上河滩的时候，就是一群蛮横得让人喜爱的小螃蟹，广卵形的叶子越伸越大，株身底下还向上探出七八根长长的花茎，细细碎碎的白花排成谷穗的模样，青涩涩的。薄荷也饶有趣味，初生的时候，叶子憨憨的，活像一尾尾圆嘟嘟的团鱼，后来，叶端尖尖的，变成了活泼泼的尖嘴鱼，它的花很娇小，淡紫色的唇轻轻一启，满河都飘着清凉凉脆薄薄的香息。水蓼比其他水草发芽更早，也更密集繁茂。河滩上的水蓼高达一米，红且瘦的梗，绿而肥的叶，临水照影，是婉约绮丽的宋词意境。一些水蓼的根系扎在平坦舒适的河床里，嫩红的茎把三五片叶子挑出水面的时候，就像一群初习水性的小鸭小鹅老在原地打旋，流水年轻而欢畅，把披针形的叶蓄养成了条条鲜活的鱼，这些鱼从四面八方赶来，像娃娃们的碰碰车那样撞在一起，搅成一团。此时，水面之上，茎株林立，绿意稠浓，形成一个浓密的水蓼家族。水蓼的茎有点儿像竹子，一节一节的，却比竹节纤细得多，脆弱得多。茎节处有一个很大的鼓凸，很像书法上的蹲锋，而叶子就是从这里打开它的美丽新世界的。水蓼有意让一个茎节上只擎着一枚叶子，看上去有些偏执，有些孤单，也有些失衡。不过，其上的一个茎节接着长出另一片与之相左的叶子，以相对互生的方式表达一种生活的秩序，想以此表明，这种特有的和谐更有利于成就茎叶的繁茂，保障家族的未来。

水蓼春叶青嫩，是爽口的菜蔬；夏叶肥美，合了猪们的胃口；至于秋子入药，更不稀奇，洪沟河流域的哪一种野草不是一

水蓼：蓼蓼者莪，匪莪伊蒿

味草药呢?"蓼茸蒿笋试春盘,人间有味是清欢。"苏轼是懂得水蓼的一位诗人,蓼芽清爽而又辛香,一搭上牙齿,满口的清雅之气让人内心通透,人间的美味是生活的恬适之乐吧,这天然的菜蔬喂养的是生命,哺育的是清欢清洁的生活信仰。春盘蓼芽,敬献祖先,或者馈赠亲友,那是旧日的习俗。如今,我们的居所距离河流越来越远,距离天空越来越近,尊贵的玉盘珍馐取代了简单的春盘蓼芽。《礼记》上有记载:"烹鸡豚鱼鳖,皆实蓼于腹中,而和羹脍,亦须切蓼也。"蓼与葱、蒜、韭、芥并称"五辛"。如今"五辛"不齐,我们的味觉世界就是不完整的。早在明朝,李时珍就说出他的遗憾:"后世饮食不用,人亦不复栽,惟造酒曲者用其汁耳。"令人欣慰的是,水蓼依旧住在古老的水边,如同一个村庄,只要有老人和孩子守着,就是一个归宿,一盘温暖踏实的土炕。

  远望洪沟河的水蓼,秋日的水蓼,万千蓼花垂成稻穗,俯向流水,"数枝红蓼醉清秋"(陆游),那是他人的感受。我的母亲,一个名字为"莲"的农村妇女,就埋在了洪沟河的南岸。"蓼蓼者莪,匪莪伊蒿。哀哀父母,生我劬劳。蓼蓼者莪,匪莪伊蔚。哀哀父母,生我劳瘁。"(《诗经·小雅》)每念及此,心中已是五味杂陈,眼睛里流出两条长长的河,一条是洪沟,一条是鸿沟。

水蓼 蓼科蓼属一年生草本。茎呈赤色,多分枝,有明显的节。叶细长,色绿紫,味辛辣。夏秋间开淡红色细花,产于浅水中。古以为调味之用,或治疗蛇伤等。

麦蒿：菁菁者莪，在彼中阿

明朝散曲家王磐写了一首让人读之泪湿青衫的乐府诗："抱娘蒿，结根牢，解不散，如漆胶。君不见，昨朝儿卖客船上，儿抱娘哭不肯放。"抱娘蒿，抱娘嚎，儿是娘的心头肉，卖了，卖了，儿的嚎在娘的心里，那是钝刀子割肉，嗞啦嗞啦地疼。

诗中的抱娘蒿，就是播娘蒿，我们这儿的麦地里最为常见，洪沟河南岸一带的乡人都叫它麦蒿。麦蒿，一年生草本植物，是麦子爱恨交织恩怨相缠的情人，它特别喜欢生在麦地里，没有麦子的路边沟畔，它干瘦干瘦的，茎株瘦成一根筋，苍白枯槁。麦地里的麦蒿长势迅猛，高可达一米，茎粗叶嫩，直挺挺的茎披一身绿莹莹的叶，头戴黄灿灿的花冠，俨然名门闺秀。这样的麦蒿结根牢，往往撸去了叶子拽不断茎，拽断了茎秆拔不除根，犹如打断了骨头连着筋，那种叶与茎与根的情意，扯不去斩不断拆不散。

麦蒿是新春麦地最初的鲜绿，麦子少年时的初遇。初春，冷的风像一些好动的小手，伸向披头散发的麦子，想把它们理顺，染绿，回返去秋的青嫩。风突发奇想，从田埂上翻出一株一株的新绿，土的腥味和草的青涩味在麦地里异常浓郁起来，春心萌动啊，这种稠浓的骚动的好闻的气味，让少年的麦苗发情了，那绿就憋着劲儿往草尖尖上冒，却又像喷泉一样下旋，旋出晶亮亮的水线，阳光打在上面，一地白金闪着细细碎碎的亮光，有一种拾不起来的美。那些田埂上的生命，则把一个季节的绿带往高处，绿到深处。它的小叶是条形的，细而长，像一根根针似的，青绿色。这样的三五根细针被叶柄托举着，叶柄们又对生在茎株的分枝上，如此叶叶柄柄枝枝茎茎，你牵我连，最终形成一层层一蓬蓬的绿。这绿，绿得鲜，绿得嫩，也绿得媚。在麦苗返青的大野里，如果有这样的一个女子翩翩而至，有哪一个青衫少年不凝神屏息，看了又看？

这种植物叫抱娘蒿，也叫野芥菜、葶苈子。进入吾乡吾土，它就叫麦蒿了。麦蒿的爱情有着甘愿的牺牲倾向。它义无反顾地喜欢麦子，喜欢土地上这最令人心旌摇荡的庄稼，往高处活，往死里爱。"菁菁者莪，在彼中阿。既见君子，乐且有仪。菁菁者莪，在彼中沚。既见君子，我心则喜。"《诗经》里保存着这样一种美好的爱情：一身清气、步步莪蒿的君子是值得信赖和托付的，大野辽阔，阳光明媚，由山坡的初相遇到水洲的心则喜，爱情犹如莪蒿一样繁茂葱茏起来。莪蒿就是故乡的麦蒿。它先是鹅黄浅绿，继而青葱碧翠，最后繁茂葱茏，经春复历秋，越来越稠浓，像一场情到深处的爱。

作为一个植物主义者，我爱麦蒿，也爱麦子，它们都是鲜活灵动的生命，是我们呼吸着的清爽空气。如果麦蒿麦子非此即彼，我选择麦子。麦子是我们最重要的粮食作物，我最喜欢吃白面馍馍，我受恩于农业，耕作是一项神圣的事业，也是一种美好的品德。

麦蒿痴爱麦子，爱得结结实实，爱得步步紧逼，是一种迷狂的爱，纠缠窒息的爱。在麦地里，麦蒿是杂草，它的疯狂会影响麦子的好前程，于是遭到了家长们的强力阻止。他们举起锄头驱赶着，挥动铁铲斩断它们的根，斩草除根嘛。他们甚至还使用溴苯腈、苯磺隆、苄嘧磺隆等除草剂进行毁灭性的打击，这些化学武器稍有偏差，就会殃及麦子的株高和根长。一株麦蒿都不能存活的土地，一定是贫瘠荒凉的。我也并不矫情，谁都不希望自家的麦地里满是麦蒿。我们的麦地里长着一些大大小小的麦蒿，这成为我们牵挂着的心事。清晨，趁着太阳还没有晒热露珠蛋蛋，锄草松地吧。又粗又长的田埂上，一把锄头落下去，向下吃一层泥土，再往脚边一划拉，就有一些青的茎绿的叶跑了过来，泥土愈发温润新鲜了。麦棵里也杂着麦蒿，蹲下身子，用手指把它们分开，拽着麦蒿，就像从泥沟沟里拽出一个不听话的小孩。清除的麦蒿扔到地头的沟渠里，离开了麦地，就竖八尺横一丈由着它们吧。不停地锄草松地，就是麦子最有机的肥料。这样一件持续的劳动是劳累的，也很有成就感，划锄了一段，回头看，那麦子又长高了一截。我们多么幸福，通过一些麦蒿爱上了这块土地，并用一把锄头改良着它的土壤。有时，去麦地里溜上一圈，顺手抄一把麦蒿出来，那种感觉犹如国庆大阅兵，特自豪，特神圣。

　　不止我的故乡所在的鲁中平原，我国东北、西北、西南地区都有麦蒿在生长。麦蒿夏天开花，四瓣金黄构成一个小匙，它的果实为角果，结黄棕色的子。立夏其果黄绿，可采。择去杂质，筛净灰屑，文火炒至微鼓，鼓胀出丝丝香气即可，入药宜与大枣配伍。李时珍的《本草纲目》里附方若干，其中一方剂："肺湿痰喘：甜葶苈（炒）为末，枣肉丸服。"（《本草纲目·草五·葶苈》）麦蒿的籽含油量也多达40%，榨成的油叫米蒿油，据说成

麦蒿：菁菁者我，在彼中阿

色黄澄澄的，味道香喷喷的，我没有吃过。在别的地方，麦蒿还是野菜，幼苗可凉拌，可蒸食，可煮粥，亦可作水饺馅，味道细腻爽滑鲜美，听说而已。"斜蒿青蒿抱娘蒿，灯娥儿飞上板荞荞。羊耳秃，枸杞头，加上乌蓝不用油。"(《西游记》第八十六回）唐僧师徒四人西天取经路上，樵子设三十六味野菜宴款待他们，席上野蒿多多，清燥热，祛心火，有佛心。我们这里吞荠菜，咽苦菜，就是不吃麦蒿，总觉得它青涩味太重，鼻孔往里一收，我们的舌头就更不给力了。麦蒿是有些小娇嗔的，要先用开水热乎它一下，是软磨，然后请它泡个冷水澡，其间大献殷勤，换两次水，不消半天，小脾气没了，爽净香美清甜，尽是好女人的品质。有消息说，在高原之上的播娘蒿的种子里发现了"植物黄金"——α-亚麻酸，是人体合成DHA（脑黄金）的原料。这真叫人高兴。麦子是大地的黄金，让我们的身体生发出蓬蓬勃勃的力量。如此，麦子和麦蒿当是一对黄金搭档了。

土地用麦子和麦蒿来呈现它的生机活力，太阳用光和热表达着它众生平等的博爱思想。耕作，让我们和麦蒿的关系多么亲密；耕作，催生了我们和土地的爱情。我们对土地有敬意，有恒心，并且朝夕相处，同甘共苦，一起从春的萌动，走向秋的成熟。

麦蒿　学名播娘蒿，十字花科播娘蒿属一年生草本植物。茎直立，多分枝，花淡黄色，种子卵形褐色，有细网纹。清明前后，麦蒿和小麦一起茁壮成长。叶嫩时可吃，抱根丛生，人称"抱娘蒿"。

毛谷英：既坚既好，不稂不莠

毛谷英，到处都有。俗话说，有毛不是土。这毛，是草木，或者草木细碎的根须、茎叶。土不是毛，它是大地，是空空的容器；毛是生命，是灵魂，是大地的心。有毛，这土就有了内容，洪荒的世界就这样被改变了。

有土的地方，就有毛谷英。耕地里、山坡上有，沟渠里、岩石上也有，枯木上、院墙上还有。去一个著名的景区游玩，新修的水泥台阶，让人疑心通往某幢高层建筑。果然，九米高的玉皇神像支撑着一座大殿，殿内油漆未干，浓烈的刺鼻的气味让人觉得胸闷。下山途中，拐进一座寺院，有松树枯了，枝条甚长，很执拗，做着迎客的手势。有生活的情人为之赞叹，蹚过水涡，拨开杂草，去抚摸枯松的遒劲，忽然爆出一声惊呼："快看，枯松有新芽！"我举起相机，拉近，调焦，小小的取景框里疯长着一簇绿色，叶子是披针形的，窄而长，显得很自信，内里探出三两枝细细的绿茎，绿茎各擎着一穗毛茸茸的绿缨，斜斜地飘舞着，圆柱形的小穗四围闪着灿灿的金光。远远望去，那一簇绿，很像一个古代的少年英雄，平步青云，手持利剑，八杆护背旗随风招展，策马扬鞭，驰骋云天。年轻而沧桑。

它是毛谷英，学名狗尾草，在《诗经》里被称为"莠"。"既坚既好，不稂不莠"（《诗经·小雅》），大田里无野草，全是禾苗，人在土地上获得体面的幸福生活，"既坚既好"是禾苗、农事和有益于人性的土地创造的美好天堂。对于这草的描绘,李时珍做了一回文字学家:"莠,草秀而不实,故字从秀。穗形象狗尾,故俗名狗尾。"(《本草纲目·草五·狗尾草》)

这形似狗尾的草,挺秀在高大的枯松之上,就比泥塑的神像更具普世的深意了。是乘着飞鸟的翅膀,还是遇上一阵好风?不偏不倚,它降落在半空的枯枝上,生长在命中注定的空间之外,让七八米高的枯松成为它的植株。

一棵毛谷英在哪里扎根发芽,看似随波逐流,实则有着坚韧的抗争和顽强的意志。一根穗子细而长,能结出千百颗籽粒,籽粒虽小,却可以安静地等待十多年:在干旱的土壤,它等待一场雨;在僵硬的地方,它呼唤一阵风。它不择肥瘦之地,哪里都想闯一闯,就是农田里,它也想和庄稼做做邻居。它从不认为它是杂草,摇动着自己的穗子,很是悠然自得,锄头见了,把它连根拔去,一个鲤鱼打挺,它扑棱棱又站了起来。锄头的勤劳和它的顽强不无关系,它越顽强,锄头越勤劳,一遍一遍地铲除,等谷子沉甸甸黄灿灿了,还是有毛谷英探出一些茸茸的小穗,扮个鬼脸。其实,谷穗,它是我们的粮食,也是大地的物产。那毛谷英丰收了,是牛驴马羊的粮食,不也是大地的物产吗?我们不应该对土地过于苛求,土地属于整个物种。

山坡沟渠河畔地边,是毛谷英的王国。在我的故乡洪沟河南岸,毛谷英的穗子很打眼,远远看着,黄绿相间,犹如一群挤在一起的小狗小鸡,穗子在顶端竖起,就像顽皮的孩童顶着圣诞老人的帽子,成群结队,前呼后应,喜气洋洋,出尽风头。毛谷英发芽的时候，也是细细的嫩嫩的两瓣绿叶，如同婴儿出生的模样，大都差不多，就像乳白的雾凝成的鲜亮的露珠，让人不忍心碰触，只是静静地端详。眨眼间，风一吹或者雨一停，它颤颤巍巍地站了起来，小心翼翼地伸出绿色的叶子，看起来像一个刚睡醒的人，无比的舒展和欢畅。一节一节，它见风就长；一层一层，草叶也在向上攀升。长到一尺多高的时候，顶端就吐出一个嫩绿的小穗来，草叶不再攀升，只是观望着，凸鼓的小穗慢慢往外挤，竟拖拽出一根细而长的茎秆来。那样子，像一头鹿，很突兀地站在它的草原，巡视着它的王国。在它的下面，节上分杈，杈上生叶，叶间吐穗，如此扩散开去，一棵毛谷英就形成一蓬一蓬的墨绿，每一穗绿樱尽管起点不同，却都到达了天空的高度。

　　小时候，跟着父母去地里打活，帮牲口追化肥，几趟子下来，累了，大人坐在地头歇气，吸烟，我和玩伴们就在洪沟河畔跑上跑下，掰一根腊条，在草丛里赶蚂蚱，惊起的蚂蚱一飞老远，刚一歇脚，就被我们逮个正着，拽一根毛谷英，细长的茎秆串起蚂蚱，末端有穗头，一个天然的结。蚂蚱越捉越多，毛谷英越来越重，腿不觉得累，心里想着再串一根，回家爆炒了，香喷喷的蚂蚱，让鼻子通透，舌尖也流津。

　　也把毛谷英编成草戒指，很民间的佩饰。扯三根毛谷英，除去草叶，只留三条细细的茎秆，两两缠绕，往里缠，向外绕，缠来绕去，编成一条长长的麻花辫，在手指上弯成一个环儿，两端交汇，轻轻系一个草结，多余的草茎用牙齿小心地咬去。吻痕还在，淡淡的涩涩的味道依旧存留在唇齿之间。草戒

毛谷英：既坚既好，不稂不莠

指的环，笨拙的环；草戒指的结，潦草的结。青涩清凉清爽的气味，初恋的气味。"毛谷英、毛谷英"，轻轻念叨着，像是呼唤一个邻家女孩的乳名。

毛谷英　学名狗尾草，禾本科狗尾草属一年生草本植物。长于原野及低山地，高50厘米～80厘米，秆分枝，无毛，叶薄长平滑。夏季自茎顶抽出花穗，在花穗间有许多硬硬的长毛，使整串花穗看起来像一条狗尾巴。

灯心草：闲敲棋子落灯花

"溪上有灯心草——这一点他记得很清楚——但是没有树木，他可以沿着这条小溪一直走到水源尽头的分水岭。"读过杰克·伦敦短篇小说《热爱生命》的人，不会忘记灯心草这种植物的。

杰克·伦敦是美国著名的硬汉作家，性格粗犷坚韧，热衷拓荒探险，内心有着浓郁的荒原情结。那个男人，那个饥寒交迫伤病缠身的男人，在辽阔可怕的荒原上艰难地跋涉，溪上的灯心草像一簇簇火苗，照射着他的归途，他爬到灯心草丛里，像牛似的大咬大嚼，唇齿间咯吱咯吱的声响，放大了他生命的潜能和活下去的欲望。他战胜病狼，爬出谷底，最终回到南加利福尼亚树阴蔽日花丛掩映的家。

灯心草真的好吃吗？作为多年生灯心草科草本植物，灯心草多生于林荫湿地山沟溪岸。灯心草别名龙须草，像龙须一般的野草。我的故乡真有一条长龙，从容地吐纳青草，化育生机。逐水而居。可以想见，灯心草芦苇草香蒲草之类植物的出现，让故乡的先祖迅即发现了洪沟河，从此在河的南岸筑庐定居，生儿育女。记得小时候，我去河滩上打猪草，左手拢住草棵，右手握镰刀，猛地一抡，大把的灯心草马唐草三棱草狗尾草就顺势倒在手里。青草是猪的美食。望见青的草，猪却像某些骄傲的女生一样，哼哼两声耍酷，然后拖着小尾巴，甩着一对扇子般的大耳朵，哼哼唧唧往前拱，长鼻子一碰着青茎绿叶，呱嗒呱嗒的吃食声就响个不停,听上去特别香甜,特别悦耳。我们吃龙葵果,吃薄荷叶,也吃茅草根,就是不吃灯心草。我们知道哪儿的灯心草长得旺相,绿茎细又长;知道哪儿的灯心草开花最美,宛如蝴蝶翩翩飞。

　　灯心草长在我们贪玩的那些地方,像一把把干净的大刷子,在微风里轻轻挥动。它的茎丛生,半米许,每一根都是那么的纤长圆润,形若嫩葱芽,色如绿翡翠,有着无可挑剔的美。"青枝满地花狼藉,知是儿孙斗草来。"(范成大《春日田园杂兴》)乡间的孩子玩心大起的时候,就扯些灯心草,编成长长的钢鞭,在草地上疯跑着,清脆的鞭花在半空中炸响,天上的白云都成了我们放牧的羊群。总是村头那一声声比炊烟更长的呼唤,把我们从草梗的狼藉里拉回热气腾腾的饭桌。长大以后,我读周作人的闲适小品,觉得,知堂老人做小孩子时的顽劣尤甚。他发明了一种"戏棍"的游戏,以细竹丝竖穿苍蝇之背,取灯心草一小段,置于蝇脚中间,观其上下颠倒地舞弄灯草,丝毫不顾忌苍蝇的脏。

　　灯心草最为雅致精巧的玩法是编织草戒指,取草茎一截,弯拢成心形,系一个草结,即可。都说作家浪漫,他们较之一般人,更追求朝气蓬勃热情洋溢的生活,更有浪漫气质和行动风度。英国浪漫主义作家威廉·哈兹里特就有浪漫至极的心灵弹唱:"这里生机勃勃,流淌着清澈的小溪与山泉,忍冬花爬满了凉亭,岩洞和山涧;你可以随处停歇,我就在你身边歌唱,或者我来采摘灯心草为你编一枚戒指,戴在你修长的手指上,为你讲述爱情的传说。"我的故乡也有如许景色。看园人的草棚犹如几朵素朴的蘑菇散落在河畔,忍冬花的清香撞开虚掩的柴扉,清澈的水流把灯心草的发丝梳得柔顺又飘逸。如果,我能回到过往,回到我的村庄,我就去河畔采一小段灯心草,编成草戒指,悄悄地搁在邻桌女孩的文具盒里。她家的菜园边长着一簇簇的灯心草,在那里,我目睹了它美丽的花季。

洪沟河南岸真的是一个神奇的世界,各种植物频频创造生活的奇迹,它们把大自然对美和幸福的理解具化为种种奇妙的形式,为我们打开色彩与香气的无限宇宙。忍冬新芽凌冬不凋,花事繁盛之时,它们像白昼黑夜一样变换色彩,金光银辉交相映衬,犹如一群天真烂漫的女生,而这群女生正欢快地涌出校园的大门。灯心草的花尤为奇特,犹如一种从天而降的幸福,它光溜溜的细茎上栖落着一朵朵绿云,从远处看,像是一群小蜂小蝶聚在那里,吮吸花的蜜;又如一些爬到高处的小耳朵,支棱着,沉醉于暖风的撩人、飞鸟的鸣叫。也有叶。灯心草的叶均为低山叶,鞘状,仿佛苗条的茎穿了棕褐色短靴,性感极了。

在我们的家园里,灯心草的形式之美叫人啧啧称奇。不过,如今我最感兴趣的是灯心草的心。草的内心在坚守什么,在艰难生存的缝隙里,它执拗的光亮又能照彻多远?

灯心草,又叫野席草、水灯心、蔺草、秧草、水葱、碧玉草。碧玉状其细茎,其茎可编鞋、织席及蓑,故名野席草。我更喜欢水灯心这个名字,水的灯心。苍茫水域,有一群植物的倒影,犹如水中的灯,把一江春水都给点燃了,碧波荡漾,绿浪翻滚。而在河的南岸,我熟识的故乡的植物,不都是大地的灯心吗?有一棵植物坚韧地生长着,大地就不会孤单,不会绝望,就会把晶亮亮的雨滴催生为娇嫩嫩的叶芽。更多的植物,红彤彤,

灯心草:闲敲棋子落灯花

黄澄澄,绿油油,白花花,光芒照耀大地,到处芬芳荡漾,蜂飞蝶舞,植物把大地变成了一个幸福之所。

灯心草,可折取中心白穰为油灯的心,用以照明,光线柔和。秋季采割茎秆,蒸熟,顺茎划开外皮,剥出髓心,晒干即可。这茎髓即为灯心草的心,质地洁白,轻软而有韧性,吸油性强。清人吴敬梓的《儒林外史》里有一个著名的情节,严监生临终之际,伸着两个指头,总不得断气,唯有赵氏懂得他的心事:"你是为那灯盏里点的是两茎灯草,不放心,恐费了油。"赵氏挑掉一茎,严监生这才咽了气。严家乃大户人家,一盏油灯,两根灯草,照见殷实的家财。《黄岩县志》:"家有千金,不添双芯,俭之积也。"寻常人家,一茎灯草蜷缩在一汪清油里,发出微弱的光亮。记得小时候,我晚上写作业,母亲在油灯下一针一线地纳鞋底,油灯偶尔"噼啪"一声,发出轻微的声响,母亲就被惊动了,拿着针锥,凑近油灯,轻轻一挑,烧残的灯心犹如一朵闪亮的小花落下来,真的很美。又用针尖轻轻拨了拨灯心,看见灯火闪亮,她才放心地低下头,刺啦一声,把针眼里的白线拉出来。

灯心草烧过的余烬,仍在红热的灯心上,形如花朵,谓之灯花,若爆出火星,则为大喜之兆。《红楼梦》第四十九回,老祖宗贾母见邢岫烟、王仁、李纹、李绮、薛蝌、薛宝琴等客人的到来,甚是欢喜:"怪道昨日晚上灯花爆了又爆,结了又结,原来应到今日。"古来题咏灯花的诗词多多,最具想象力的当属宋人张林的《柳梢青·灯花》:"白玉枝头,忽看蓓蕾,金粟珠垂。半颗安榴,一枝秾杏,五色蔷薇。"从初绽到盛开,妙用五种植物的花果,描绘了灯花的千般姿态万种风情。词中的白玉枝,指白色的灯心草。旧时，有人手持挂着几大团灯心草的长竹竿，沿街叫卖，灯草白花花的，卖者头上包着白帕子，右耳边垂下一小截帕头，那做派，那行头特别招眼，恍若光明的使者降临人间，大地一片洁白。北京有胡同名"灯草胡同"，灯草买卖异常火爆，那些灯草或用以点灯，或加工成通草片，制成装饰假花，"京师通草甲天下"的美誉由此而来。

如今，家家用电，"闲敲棋子落灯花"的闲适场景已是昨日的镜像，灯心草更多地出现在中医诊所的药柜里，等待上门求医的患者。很多人离开故土，在陌生的夜晚就会心烦失眠，他们迫切需要故乡风物的陪伴。望月怀乡，只能夜不成寐。一把灯心草却能泄热安神，让人梦回故土。

灯心草性寒，味甘，无毒，利小水，治五淋，降心火。灯心入药，宜用生草。生草炮制灯心，工艺精细考究得很："灯心难研，以粳米粉浆染过，晒干研末，入水澄之，浮者是灯心也，晒干用。"（李时珍《本草纲目·灯心草》）粳米，大米的一种，椭圆形，颜色蜡白，米粒丰满肥厚，唐人孙思邈称赞能养胃气长肌肉的那种米。细长的洁白灯草，细腻的银白米浆，这样的浆染，仿佛内心的一次清洗，有着清雅洁净的美感。入水澄之亦是。物与物，物与人，应是这样的清洁关系，彼此属性对接。医者制药，犹如一个人的写作，在一豆灯光和白色纸张的双重照耀下，他心有自知，冷静自持，书写洁白的真相和黑暗的阴影。

灯心入药，以色白、条长、粗细均匀、有弹性者为佳。灯心入药，清心降火，利尿通淋。"灯心入药为引者，取其得睡神归"，更多的时候，灯心作为引药出现，有着龙须凤发的神奇，它更像一盏灯,护送本草的队伍,穿越尘垢病菌的封锁线,让我们的身体变成幸福的宇宙。它具备灯盏的属性,关于黑夜的绽放,生命的点燃,关于美和幸福的导引,它照见人类的来路和前途。

灯心草 灯心草科灯心草属多年生草本。茎圆细长,高约120厘米,叶子狭长,花黄褐色,茎的中心处有瓤,可作为灯心。可入药,有利尿清热功效。据传,北京灯草胡同接近灯市,因售卖灯草(灯心)而得名。

草木记

三棱草：青鞋喜作踏莎行

茎是扁三棱形的草。茎很简洁，无叶，细细长长的，高可达一两米。简洁就很从容很淡定，淡绿的颜色，匀细的纹理从根部流向顶端，草茎是微微的弯，颔首，低眉，弯出一个优雅含蓄的姿势。它就这样倾着，安静自持，如一位古典的静女。

三棱草繁复的花冠让人目瞪口呆。细长坚韧的绿茎，如同一条便捷的通道，最终指向的是一个繁华富丽的世界。茎梢探出三五片叶子，线形，青葱细长，活像美女性感的手指。这样的柔荑青葱，捧出了一个盛大的花冠。远远看去，一蓬一蓬的，就像一把撑开的伞，就是一个花团锦簇，你看不见细碎的单个的花，如同看不见大海里的水滴，叫人想起约略相近的集体智慧或者共同体的价值。这样的个体也是不可忽视的存在。凑近了，仔细看，均匀分布的叶子向四围扩散，展开一片绿色的天空，叶子的基部分生出三五根小枝，伞骨一样的小枝间距大多相等，且一律向上向外伸展，每根小枝的顶端又密生小枝，小枝生花，细细的，碎碎的，单个的花不像是花朵，这样的许多小蜂小蝶，密密匝匝地挤在一起，就像麦穗。这样的许多麦穗依次排列，由大而小，形成伞状。三五把棕色的伞被三棱草的一枝绿茎擎着，显得有一点吃力，有一点弱不禁风，有风吹来，那种起伏却是微妙的，小枝轻摇，小蜂小蝶们却不招摇，微微晃，似乎古代女子矜持的微笑。

三棱草喜生于水边，旱地里也有。在我的老家洪沟河南岸，湿地多，三棱草也不少。看草的长势就知道，湿地里的三棱草根扎得欢实，茎伸展得也欢畅，绿绿的，长长的，一个个静美而温顺。扯几根细长的茎，可以捆东西，扯得多了，可以编蓑衣。把三棱草割了，晾干，就可以编蓑衣了。搓麻绳，打好领子，用三棱草的茎和麻绳打扣，穿入新的草茎，两两缠绕，东拉西扯，一根一根慢慢往下编织。草茎的结是微凸的扣，蓑衣黄里藏绿的色彩，沉稳、内敛、朴素、含蓄，和乡野的气质相吻合。蓑衣的大小，取决于麻绳的长短和领扣的多少。好比作文，提纲挈领，也有细节，细节会顺着那些柔韧质朴的草茎产生，像绳草的扣那样停顿，缠绕，扭出一些细致与灵秀来。蓑衣编好以后，往身上一披，领口两端的绳扣往中间一系，颇有"斜风细雨不须归"的坦然与自在。三棱草外柔内韧，编的蓑衣柔顺，披在身上像棉衣，那种暖，不像灶火热烈，是袅袅上升的炊烟一般的暖，缓慢，持久，温情，风撕不破，雨扯不断。

三棱草依旧蓬蓬勃勃，倒是蓑衣不多见，昔日乡间斗草的游戏也荡然无存了。如今的孩子，还认得三棱草吗？

扁三棱形的茎，给孩子们的想象提供丰富的可能性。扯一根三棱草的茎，两个孩童各持一端，小心翼翼地撕开一个口子，谨慎地往中间拉扯，相同的结果在不同的地域却有不同的趣味。如果相对的拉扯重合，三棱草断为两半，两相脱离，在江南水乡意味着生育问题上的绝户，撕光光了；北方平原则视这种巧妙的重合为两人友情的默契，彼此欣欣然，欢呼雀跃。在我的老家，斗草游戏又与别处的不同。两两一对，相对拉扯，快到中间的时候戛然而止，双方各持自端的两根分支，颤颤悠悠地晃起来，美其名曰"抬花轿"。这"花轿"比空气重不了多少,孩子们却抬得很卖力,很小心,似乎要把满天的白云抬进自己的家门。乡间的婚礼奢侈而明亮,新人鲜艳艳的,亲友喜滋滋的,小孩乐颠颠的,放鞭炮,讨喜糖,闹洞房,朴素的乡村也华丽饱满。一根三棱草,就把乡间的喜庆和热烈抬到了田野,抬到了快乐自在的少年岁月。

三棱草南北皆有,其根生须,须下结子,名曰香附子。南方多湿地,三棱草得水乡之灵气,香附子被呼为雀头香;北地博平郡(今山东境内)是云水香棱的原产地,亦是异香飘荡。

三棱草,还有许多别的名字,譬如莎草、地毛、野韭菜、隔夜抽、地沟草、吊马棕、猪毛草。在我们那里,它就是三棱草。后来读到欧阳修的《踏莎行》,"溪桥柳细","草薰风暖",暖的风拂过细的柳,逗着青的草,那场景真叫一个诗意。忽然发现,"踏莎行"早就是古文人的一个行为艺术,姜夔踏了,秦观也踏了,晏殊行了,贺铸也行了。这"莎"就是我们老家的三棱草啊。那么,我的少年,我的中年,直至我的老年,都是在踏莎行吧。

三棱草 莎草科莎草属多年生草本。产于原野沙地,茎高10厘米~60厘米,钝三棱形,平滑。叶细长质硬,深绿色,夏日由茎顶分枝生穗,开黄褐色小花,地下块根称为"香附",可入药,有健胃、理气、调经等功能。

三棱草:青鞋喜作踏莎行

小蓬草：北望飞蓬万里秋

一种植物，一旦进入唐诗就不是植物了，是意象，就有一种高贵的抒情，浪漫的情调。"飞蓬各自远，且尽手中杯。"（李白《鲁郡东石门送杜甫》）李白又浮了一大白，已是三分醉意七分诗意，孤蓬万里征啊，那马儿铃声叮叮当，叮叮当，听上去就是酒杯相碰的脆响。

风飘蓬飞，很有行吟诗人漂泊天涯的况味。在我的故乡，有一种植物叫小蓬草，别名飞蓬，唐诗里却没有它的身影。据说，小蓬草源于北美洲，1860年在山东烟台出现。唐诗里的蓬并非菊科多年生草本植物飞蓬，而是飞转的蓬，是藜科猪毛菜属一年生草本植物猪毛菜，东北西北的人喊它扎蓬棵，我们这地方呼为蓬子菜。蓬子菜秋果成熟后，植株干枯，根茎结合部遇风易折，偌大一个草球随风滚动，断之草漂泊无依。"嗟余听鼓应官去，走马兰台类转蓬。"（李商隐《无题》）唐诗的飞蓬、飘蓬、转蓬、孤蓬，飞转的都是干枯的断根的近球形全株。小蓬草是菊科白酒草属一年生草本植物，不过，小蓬草飘飞的时候亦有唐诗深远辽阔的意境。它的花很有千头菊的样子，如纽扣一般大，团团簇簇的，白色的碎瓣聚成一个完美的圆，圆的心是黄的蕊。奇异的是，它的瘦果上长有白色冠毛的翅膀，风一吹，扁扁圆圆的瘦果就轻轻飘飘地走四方，确是一位诗意的旅行家。当别的草妩媚无比地住进草坪、花坛、阳台的时候，这位冒险家依然继续着它的旅行，过沟坎，翻陡坡，走荒山，深深浅浅的脚印里长着一些高高低低的绿色。如今，小蓬草的身影遍布世界各地，它洁白的翅膀落到哪里，哪里就会成为一个绿洲。

不知道它是哪一年来到我的故乡的。确定无疑的是，它的到来，使得故乡洪沟河南岸成为一个植物的地球村，一个植物比以往更多也更绿的百草园。

小蓬草的故乡在遥远的加拿大，在那地方时，菊科是一个大家族，小蓬草也很受尊重，据说，它对治疗痢疾、腹泻、创伤有独到的疗效。它不远万里，来到中国，来到我的故乡，迎面而来的惊扰之喜，是洪沟河温润清新的水汽，它在河滩上做了一个深呼吸，就呼出两片长长的嫩嫩的叶子，叶缘上密布的细细的绒毛，看上去就是一些氤氲着的水汽。小蓬草的叶子真多，密密匝匝，层层叠叠，郁郁葱葱。互生叶，披针形，无叶柄，细的叶径直从粗的茎上钻出来，有些迫不及待的样子。茎直立，细的条纹把圆柱状的茎雕刻得棱角分明，这使得叶子敞开着四面八方的视觉。仔细看一株小蓬草，我们就会发现，它的总体架构是粗枝细叶，犹如钢筋集合着水泥的队伍，镰刀集合着汗滴的队伍。它敏锐地感受着一滴露珠、一缕清风、一声鸟鸣，并通过枝叶的细节陈述出来，始终呈现着生活的惊喜和美好。在植株的下部，叶子稍大，叶间又挤出两枚细长的小叶，小叶欲飞不飞，像柔的风逗留在那里，如此大叶捧着小叶，叶叶环绕着茎株，就绕出一蓬又一蓬密实的绿。这蓬绿是一个结实的铺垫，等叶子越长越狭，好比一个人把嗓音往细里憋，再向上一提，就飙出尖细的高音了，小蓬草叶间不再生叶，径直抽出一根尖细细的分枝来，早发的细

小蓬草：北望飞蓬万里秋

枝还挂上五六枚小叶,晚生的索性早熟,开出一朵朵一簇簇的花,白里裹着黄,黄里含着白,哦,六月飞雪,太阳雪。

小蓬草是一种会飞的植物。田畔路旁,沟渠旷野,甚至耕地果园,它想飞到哪里就会飞到哪里,多么潇洒,多么优雅。但是,在庄稼地里,就会遭到铁锹铁犁们的追赶,这些武器寒光闪闪,迫使小蓬草退到路边躲进河底,庄稼地再松软再肥沃,那是人家庄稼的地盘,僵硬、阴湿、晦暗的角落,才是它们最后的栖身之所。它们也会落户村庄的屋角墙根,有的竟然飞过高高的院墙,在农家庭院里站稳了脚跟,个子一蹿,就是一米半,都簇拥成缤纷美丽的窗花了。小蓬草的花确实美,就像唐诗宋词里的菊,绿叶含翠摇风,白花丝丝抱蕊,香含清露,质傲寒霜,宛如神女仙娥飘飘临凡。这无比诗意的小蓬草,和我们同在一个屋檐下,就入乡随俗了。在我们那里,它有一个俗名,土得掉渣的俗名,说出来都让人目瞪口呆:驴肘棍子。潇洒走四方的旅行家就是故乡旮旮旯旯的驴肘棍子。大俗者大雅。天上扑棱棱飞得贼快的蝙蝠,我们喊它"檐边胡子";水里慢腾腾爬得贼慢的蜗牛,我们叫它"蜗罗牛子";那地上直溜溜长得贼高的飞蓬,称它为"驴肘棍子",就包含着亲近的愿望和朴素的赞美了。

小蓬草也飞往城市,只要能落脚的地方,哪怕是水泥路面窄窄的裂缝,它也想扎下细细的根须,在黑暗的根部确立的坚定自信,挺秀在每一片新生的绿叶上,尽管遭受着车轮的碾压。小蓬草飞向草坪,飞向花园,飞得果敢而又执拗,并不知道花匠鄙视它们,挥着锄头,斩断它们的枝,刨掉它们的根。哦,辛勤的园丁,是小蓬草在培育着他们。园丁一边擦汗,一边指着一些小蓬草的尸体说，这种杂草长得真快，入侵性极强。文明城市的标准是，在特定的地方栽种规定的植物，不允许杂草的生存。这文明太强大了，这是一种比铁锹锄头还要凶猛锐利的武器。

我工作着的单位，恰在一个城市的繁华路段，人行道之外有一小段被遗忘的草坪，真的是绿草如茵，毛谷英、牛筋草、熟草蔓、小蓬草，各种草活泼泼鲜绿绿地生长着，只是当年斥资引种的园丁培植的百慕大草不多见了。在小蓬草开花的那几个月份，每一天都是新的节庆，所有的草都在擎着一束束花，那花，是蓝天和大地所形成的光线，是野草们发自内心的自信的微笑。

小蓬草 菊科白酒草属一年生草本。根纺锤状，具纤维状根。茎直立，高50厘米～100厘米，圆柱状，具棱，有条纹，被疏长硬毛，上部多分枝。叶密集，下部叶倒披针形，中部和上部叶较小，线状披针形或线形。原产地北美洲，1860年在山东烟台发现，现我国各地均有分布。

小蓬草：北望飞蓬万里秋

节节草：节节新条出嫩丛

我的村庄是一节一节地活着的。

在白的纸上，我勾画村庄的草图。长条形的村庄，自东而西，一排一排的房屋，很像一种节节草的植物。那些粗粗细细的线，那些横的房屋，不枝不叶，每四户人家十二间房就被纵的道路打一个结，一节连一节，一扣接一扣。我的村庄就是一幅草图：那是一根根节节草，光溜溜直挺挺的茎秆，寸寸有节，节节有扣。

我的村庄，就像节节草的茎株那样延伸着，生长出一缕一缕的炊烟，袅袅娜娜，与鸡鸣犬吠相和。水草丰茂林木高大的地方被先验地视为好。四围都是植物，我的村庄是枝丫间的鸟巢，花蕊上的蜂蝶。植物是这个地方最早的生命，是村庄的起源。这个地方有着绿绿的柳枝和黄黄的泥水，有着创世神话女娲造人的一切最基本的事物。

向北，出村口，走过一节麦地，再走过一节麦地，一节林地，攀上洪沟河的堤岸，就看见一些泥滩沙滩草滩了。流水潺潺，沙滩松软。春天，那沙滩就是一块发酵的面团，膨胀着，它自然不会发胀成白面馒馒，而是鼓凸出一节一节的草，一蓬一蓬的草。洪沟河流域许多植物发芽生枝，分蘖抽穗，开自己的花，结自己的果，最古老也最有个性的要数节节草了。总是植物，先在一个地方呈现出生命的迹象。据说，节节草出现于古生代的晚泥盆纪，距今大约有三亿六千万年，历经地质的剧变而不改生命的姿势，依旧结绳记事那样，每向上前行一寸，就打一个结，依旧是古民谣里所歌着的那样，"青竹竿，十八节，长到老没有叶"，它们没有为自己的苦味增添一点香料，也没有改变自己独立的茎、寸寸的节，不进化也不退化，是亘古存在的本初之物，是大地挥动着的瘦弱却执着的手臂，地球的坚定的信念，人类的永恒的呼吸。

节节草圆茎，空心，有节，很有些青竹竿的架势，但比青竹竿矮小得多，细弱得多，也简洁得多。独秆一根，不分蘖，也不抽叶，一门心思窜一个高，打一个结。这样的光秆儿在微凉的风里抖着，让人看了，眼睛里盛满深深的怜惜和忧虑。其实，节节草和别的草不大一样。作为多年生草本植物，它的宿根很深，越过耕作层土壤，直逼黑暗的地心深处，它远离了野火肆虐钬器横飞的地表，永葆着顽强的生机活力。高等，就意味着优势吗？由于自然灾难和人为戕害，许多植物已经消失，而抱朴守拙的节节草一根茎秆走天下，一寸生命一寸节。

仔细看，节节草的茎秆也不一般。茎秆表面黄绿色，长得粗的比筷子还细，生得细的犹如一根香柱。以手触之，糙涩，很男人的触感。节节草细细的绿茎上生有十数条纵的棱，棱上爬满细细的亮亮的绒状锐利物。这样的粗糙感，让看上去很柔弱的节节草有硬气，有草莽气，也有闯荡江湖专打抱不平的锐气了。节节草的侠踪剑影自然在不光不净之地。扯几根节节草，置于水中浸泡，粗粝的草被温柔的水滋润，剑胆琴心，其柔韧性被激活，再以湿巾裹之，拿去打磨毛糙的木制品，效果柔顺平滑，好于纱布

节节草：节节新条出嫩丛

许多。节节草又名锉草，"治木骨者，用之磋擦则光净，犹云木之贼也。"（《本草纲目·草四》）李时珍在《本草纲目》里对它的义举给予充分的肯定，"木贼"之名号由此名扬天下。

节节草全株有毒。牛不吃，羊也不吃。如果吃了这样的草，牛羊们就会醉酒一般，眼睑低垂，头耷拉，东摇西晃。节节草怎么会有毒呢？我想，那只是它的一种自我保护吧，它拒绝着外在的打扰。让植物自荣其荣自枯其枯，多好。发现是什么？发现是毁灭的开始。发现一些有用的植物，招来的是采挖者和沙尘暴。节节草基部的节上轮生出几根绿茎，每一根绿茎都是光秆儿，不开花，不招蜂引蝶，不能食用，亦缺乏观赏价值，但是，它活得像地球一样长寿，一切简单的生活和坚忍的意志，都在它那儿出现了。

节节草很讨我们喜欢。它的节有一些可爱，轻轻一拽，节间就分开了，一个节像极了漏斗，另一个酷似榫头，一节一节的草拔得多了，再一节一节接在一起，接成一条草的长龙，举起来，龙头颤巍巍，龙身晃悠悠，大地上绿浪滚滚，我们都变成一条条小龙了。几根节节草，就改变了我们的童年生活，或者说，节节相接，就接续为一个童话的世界。节节草真的是童话里的仙草。村里的一个大婶，去洪沟河的沙滩上拔了几把节节草，晒干，水煎温服，一天两小碗，直喝得目不昏头不晕，一双小脚走在路上，就像铁镐开荒一样，噌噌有力。所有的毛边药书都是一部植物的传奇。《福建民间草药》有云："明目，益志，清热，利尿。"唐人刘禹锡说，木贼得牛角、麝香，治休息久痢；得禹余粮、当归、芎，治崩中赤白；得槐蛾、桑耳，治肠风下血；得槐子、枳实,治痔疾出血。这还是节节草吗?它在大诗人的视野里,分明是一位得风得雨的三军主帅,帅旗一挥,分兵四路,浩浩荡荡,去祛除百姓疾苦,匡扶人间正气。

一根绿绿的草茎,无叶有节,不花结子,长者二三尺,它在植物世界其貌不扬,即使十八节,也成不了竹子,还是小草一棵。每年四月,一根光秆的顶端就长出一个一厘米长短的东西,形似毛笔头,就是这孢子囊穗,书写着节节草的家族发展史。成熟后,孢子散落,如点点墨迹,被大地收藏,湿气晕染,扩散为旺盛的绿,直挺的茎,繁茂成一个远古的村落,植物的王国。

节节草　木贼科木贼属多年生草本。根茎细长,黑褐色。茎细弱,基部多分枝,上部少分枝或不分枝,粗糙具条棱,叶鳞片状,轮生,基部联合成鞘状。孢子囊长圆形,有小尖头;孢子叶六角形,中央凹入。以根茎或孢子繁殖。

节节草:节节新条出嫩丛

鬼针草：子作钗脚着人衣

洪沟河是故乡最古老的道路。故乡的许多道路，被沥青水泥一层一层地掩埋了，唯有洪沟河，在流淌中保持着它的明亮与开阔。逐水而居。在键盘上敲出这个词语，我听见一些纷沓的脚步，自远而近；我看见水边植物的果实被采食、收藏和播种，播种创造了村庄和田野。我似乎目睹了我的故乡的诞生和成长。

庄稼长于肥沃的大田，野草生在风光的路边，植物各得其所，大地流红涌翠，人们安居乐业。对故乡的想象越宽阔，越深入，那些最初的脚步也越来越清晰：人们追随着植物，在植物繁茂的洪沟河南岸筑庐定居，日出而作，日落而息，和植物四季相爱，生儿育女。由采摘者成为耕种者，标志着人类农业文明的开始。如果我们细心观察某一种植物，不难发现，植物是荒芜的地球上最初的播种者，人类黎明时期的曙光，宇宙意志的发言人，大地道德的楷模。

在洪沟河南岸，有一种野草，秋天结条形的果，细细瘦瘦的，约莫有半寸长，略扁，有四棱，草茎顶端扁平的盘状花托上，匀称排列着这样十多枚瘦果，黑亮亮，直溜溜，看上去犹如一朵恣意绽放的礼花。更为有趣的是，一阵好风吹来，它就像婚礼现场发喜糖一样，那些长条形的棒棒糖即使落了地，也被南来北往的风争来抢去，它的种子由是播撒到更远的地方。这种野草喜欢生在村旁、路边、河畔，瘦果的顶端竖着三四枚带倒钩的短刺，这冠毛摇身一变而成的短刺，形同鬼魅一般，粘在行人的衣服或动物的皮毛上，巧妙地实现远走他乡繁衍种族的伟大理想。如此精妙而又完备的播种方式，令人惊奇不已。它的短刺以及形似缝衣针的果实，是先天就有的装备，还是随着动物和人类的出现，经过精细的改进和缓慢的进化而形成的独特器官，以适应新的生存环境？如果是前者，那这种野草就有天才的预见性和高度的前瞻性；后者则表明它有着独特的思想和丰富的智慧。

这种野草学名鬼针草。在我的故乡，大人小孩喊它鬼棘针。它还有许多别名：蟹钳草、粘人草、针包草、脱力草、咸丰草、小鬼针。这些可爱的称呼，犹如一颗颗朴实的种子，播撒在山之东山之西河之南河之北，生长出叶的华服、花的笑容、果的翅膀。叫一声粘人草或者小鬼针，似乎在唤着卖萌的小鸡，装憨的小狗。《本草纲目》说它"气味苦平，无毒"（《本草纲目·草五》），唐人陈藏器《本草拾遗》云："子作钗脚，着人衣如针，北人呼为鬼针，南人谓之鬼钗。"我愿意称它为鬼针草，我就像一个刚进入校门的乡间少年，好奇地打量着眼前的一切，对每一个同学的名字保持着求知问学上的尊重。鬼针草，这样的称呼，唤醒了我对植物乃至自身的重新认识，重新审视植物和人的关系。

鬼针草是菊科一年生草本植物。它的茎四棱形，细长的叶柄托举着肥厚的叶，很努力的样子。鬼针草的叶卵状椭圆形，挺有榆叶的姿容，先是小叶，像是一个矜持女子的喁喁情话，萦绕着直立的茎，过不了多久，也许是那么一低眉颔首的瞬间，她被自己迷醉着，就在辽阔的田野上一秀歌喉了。于是，大的叶犹如圆润开阔的女声在植株顶端飘，风的手稍一撩拨，那声音就贴着田

鬼针草：子作钗脚着人衣

野低翔,乘着绿色的翅膀。我迷上诗歌的时候,就高蹈地为菊花抒情:"菊在杯中,是新熟的酒;菊在枝头,是飘舞的蝶。"鬼针草的花金盏银盘,很有菊花的风致,它中央的管状花黄色,丝丝抱蕊,犹如一轮黄灿灿的太阳,四围是怒张的舌状花,每一瓣都是一种净洁高雅的白,白昼一样明亮的白。多年以后,曾经被忽略的路边花,给我带来了秋天,遥远的诗歌的秋天。

菊科植物的头状花序看上去很美,尤其是鬼针草的舌状花,把美丽视若自己的生命,它用月色护肤霜和露珠保湿膜来保持它的白净水嫩。爱美之心,大地上的生命皆有之。这超尘脱俗的美,对天真幼稚的昆虫们是一种致命的蛊惑。懵懵懂懂的昆虫在美色面前显得异常慌乱,那性感的白让它眩晕,让它的四肢奇怪地发痒,它碰了那些黄管管,不记得碰着哪根了,它只听见自己身体刺啦刺啦被灼烧的声响,微醺醺傻乎乎地又去沾惹另一朵花,它以为它是翩翩少年郎,其实它只是爱情的信使,让两朵花隔空相恋,共入大地的洞房。那些白的舌状花在管状花们的集体婚礼完成之后,就悄无声息地离开了,离开熟悉的茎,离开亲切的叶。这种着眼于植物未来的牺牲精神,更有一种惊心动魄的美丽。

对于鬼针草,我们这群天真顽劣的孩子是又爱又恨。有附着力的花梗花托,被孩子们摘下来,做了犀利的飞镖。放学路上,突然就飞来一枚细细长长的暗器,刺中某个同学的裤脚,也有钩住女生后背的,就像纹了一只动感的小蝎子,随着两条长辫辫晃晃悠悠的,让投器者自鸣得意许多天。最武林的时候,我们在乡路上互相投射,躲射之间,尽显飞镖少侠的机灵与威猛。结果,每个人都会挂彩,笨拙者就会变成一头小刺猬,鬼棘针不易摘除,我们也懒得摘它,回到家,父亲训斥的目光比棘针还扎人,总是母亲,把它们一根一根地往外剔,那么专注,那么小心。

　　投出的飞镖,击中的最终是我们自己。那些花儿,就要长成果实了,在即将自主命运的时候,却夭折为植物的残骸。植物唯一的天敌是人类。无节制地侵害自然,无限度地扩张城市,让许多植物灭绝,大片绿色消逝。是植物在大地上播种了一片片绿,我们的耕种乃至生存智慧,只是在模仿植物的思维和行为,就像幼儿园美丽清秀的阿姨引领着一群孩子,拍拍手踢踢脚扭扭腰。我们所经历的,在植物那里已是陈迹;我们所创造的,在植物那里早已出现。我们不过是植物茎叶上的寄生者。若是植物以它的智慧侵袭人类,一群特洛伊木马将让人类走向他的末日。真诚地和植物做朋友,尊重每一株植物,借取植物智慧的灯盏,以此照耀人类的前途。

鬼针草　菊科鬼针草属植物,一年生草本。茎直立,下部叶较小,两侧小叶椭圆形,条状披针形。总苞基部被短柔毛,外层托片披针形,无舌状花,盘花筒状,瘦果黑色,顶端芒刺3~4枚,长1.5毫米~2.5毫米,具倒刺毛,常附着于人的衣服上或动物的身体上,借此繁殖。

鬼针草:子作钗脚着人衣

紫露草：淋漓玉露滴紫蕤

"蒹葭萋萋，白露未晞"（《诗经·秦风》），《诗经》真是人类的福音书，它吟唱着植物、少女以及自然世界的物物相谐之美。芦苇泛着油油的碧绿，苇叶上凝着的一颗颗白露，就像一些些晶莹明亮的眼睛，闪烁着七彩的光芒。诗经时代，原始的风光产生人类精神的原质，这样一个植物胜利的时代，让人们的内心更加向善趋美。我喜欢《诗经》，它让我一次次重返我的故乡，百草凝露的清晨，大地上的珍珠白莹莹亮晶晶，照耀着我的净洁美丽的乡村。

乡间的清晨，最早醒来的是露珠、鸟鸣。鸟鸣也是一种清澈的露珠。乡间的路旁，走两溜蓬蓬野草；两条路之间，铺一片青青麦苗。洪沟河的水汽走夜路，往村庄赶，一路留下露珠的脚印。天亮了，出门碰了水汽，我们的脸上凉凉的痒痒的，到大田里一看，满坡的露珠蛋蛋，把田野连缀成一个波光潋滟的大湖。天上一个太阳，大地无数珠宝。可是，太阳当空照，那些透亮亮的露珠不见了。露珠并没有消失，它沁入植株，或者滚落泥土，生根发芽，长成叶，开成花，站成一坡好庄稼。

植物与露珠的组合，是这般的奇妙。在众多的植物名字中，我们尤其喜爱那些清纯温润的芳名，那些让人心尖儿微微生疼的称呼。在我的乡村，有一种草，它以紫色为衣衫，视清露为灵魂，它清丽脱俗，犹如梨花带雨的女子，有着碰触不得的美丽之姿；又如美好的思想，纯洁的情操，一茎一叶都在努力打开一个干净的乡村。它的名字叫紫露草。在键盘上敲下这个由日精月华、朝露晚霜构成的词汇，我再一次确证着我的感受：紫露草的前世是一个仙女，而且像七仙女那般的心灵手巧心地善良，它遇见人间的暖意，落地生根，用四季的绿来偿还大地的甘露之情。

紫露草很有林黛玉的清秀风骨。好的女子一出现，天明地净，空气因之洁清。她是一场暖的春雨，漫过冬日的旷野；她是一道美的亮光，照彻我们的视界。与好的女子相处，如饮甘露，如沐圣雨。太阳挂在柳梢头，春雾淡淡，草未花，叶含清露，此时，乡村的大野就是一块刚出锅的绿豆年糕，豆泥软软的，镶嵌着一颗颗亮亮的小蜜枣小红豆。走在乡间，一吧嗒嘴唇，就有一股清甜的味道逗着我们的舌尖尖。满坡的青翠欲滴，谝野的绿草都叫清露草、甘露草、紫露草。我们就像勤快的仆人，布鞋湿漉漉地发沉，眼睛却滴溜溜发亮，探出一些长的杆，短的勺，采集着绿叶上这些晶莹剔透的珍宝，敬献给我们尊贵的公主润喉，敷面。饮木兰之坠露，餐秋菊之落英，肺腑之内生清气，呼吸之间尽馨香，大地上的至味有赏心悦目回肠荡气之美。

紫露草，多年生草本植物，春天的紫露草有些像韭菜似小麦，它混迹于野草丛中，不细看，我们很难发现它的存在，犹如人群中的诗人。紫露草叶片修长，叶色深绿，像极了细叶韭菜，很有清丽柔婉的女性气息，它基部的叶基部抱茎而生，温润细嫩，叶端渐尖，且微微弯，如轻低蛾眉，把无限的俏丽与曼妙都

紫露草：淋漓玉露滴紫蕤

集中于那性感的弧线。它的茎直立,有节,多分枝,这是经过驯化的紫露草。春韭鲜香,为时蔬中的极品;夏麦若金,乃粮仓里的大户。人们从驯化蔬菜谷物中得到启示,当紫露草迅速生长的时候,要掐掉它嫩嫩的茎稍,叫"打尖",促其叶片青绿繁茂,娇媚丰满。据说,驯化小麦用了几代人的时间。遵循自然规律,秉承自然之美,驯化植物推动着物种的进化。如果像人类的某些行为,譬如硅胶隆胸手术,一个假体带来的是审美的狂欢,还是身体的灾难?违反自然的转基因植物提升着食物的品质,也让许多植物濒临灭绝,生态的灾难最终危及的是人类自身。

一只蜜蜂不会去塑料花那里舞翩翩,它只会亲近自然的美,真实的美,以采撷芬芳的花蜜。紫露草开紫色的小花,三片近圆形的花瓣,犹如风扇的扇叶,产地是乡间温润的泥土,一接通太阳的光源,它就转动出诱人的芬芳和怡人的清爽。空气很干净,干净得只有鸟鸣在滑翔。紫色花瓣有着雍容大气之美,它的花丝和柱头又有纤瘦俏丽之容。许多细长的花丝簇拥着头状的金黄的柱头,仿佛深紫的真丝直身裙凸显着性感妩媚的俏脸。紫色清纯优雅,金黄天真无邪,整朵花完美绽放,富丽华瞻。紫露草的花期只有一天,一朵一朵的紫色花接续起来,却能从初夏绵延到晚秋。"我的芬芳只有一天,但爱永不凋零",这花语读来让人动容,仿佛遇见了打动你的爱情,一句话,一辈子。紫露草对美有着独特的理解。牵牛花晨开午谢,芳菲一瞬,香消玉殒。紫露草绽放在露珠里,隐身在阳光下,和牵牛花的归宿迥然不同。在太阳最灿烂的时候,紫露草慢慢收拾着自己紫色的伤口,无限柔情地理顺那些细碎的心事,把它们一并裹在花苞里,依然是含苞欲放的模样,那花苞依然像高贵女子的琳琅环佩,流光溢彩。风月清朗,现世清净无碍,"质本洁来还洁去,强于污淖陷渠沟"(曹雪芹《红楼梦》),我们遇见过许多这样的紫色花,有一朵叫苏小小,有一朵叫林黛玉,还有一朵叫梅艳芳。

　　如乡间少女一般清秀的紫露草,喜阳光,耐严寒,在鲁中平原的乡村可露地越冬。它是一味中草药,治疗痈疽肿毒、瘰疬结核,当它出现在这一堆有"病"的汉字里,我的胸口就一阵阵地发闷,如同紫露草沦落在修真玄幻惊悚盗墓穿越之类的文字垃圾里,如果紫露草真的可以炼制仙丹,那么,请欲望化叙事者先服用吧,以救治他们的叙事暴力。中医推崇药用,城市看重景观。以前在乡村并不多见的紫露草,如今作为观赏花卉,被成片成行地栽种在园林、湿地、大道两边,就像乡间的少女,甩着麻花辫来城市打工,那清纯的小模样就叫一个可爱,你看,你看,那脸蛋蛋红成了一朵花,羞答答的小脸往青绿绿的衣衫里藏。紫露草可与夏天的鸢尾花前呼后应,可与寒日的冬青树俯仰生姿,就是娶它回家,你每天都会被它的天真清纯打败的,给它浇水施肥,做了植物的仆人。

　　在诗经楚辞里未曾遇见紫露草,就是唐诗宋词,我也难寻它的云裳丽影。后来,我读齐鲁诗人路也的诗歌:"那有着淡淡反光的是生长紫露草的池塘/我要住下来,枕着江堤,斜倚衰败的果园/把脚伸进蒲葵丛林里,沉沉地睡去/我的梦会恍恍惚惚地爬过矮矮的坡,涉过遥遥的水面/登上远洋轮船的舷梯。"住在生长紫露草的地方,总是有美的梦相伴,那芬芳透明的梦,

紫露草:淋漓玉露滴紫蕤

简单纯真的梦,让你不在现实的泥淖里塌陷,你依然是纯真透明的一滴。

紫露草 鸭跖草科紫露草属多年生草本植物。茎多分枝,带肉质,紫红色;花瓣蓝紫色,广卵形;蒴果椭圆形。花期长,株形奇特秀美,树丛下片植,与鸢尾花长叶配植,株形、花蕾及花序适宜观赏。

草木记

野西瓜：野果烛照绿叶稠

西瓜是我最喜欢吃的水果，沙瓤西瓜最为爽口，切开，瓜瓤沙粒状，颗粒特别的细，不细看，就是一团红亮亮的霞，涌动着太阳的蜜，入口绵如絮，甜如饴，吃起来舌齿之间似有冰雪之声，"香浮笑语牙生水，凉入衣襟骨有风"（元·方夔《食西瓜》），酷暑食寒瓜，怎一个"爽"字了得？

洪沟河不舍昼夜地流。在汛期，它是一个宽肩膀粗嗓门的汉子，吼一嗓子，就漫过了河边的浅滩；深秋水瘦，这时的洪沟河成了一个苗条女子，望穿秋水，白霜从天而降。水流肥肥瘦瘦，河面宽宽窄窄，就有一些细细软软的沙，爬上河滩，攀住草棵，定居洪沟河两岸。沙地里什么都长，香薄荷臭蓖麻呀，红水蓼灰苋菜呀，夫子苗车前草呀……有的地方生出一个水窝窝，夜晚养三两颗亮晶晶的星星，白天汪着一团红彤彤的霞光。

一个地方，有沙，有土，有河流，有阳光，还有什么不能生长呢？埋下一块石头，说不定就能蹦出一个齐天大圣来。那年初夏，我们在一块温软的沙地上发现了几棵童话里的植物。植物的茎株有半米多高，看上去就像女人纤细柔软的脖颈，脖颈上细细的绒毛，闪烁着撩人的光芒，真的是温润如玉。神奇的是它的叶子，一片又一片西瓜叶居然站了起来，它们就站在同一根茎秆上，单叶掌状，左一片嫩绿，右一片绿嫩，交互攀升，如果植株高一些，再高一些，就长成植物界的千手观音了。真的，童话里神奇的场景，就发生在洪沟河南岸的沙地上，整整一个夏天，我们生活在一个瑰丽奇异的童话里。美好的植物美丽的自然，本来就是一个纯美的童话世界，人间所有的美质，无不来自那里。

其实，它的叶有一些黏糯，细细地嚼，叶嫩，有糯香满腮，让人回味无穷。摘一些嫩茎嫩叶，洗净，剁碎，和玉米瓜干同置一盆，浸泡一宿，然后在石磨上磨煎饼糊。加了这茎这叶摊成的煎饼，筋道，糯香抱得也紧，越嚼越有味。真有些不可思议，这茎这叶改良了煎饼的成分和味道。

沙地里长着直立的西瓜叶，这巨大的秘密被我们藏在心里，彼此遇见了，那眼神就眨巴两下，露出一些些诡异。夏天的植物长势迅猛，那些西瓜叶一天一个惊喜。单是看看那些叶子，就有一种繁复之美。它掌状的叶子就像魔术师的手，轻轻一推，一个五彩斑斓的夏天就出现了；这样的手也在变幻着，不是一根根肉嘟嘟的手指，而是边缘有着深深浅浅的缺刻，使得叶子更像是毛羽鲜鲜的翅膀，整株植物都要飞起来了。瓜田里的西瓜苗，只在沙土里爬行，扔下一个圆咕隆咚的瓜蛋蛋，又匍匐着探头探脑，探出一条新的瓜蔓蔓。这瓜蔓蔓神奇地站立了，会结出什么样的奇珍异果呢？是比沙瓤还沙瓤的大西瓜吗？

夏六月，那几棵神奇的植物放出了浅浅的黄花，是五瓣，每一瓣都有一颗紫色心，五颗心聚拢成一朵小小的蜡梅花，蜡梅的花心捧着几根黄灿灿的金丝丝，金丝丝环绕着迷恋着同一个红嘟嘟的粉团团。美妙的夏日，一朵花就是一个童话的宫殿，黄琥珀紫水晶金玛瑙红珊瑚构建的宫殿。天瓦蓝瓦蓝的，地土黄土黄的，这些花儿就开在碧绿碧绿的茎叶之上，它的颜色看似随心所欲,却又别具匠心;似乎彼此独立,确是相融共生。作为水果的西瓜,开一色的黄花,结圆鼓鼓的地球仪,画着一道道墨绿墨绿的子午线。那一朵花开出一个花园的植物,还会为我们创造新的奇迹吗?过不了多久,它绿色的花萼突然越过花瓣长长的围墙,成为果的外皮,把黄的花药和红的柱头包裹起来受孕。这暖房是半透明的,外面覆以细细密密的绒毛,等果皮微微黄,黄成一个小小的圆球灯笼,一眼就能看见,黑黑的种子,小小的灯芯。这一个个小灯笼,举向天空,是童话剧里的水晶灯,还是自然界新的节庆?中国的灯笼又称灯彩,到处都有灯笼,在厅堂,在庙宇,在酒肆,"十万人家火烛光,门门开处见红妆"(唐·张萧远《观灯》),不止照明,灯笼的出场,让节日趋向于饱满明亮。千年传承的习俗已让灯笼成为欢喜的所在、家的标志。野西瓜的小灯笼挂在大野之上。这一个个小灯笼,也照亮着我们的欢悦,即使我们远离故乡许多年,它们依然闪耀在洪沟河的南岸。

  一个人从童年开始,就接受绿色植物的神奇指引,他不会分散他的精力,而以简捷的方式走过枝枝叶叶花花的路径,抵达茎株顶端的果实。法布尔说:"最富生气的是那些发生最早的事情。儿童记忆的那层软蜡膜,在这些事情那里已经转化成了难以损毁的青铜壳。"我们总是在儿童阶段停留太短,总是有成年人在催熟我们:那东西叫野西瓜,就是棵草么,哪年都这个样子嘛,叶子长得像西瓜。新疆也有一种野西瓜,是长达两米的蔓生灌木,叶子就像冬青叶,结椭圆形的野西瓜,味辛性温。此野西瓜,和洪沟河南岸的野西瓜是两种截然不同的植物。

  诚然,西瓜是葫芦科蔓性草本植物,结出的果实是瓠果,瓢

野西瓜:野果烛照绿叶稠

沙脆甜,为夏季瓜果之王;野西瓜一年生草本,锦葵科木槿属,和大名鼎鼎的西瓜不沾亲不带故,也有人干脆叫它小灯笼。叫野西瓜有什么不好?它修改了西瓜匍匐着的命运,积极地有意识地向上发展,挑战着我们的想象,努力创造个体生命的欢乐和辉煌。即使被贬为野小子野丫头,也要改造花果的面貌,让个体的努力融入宇宙的意志,以此实现自然世界的丰富与博大,这就是植物的真相。这一真相告诉我们,大自然之大,是因为任何一种植物都是一个独立的存在,彼此绝不雷同,都有着宽阔的想象和宏伟的理想。

野西瓜 锦葵科木槿属一年生草本。花单生于叶腋,小苞片多数,线形,具缘毛;花萼5裂,膜质,上具绿色纵脉;花瓣5,淡黄色,紫心;雄蕊多数,花丝相结合成圆筒,包裹花柱;子房5室,花柱顶端5裂,柱头头状。蒴果圆球形,有长毛。种子成熟后黑褐色。

苘麻：麻叶层层苘叶光

在洪沟河南岸，曾经有那么一大片地方，我们叫它苘麻地。腾出一块敞亮的地方，让一种野草安家落户繁衍生息，这实在是发生在洪沟河南岸的一个重大事件。至于许多年以后的冬暖式大棚栽培荠菜，那可就是穿新鞋走老路了，一棵棵青春菜水灵灵地出现在城市的餐厅和下水道，绿茎嫩叶上闪烁着的，是露珠一般的钻石。

既然是野草，就有哪里都想闯荡一番的野性。苘麻喜生水边，旱地里有，房前屋后也能发现它们的行踪。只要有落脚的地方，哪怕是一粒极小的土屑，它也挺着身子，长出心形的叶子，把大地都长绿了；开着金黄的花朵，把太阳都开亮了。苘麻地，地瓜在这里做过梦，高粱在这里晒了米，墒好，光照足，苘麻的个子猛蹿，一蹿三四米，都高过洪沟河南岸的果树们了。

果树们自然住在果园里，果园四围是花椒葛针长成的篱笆，篱笆爬满了刺，刺得人眼睛生疼，热热乎乎地疼，恨不得生出一对翅膀，飞过去，飞到白里透粉的花蕊中，落在青里藏红的苹果上。真的，做一只飞进飞出的蚂蚱，都比我们潇洒得多。有时，我们站在苘麻地里，望着果园，发呆，眼睛里伸出一千只手，也摘不到天界的一颗奇珍异果。看着果园的工人们从绿云里飘出，想，他们要是苹果哪怕是毛桃，多好，离眼睛越来越近，黑眼珠里一个变俩，让眼睛尝出一些甜味来。果园的木栅门却常年板着脸,把果园搞得神秘兮兮的,就像一个深宅大院。事实上,果园已经单独划出去了,一个袖珍的"经济开发区",隶属乡镇直接管理。它周边的小麦地、玉米地、棉花地、苘麻地依旧是小村的口粮地或者经济田。心思好比茂盛的野草,一旦分枝发杈,就会长出一些新鲜的叶子温润地呼吸。在洪沟河南岸,有这么一个果园真好,大地的黄土盘里常年供奉着甜水梨红富士,求一个风调雨顺五谷丰登呢!

苘麻地在洪沟河南岸的位置非同凡响。蜜蜂吻了苹果花的芳唇,成群结队,向着苘麻们飞来,自西而东,也指引着洪沟河流水的目光,使得流水所到之处,香气涌动,逗引着地下的泉眼,咕嘟嘟冒出来,就是一些绿绿的茎株。一行行的苘麻直挺挺地站立着,站在村庄和风调雨顺之间,站在果香和五谷丰登之间,一个盛大而隆重的田野入场式。

说说春天的苘麻吧。有两瓣草芽拱出来,嫩嫩的,泛着淡绿的亮光,仿佛暖煦煦的春风一吹,热乎乎的阳光一照,大地的眼窝子一下子浅了,涌出两颗晶莹的泪滴。这样的泪滴看上去娇嫩柔弱,它的作用可大啦,嫩叶嫩枝哪一个不在它的摇篮里度过自己的幼年?叶子大了,茎枝也直了,像泪滴一样的托叶就悄悄地脱落,苘麻的茎枝和叶子开始了一场竞赛似的生长。茎枝咔吧咔吧往上长,好比一群乡间孩童在阳光里玩一种"跳跳长长"的游戏,跳一个高,长一大截。叶子一声不吭,随着茎枝向上攀升,仔细看,叶子们是在攀云梯,不纠缠,不黏着,一个茎节就是一个新的高度,如此,交互攀升,不遗余力;同时,叶柄擎着叶子,横向扩散,一根根叶脉犹如伞骨,打开一枚饱满的团叶,硕大如桐叶，形态似桃状，仿佛心形的基部弯出两道好看的水流，遥相呼应地漫向叶子两边，无论相距多远，都保持着和谐的对称，优美的弧度。正是这种同声相应同气相求的大默契，两道水流又不约而同地绕着弯，彼此靠近着，在叶子的先端揉成一个柔和的心尖，蓝天的私语、空气的激情、幸福的颤抖和即时的快乐全都搁在这心尖上。

  茎枝独立，单叶肥硕，如此生长繁殖，要是长成高大粗壮的梧桐树，那可是大自然最大的败笔。大自然不会在不同的物种之间制造混乱的血缘关系。它总是在不断地摸索，尝试，让每一种植物都与众不同，都有丰富的智慧和优秀的特质。

  夏日繁华富丽。苦菜花是很结实的花朵，一开上百朵，平地起黄云；苹果们郑重自持，掩隐在绿荫里，默默酿造着内心的蜜。在探出第五片也许是第六片叶子之后，苘麻突然有了一个新奇的想法，它想改变茎叶各自生长的单一局面，凝神聚力，共同关注整个苘麻家族的未来。这是一次勇敢的思想冲动，很多伟大的创举，就源于最初的那么一次内心的美妙冲动。这冲动使得茎和叶的相接处冒出一根类似于叶柄的花梗，约莫两厘米长，挑起一个绿色的花萼，有金丝一般细小的花蕊从萼的绿里凸出来，过了一些日子，金丝铺成了丝绸，黄灿灿的，是苘麻全心全意的笑容，绿的杯状的花萼上密生的软毛，被花的金芒辉映着，仿若少女脸颊上好看的绒毛。苘麻最初的黄花谢了，其上的花蕊正青春，最上的叶腋刚刚冒出一个绿绿的苞蕾。一株苘麻，自下而上，呈现的是一个家族前赴后继的探索和努力，是对伟大愿景的不懈追求。黄花一谢，苘麻结果了，嫩青嫩青的，果实顶端的长

苘麻：麻叶层层苘叶光

芒有一种突兀的性感,犹如美女妆饰的长长的睫毛,一根睫毛顾盼流连着一瓣果实,细端详,果实一瓣一瓣的,心手相牵,结构成一个稳固的半磨形的家园,每一瓣里都住着一些白白的米粒儿大的苘麻子。我们知道,一种植物往往有许多洋溢着爱意的名字,这些名字是朝霞和日月之光铸就的徽章,是所有的赞美之中最崇高最真诚的赞美。苘麻开了花结了果,人们的赞美也纷沓而至。"金盘银盏",超豪华的器皿,盛着蓝天和白云吧;"野芝麻",香得鲜,也香得野,它的周边一定长着许多想尝鲜的小嘴巴;"八角乌",是成熟的果实吧,这名字保存着山野的气脉和时间的痕迹。

在洪沟河南岸,我们叫它"苘饽饽儿","饽饽儿"是白面馒头的昵称,逢年过节才能吃上几顿的白面馒头,我们到田野里就可以一饱口福了。"其嫩子,小儿亦食之"(《本草纲目·草四》),苘麻结出一些半磨形的饽饽,即可围上一堆贪吃的小嘴巴。苘麻子有着好看的颜色,比白还白的颜色,小心翼翼地伸出舌尖,一舔,麻酥酥的凉,夹着一些甜丝儿,心里给苘麻加了一个感激。金盘银盏八角乌,这些灵动在诗歌里的优美意象,只是一种场景的渲染,一种朴素而又庄重的乡村仪式。苘麻就在这样的场景里抵达了天空的高度。苘麻收割了,它不是小麦也不是谷子,它的收割意味着新一轮生长的开始。首先,它们不再各适其适,各安其分,而是一捆一捆地集结在一起,就像一个握紧的拳头。然后,离开熟悉的大田,去洪沟河里潜水,其上放着重重的石块,压了沉沉的麻袋,真是抱着石头跳河,义无反顾,以此接受水的潜移默化,让苘的麻疏离苘的杆,个体生命呼吸着群体的

草木记

气息,个体的某个特质被发现被承认。苘的麻对自由的祈向,是个体精神的回归。就是说,集体的确立,并不是删除个体自由空间;社会的进步,来自于个体生命潜能的最大释放。苘麻走出水面的时候,黑不溜秋的,活像一群走出煤窑的汉子,裹着一些浓烈的体臭。清水里洗个澡,树干上砸砸拳,黑黑的苘麻成了一些俊俊的小伙,白白的,一脸金灿灿的笑容。"北人取皮作麻"(《本草纲目·草四》),剩下的白秆儿可引火,打石取火与钻木取火同源,人类谋求生存的这招绝活来自自然智慧和人的灵感。把易燃品苘麻秆置于火石之上,火石是一块石英石,取一有棱角的石头,持续击打火石,摩擦生热,直至火星飞溅,把白秆儿燃成一支香烟的模样。一片火光,照耀着人类走出洞穴,走向文明。

生在大田里,长在河流中,苘麻思想的纤维不易腐烂,坚硬而又柔情。苘的麻一根一根编织起来,这一股叫春秋;一截一截越接越长,这一股是冬夏。把两股缠在一处,拧在一起,就是一年四季硬实粗壮的乡路,把五谷丰登拉回村庄,把幸福吉祥拉回家乡。

苘麻 锦葵科苘麻属一年生草本植物。高1米~2米,茎枝被柔毛。叶互生,圆心形,被茸毛,花黄色。其皮产生一种长而强韧的纤维,可用来制麻绳、麻袋等。苘麻在我国的种植历史悠久,最早记载见于《诗经》《周礼》,距今已有2600余年。

苘麻:麻叶层层苘叶光

拉拉藤：只去水边缠倒藤

河流那么长，像一条绿色的绸缎，平滑地铺展着。

玉米那么高，宽大的玉米叶子一层一层地向上攀升着，看那架势，要攀得比屋顶的烟囱还高呢。

绿意稠浓，植物繁茂。这当然是夏天。早上，太阳还是一脸的潮红，在上升的过程中，它不断地超越自己的光芒，在天的蓝里凝成一团炫目的白，越升越高，给人的感觉却是越来越近，仿佛一个遥远的注视，变成一种温情的抚摸，又进展为一个滚烫的热吻。夏天真有那么一种力量，让土地流红涌翠，让植物浮光跃金，它把太阳、河流、土地等一切天才的智慧都集中在卑微的植物上。土地和阳光喂养着小麦，小麦喂养着人群；河流哺育着玉米和青草，玉米秸和青草棵又哺育着猪牛骡马。这河流，这土地，这植物，这里的人们，是一种共时性的存在，一个和谐美好的整体。

在河流和玉米之间，蔓生着一种野草——拉拉藤。它的叶子呈掌状，叶缘深裂，整片叶子看上去像是一朵五瓣的青花，情绪稳定，春天的笑容已舒展成夏日的自信，这样的叶子连成一片，缀在两岸，夏日的凉风一吹，草浪滚滚，很有河流的气韵。拉拉藤的植株并不高，它的上面探出一条嫩嫩的藤，活像一条龙在绿海里浮游，过不了几天，就一头扎进新的绿里。更多的藤匍匐在地，如果拉扯开来，一条藤就有五六米长，要是把一株的藤连成一根，是不是像河流一样长呢？像河流那样把荒滩润泽成沃土，把贫瘠浇灌成丰腴呢？

　　洪沟河南岸沟渠河汊众多。这些横横竖竖的沟渠河汊像一条条贴地而生的藤蔓，两侧对生着宽宽绿绿的田野，又像一张泾渭分明的运输网，把洪沟河的白浪输送成植株上的绿叶。那些匍匐着的拉拉藤呢？它们喜欢生长在沟渠的两岸，岸高水低，得风得水，用它五爪龙的叶子尽情地表现流水的欢乐、大地的肥沃和阳光的深情。路旁、草地也游走着拉拉藤的绿影，甚至有的攀上粗圆的玉米棵，成为农田里的不速之客，这样就有被拔除的危险了。但是，它的藤紧紧抱着玉米的身子，且爬满密密的倒刺，锋利的小刺能把人的手臂拉出一条红红的疼，让人心生怯意。这是一种很有自尊的野草，你可以疏远它，可以漠不关心它，但不能贸然打扰它的生活。

　　我与拉拉藤的渊源，始于童年之伤。小时候，挖野菜、打猪草难免与拉拉藤磕磕绊绊的，身上划了一条一条的红，我认得了"拉蔓子"，或者"拉拉秧""拉狗蛋""割人藤"，以后遇见了，就小心谨慎地躲闪。小孩躲躲闪闪的动作，被聪慧的山东人用到游戏里，名为"跳拉拉秧"。相对而坐的两小儿脚板相抵，其他小儿迅疾跳过，"一步拉拉秧，二步喝面汤，三步吃韭菜，四步撅起来"，唱一遍童谣跳四次为一个回合，坐者就撅高一只脚，四脚全撅，仍能干干净净地跳过为胜，若是被脚给"拉"着了，就沦为"拉拉秧"，坐着，其余小儿则乐陶陶地吃韭菜喝面汤。

　　拉拉藤致伤，也治伤，李时珍说："润三焦，消五谷，益五脏，除九虫，辟温疫，敷蛇蝎伤。"（《本草纲目·草七·葎

拉拉藤：只去水边缠倒藤

草》)用处大了去啦。其实,许多的野草,比如拉拉藤,它们宁愿生活在一个不被打扰的地方,自立、自足而又自尊,人们的忽视反而成就着它们家族的繁盛,它们就像清新芬芳的空气,我们无须看见它们,但是,它们就在我们的呼吸里。

拉拉藤很普通,它茎枝上的纵棱粗糙不平,很男人的骨架,叶腋间开一些细细碎碎的小白花,又有女子的清秀与温婉了。在洪沟河南岸,这样一种古老而又粗野的野草,发现了最好的群居之地,它们成为河流的堤岸,绿色的屏障,也不轻易向农田挪移它们的脚步,生活清净无碍,安宁富足,就像庄稼的一位高贵的邻居,享受着河流的惠泽,也享受着生命的尊严。在这里,河流作为一些粗壮而又丰盈的藤蔓出现,不断地发权分枝,权间生百草,枝头缀五谷,整个田野就是一株巨大的植物,盛开花朵的丽春,撑起浓绿的盛夏,结满果实的金秋。夏天,玉米垂下宽大的叶子,植株径直而上,直到挑出一束束嫩黄色的天花。金银花,初开时是一瓣一瓣的月色,犹如少女清纯明净的面容,开着开着,就开出一缕缕黄灿灿的阳光,日月同现,煞是好看。不过,夏天最丰盛的时刻属于河流两边的陡坡。陡坡湿滑,人迹罕至,但却繁茂着一个植物的群落。夏天,沿着流水的方向望去,是一望无际的绿,宽阔无边的绿,沟底的浪花都飞溅成玉米上的天花了。拉拉藤像涌出河流的蛟龙,在陡坡上匍匐着,攀援着,左一片右一片,不断探出新的叶子,如此,枝枝相覆盖,叶叶相交通,拉拉藤们盘根错节,不分你我,形成了一个庞大的植物家族,把陡的坡铺成绿的毯。它们逢迎着流水和阳光,接纳着雨滴和蝴蝶,在陡的坡上,如同在诸神的乐园里一样欢快淘气,而河流一直流到天边,那么昌盛踊跃,那么葱郁莽苍。这才是洪沟河南岸真正的夏天,让人的视野一下子开阔了,碧绿了,也深邃了。

　　试想,若是水流的两边没有拉拉藤这样的野草,我们如何看见夏天的浩瀚?如果河流和玉米之间一片空白,我们又如何理解自然的秩序并确定生活的规范?河流、野草、庄稼各得其所,又浑然一体,这就是大地道德,每个生命个体都占据着各自的位置,平等地生活。我们的家,也是野草们的家,认可并赞赏野草们的生活,就会逐渐扩大我们的幸福之所。

拉拉藤　学名葎草,桑科葎草属一年生或多年生草本植物。茎蔓生,密生短刺;叶子对生,掌状分裂;花淡绿色,果穗略呈球形。果实可入药,为健胃剂。

拉拉藤:只去水边缠倒藤

牛筋草：老人结草亢杜回

洪沟河南岸的春天，犹如植物的嫩芽，浅浅的绿拱出地面不久就脱落了，而夏天像浓绿的叶子一层一层地向上攀升，一枝一枝地往外扩散。

夏天在校园里的白杨上结成网连成片形成一个个伞状的树冠时，蝉声从四面八方聚拢而来，小溪一般汇入滔滔绿海，一个波澜壮阔的夏天。有一棵白杨树站在红砖墙的边上，树梢梢爬得比屋脊还高。一根榆木，就横在白杨树和红砖墙之间，其下挂了一口铁钟，铁钟的绳子拴在皱巴巴的树干上。放暑假了，钟声不再一长两短地喊了，把校园留给响亮亮的蝉声，把操场留给金晃晃的阳光。

阳光把白昼照得寂寥而漫长。操场空阔寂静。要是平日，男生在操场上扑棱棱地飞，喊叫得比雀鸟还欢实呢；女孩像蝴蝶一样翩翩，飞累了，就在白杨的浓荫里停歇着。就是过路的白云，也会出神地看上半天，看这些小雀小蝶，谁会注意操场上还有其他的生灵。现在不一样了，一些小草在硬实的跑道上稀稀拉拉地跑着，操场的空地上，一些绿茸茸的小手拨开灰黄黄的沙粒，开始呼朋引伴了。呼啦啦，有的草在原地转着圈儿，叶子越转越繁密；蹦恰恰，有的草一跳老高了，跳跳长长，再跳一下，就高过校园的围墙了。学生们放假了，小草们开学了，伸伸腿，弯弯腰，犹如小麦归仓了玉米开始疯长，这一切衔接得紧凑而又自然，这真是一个美好的现象，意味深长的现象，夏天的一个奇妙的灵感，透露着大自然某种隐秘的思想和创造的深意。

　　各种草，铺散着，斜升着，挺立着，各有各的姿势，各有各的天地。遍地铺散、触目皆是的就是牛筋草了。这种草初生的时候，和其他草没什么两样，嫩芽就像小蚂蚁一样从土里钻出来，娇小的两瓣，略显青灰色，不敢用手去捉，生怕给碰碎了，可是，它们却能穿透坚硬的路面，拨开阻挡的沙粒。这并不足以证明牛筋草的天才和远见，同样的，它的茎叶也不是一个奇迹。叶子是线形的，细长，叶脉平行着向叶端延伸，叶背的纵棱使得叶面中央凹成一条绿绿的小溪，和叶脉并行着，结构成一往无前的绿。它扁圆柱形的茎株，微微地斜升，一副从容不迫的样子，它举着一片又一片叶子，往外向上延展，一茎一叶地确立它的植物王国。牛筋草从根部分枝生叶，叶裹着茎，茎托着叶，茎越扁圆，叶越细长，这样的三两株挨在一起，就像三五人背靠背地围成一个圆，微抬着一脸的向往，把手臂齐刷刷地张开在蓝天之下大地之上，一种开阔而又辽远的意境。

　　这就是牛筋草吗？这种茎与叶的和谐之美不也遍布整个植物世界吗？人和草不一样。人是无根的生物，怎会读出牛筋草的根性呢？若是我们按照牛筋草的方式来构筑生活的基石，那么，我们的生活大厦一定会美轮美奂。由于大自然的某种默许，牛筋草的穗状花也是绿色的，它的花体太细小了，那种淡绿，就像风中的雨滴，随时都会消弭于无形，但是，这样的小花排成两列复瓦状密生在穗轴的一侧，足有中指那么长，在茎秆的顶端呈放射状绽开三四串绿色的花，是植物世界新的节庆，是绿茎绿叶绿花的不事张扬的胜利。

牛筋草：老人结草亢杜回

这茎这叶这花，一条道走到绿，的确有些偏执，有些特立独行。如果我们以婀娜多姿姹紫嫣红的标准来打量这草，它是未开化的顽固之草，需要开发需要创新的边地之草。长期以来，我们自以为无所不能，思维超常，出类拔萃，在地球上占据着优越的位置。当我们俯下身来，重新思考人和大地的根性关系，就会看见一棵棵牛筋草。我们蹲下身，或者猫着腰，想拔除一棵牛筋草，它的茎株却握紧根部抠住大地，和我们进行角力，即使猛力扯断它的某一枝，它的根系依旧扎在土里。这种状若猛牛韧如牛筋的草，在我们那里也叫它"逮倒驴"，把想吃草的牛驴等大牲口都逮倒了，人啊，还不摔他个四仰八叉。摔得疼了，就有当头棒喝的效果：若是我们拥有牛筋草奇异的思维方式，拥有它产生于根部的家园意识，我们就会变得更加坚毅而有耐性，沉韧而有智慧，更能确定我们的来路和去处。

乡村校园里，到处都是牛筋草，墙根边、砖缝里、路沿上，牛筋草像长了翅膀，四处飞翔。只要它一落地，就用细细的根须紧紧地抱住土粒，然后，根须的细尖尖缓缓地向深土里探索，缓慢而又艰难地站稳脚跟，努力把叶子伸长，把茎株拉宽，整株草看上去结实粗壮又灵活机敏。它的植株不停地分枝发杈，伏地铺散开去，就形成一蓬蓬底气十足的绿，一蓬蓬坚如磐石的绿。从墙角的两瓣瓣嫩芽，到路边的一穗穗草籽，在一个时间段落里，我们能看见牛筋草吐芽、发叶、拔节、抽穗、结实等不同生长阶段的各种情状，目睹整个家族的大繁荣大发展。这时候，白昼最长，蝉声最肥，阳光最放荡，草叶最多情。这是我模仿赫西俄德的口吻说的一句话。我以为，眼前这个繁荣富足的城邦呈现着的

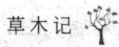

祥和景象，一如遥远的古希腊。

以南烛叶汁浸米蒸煮而成的乌米饭，食之健如牛筋。南烛亦名牛筋草、乌饭草。其实，南烛是木，盛唐时，食乌饭风俗盛行。李时珍未收录的草本牛筋草，被清人赵学敏拾遗补阙，编入《本草纲目拾遗》一书。牛筋草其根坚固，其茎坚韧。古代已经意识到牛筋草的非同一般，它清热、利湿，在一些皱巴巴的毛边药书里有疗救伤暑发热、抽筋神昏、腰部挫闪之功效，《纲目拾遗》呼之为"千金草"。《左传·宣公十五年》则把低矮的牛筋草上升到感恩报德的精神高度，行正人心厚风俗明教化之功效。那位乡下老人，说不定小时候就玩过"下绊脚"，他做游戏一般，把小路上的牛筋草两两拉拢，栓出一个又一个结结实实的草疙瘩，可怜大秦猛将杜回终敌不过这卑贱之草，绊了个人仰马翻，被晋将魏颗逮个正着，此役秦师大败，魏颗跑到梦里才恍然大悟：当年他主张嫁出其父魏武子的爱妾，罢免了殉葬一事，而结草报恩的老人正是所嫁妇人之父。

这一回是"老人结草亢杜回"，下一回呢？暑假之后，整理校园的操场，我们特意留了一个方方正正的绿茵场，让这些质朴坚韧的小草，无限可能地接触着乡下孩子的身体。

牛筋草　禾本科䅟属一年生草本。高10厘米~90厘米，根系发达，秆丛生，叶鞘两侧压扁而具脊，松弛，无毛或疏生疣毛。穗状花序2~7个指状着生于秆顶，很少单生，长3厘米~10厘米，宽3毫米~5毫米。囊果卵形，长约1.5毫米，具波状皱纹。花果期6~10月。

牛筋草：老人结草亢杜回

荠菜：春在溪头荠菜花

洪沟河南岸的春天要比别处来得早一些。至于早几天，乡里人都忙于田里的活计，谁有闲心去做准确的笔录。

乡里人张贴春联，上联为"人勤春来早"，下联就是"草发牛更肥"；正对马路的两扇大门，右边贴"人勤三春早"，左边就挂"地肥五谷丰"。黑的木门也发芽，对生，开红色的花。乡里人也喜欢自编春联，有识文解字者咬文嚼字许久，上联如履平地，下联就像推车上山，到了横批，则一马平川，就"人勤春早"吧。

洪沟河的春来早，并不单单和乡里人的勤劳有关。一条河自西而东地流，一些树自下而上地长。远远望去，那些树就是一排高高的篱笆，天作一堵活院墙，把洪沟河南岸变成了一个偌大的庭院，北风在北岸结冰，春天的小南风在南岸打着旋，溜着圈，犹如一群小雀，来来回回地飞，不停留，不离去。

立了春，天冷冷的，小麦叶子瑟瑟的，在风里抖着，有一些叶子倒伏了，弯向灰色的泥土，这情形看上去就像一个乡下临产的孕妇，披头散发着，懒散，邋遢。田埂微凸着，那种凸看起来是散漫的，微妙的，感觉泥土里有一些新鲜的生命在均匀地呼吸。似有一些灰色的鸟匍匐在田埂上，稀稀拉拉的，走近了，细看是荠菜，叶子早脱去了层层的绿，灰黑着脸，顶着一些些枯黄，已经不能再叫叶子了，叫草屑却有些残忍，贴着地，老年斑一样固执而沧桑。土地不是光秃秃的，甚至色调很是繁复，灰一块黄一块黑一块，似乎还有一些些绿，遥看近却无的绿。

下了一场雨，不紧不慢地，舒缓，匀称，像女子细碎而轻微的脚步，携着一丝丝的芳香，最大的声响来自河南岸的梧桐叶上，沉思了很久，滴答，落了下来，一声清清亮亮的赞叹；滴答滴答，有些妙语连珠了。麦苗返青了，鲜嫩的叶子让人想起婴儿的小手，不忍碰触，只是看着，眼睛里蓄满柔情。过冬的荠菜却绿得深邃，几乎是墨色的，植株塌地生长，向四围拓展成莲座状，叶片有二指多宽，长约五指，叶缘羽状，有浅浅的裂口，有些像大锯的齿，只是这锯齿看起来柔和养眼，微微的钝。锯齿大小取决于叶片的肥瘦，随物赋形，不拘一格。这样的莲座之上，是白云，是蓝天。这实在是一种绽放，在别的草木干枯或者隐身的冬天里，它枯黄的叶片是绽放的姿态，它觉得把心儿敞开，完完全全地敞开，才能走在百草的前头，让春天有个落脚点。

荠菜也有鲜绿的。新生的小叶子，柔嫩的、绵密的小叶子，就像幼儿园的小小女童，听到一脸暖意的阿姨喊一声"下课了"，就拥挤着吵闹着跑了出来，伸伸腿，扭扭腰，好不快活自在。叶片羽状分开，不过叶缘深裂，使得叶片看起来碎碎的，倒像是小小的花。凑近了细嗅，真的很香，那香气起初是敛着的，就像一滴水猛地落在你的鼻翼，凉凉的甜。后来，水滴接续起来，成了一股流泉，温润，芳香，是春天独有的凉薄的味道。这种散叶荠菜，叶狭披针形，很细碎，却又很繁多很拥挤，所以，又叫花叶荠菜、百脚荠菜、碎叶荠菜。

"阳春三月三，荠菜当灵丹"，这是洪沟河南岸口口相传的一

荠菜：春在溪头荠菜花

句谚语。现在写作都讲究一个在场，身体的在场，心灵的在场。这个春天的场，可能遍布美色和芳香，但是新麦接续不了旧粮，乡里人的肠胃是空的，褪去了棉袄，单薄的背影晃得像草那样瘦小和脆弱，春天的阳光明亮了许多，却显得他们的脸色愈加暗黄。很多人一到春天身体就会虚弱，那么，吃一粒仙丹吧。三国时期，神医华佗在三月三这天，给许多患者只开一味药，名字是荠菜煮鸡蛋，一听就让人涎水涟涟，未等入口，病情就好了大半。"三月三，荠菜煮鸡蛋，吃了当灵丹"，南方一些地区至今还有三月三吃荠菜煮鸡蛋的民俗。佛家人对荠菜推崇备至，尊为护生草，其茎作挑灯杖，辟蛾蚁，佛门真乃净地。《本草纲目》记载"明目，益胃"（《本草纲目·菜二》），荠菜鲜嫩爽口，又清肝明目，健胃消食，怎么吃都是一道美味。苏轼的诗人之笔，饱蘸着荠菜的绿汁和清香，这样写着："君若知其味，则陆八珍皆可鄙厌也。"只这两句，通往内心信仰的清洁之路就便捷敞亮了。从"东坡肉"到荠菜，文化审美转向了清淡素朴，静心明智，也是一种精神皈依吧。

　　荠菜有N种吃法，"荠味甘，人取其叶作菹及羹亦佳"（《尔雅》）。在青黄不接的三月，能把山穷水尽吃出一个山重水复来，你能说乡里人不伟大吗？原汁原味的吃法是生吃。择了黄叶，掸去枯草，放在清水里淘洗，浸泡，等到吃饭了，一盆荠菜全都扑棱棱站了起来，活泼泼，脆生生；取一个白的小碗，倒入些许陈醋，点上几滴酱油，撒了三五味精，就是佐料了。随手抓一棵荠菜，叶子犹如许多小耳朵，支棱着，一叶一叶的捋顺，握在手里，青青白白的一大把，往小碗里一蘸，入口清脆鲜嫩，裹着微微的甜酸，真是一口就吃成了胖子。荠菜糕是一种饭食，是饭，也是菜，充饥开胃。把荠菜洗净了，剁碎，拌上金灿灿的玉米面，撒上白净净的盐粒子，放在笼屉上，热蒸，开锅即食，乳白的热气袅袅着，荠菜糕黄黄绿绿着，就像是一锅的翡翠，不吃，只是看着，也很养眼很悦心，已经是美学了。一菜多吃，把荠菜和玉米面子倒入锅里，煮沸，就是荠菜粥了，汤汤水水一大碗，清香扑鼻，入口清爽绵软，色嫩味鲜，直喝得碗底朝天，满头大汗，浑身都有一种要发芽的感觉。耐下性子，可以和面。面粉短缺，就用地瓜面吧，包一顿荠菜水饺。荠菜略略焯了，剁碎，调馅，敲破三五枚鸡蛋，让蛋的青推搡着蛋的黄，"咕嘟咕嘟"跑了出来，撒盐，搅匀，左手小心捧着擀好的面皮，右手拿筷子夹馅，筷子搁在菜盆的内沿，双手并拢，捏皮，让圆圆的面皮团结在荠菜周围。这种包裹是宠爱，是珍惜，也是敬重，整个过程神情专注，小心谨慎，像是在赶制着一件件圣器。

　　说着说着，肚子饿了。肚子里像有一条鱼，搁浅了，鱼尾扑打着，嘴里发出叽叽的声音。有一种野草，我们称呼它为"菜"。荠菜，救急的菜。拎着小筐，抓了小铲，挖荠菜去。洪沟河南岸荠菜遍地，田间地头，堤岸沟岔，随处可见。麦地里的田埂就像刚蒸熟的新麦馒头，绵软软的，只需伸出食指中指，往泥土里一抠，大拇指凑上去，捏住荠菜，就能连根拔出，白白的细根沾着黄黄的碎土，微风里一抖，清爽芳香的气息即可弥漫开来，让人不自觉地抽动一下鼻子，打了一个响亮的喷嚏。细细嗅着，似有一些更厚的东西飘着，就在鼻翼，就在眼前。

　　小筐沉甸甸的，该回家了。"春天在哪里呀，春天在哪里？"

荠菜：春在溪头荠菜花

春天，犹如一阵暖的风，在树梢上出现，在树根里消失，它的每一次路过，都有一些或深或浅的痕迹。洪沟河南岸的春天呢？路边，有过冬的荠菜开花了，白白的，碎碎的，就像小小的星星，亮晶晶，金闪闪，打动着我们的眼睛：春在溪头——荠菜花。

荠菜 十字花科荠属一年生或二年生草本植物。高50厘米，基生叶丛生呈莲座状，叶柄长5毫米~40毫米，茎生叶披针形，总状花序顶生及腋生，萼片长圆形，花瓣白色，花果期4~6月。全国各省份均有分布，世界温带地区亦广泛分布。荠全草可入药，茎叶作蔬菜食用，种子含油，可供制油漆及肥皂用。

苦菜：谁谓荼苦，其甘如荠

一条河横在那里，夏秋之际，洪水滔滔，浊浪滚滚，真有"一条大河波浪宽"的气场。它的东面就是赫赫有名的潍河。汉朝有个大将军叫韩信，他在潍河打了一个大胜仗，可谓惊涛拍岸，水淹敌军二十万；如今，有好几座城市若干个村镇簇拥在它的身边，倒也应了一句歌词，"塞纳河畔闹市炊烟"。淤泥，淤泥，淤泥，洪沟河是淤泥的伊甸园。

洪沟河南岸有沙地，草地，也有洼地。河里淤泥，河南洼地，多黏土，湿时一团糟，干时一把刀，用犁耕地，就像一只脚陷进淤泥里，挣出来，又被强烈的腥味淹没了。如果打个比方，南岸就是泥鳅的化石堆，洪水泛滥之时，泥鳅一群又一群，翻过低低的河岸，去开辟新的河段，洪水退却以后，它们就被晾在南岸，无处可逃，身体僵在了那里。

"四海无闲田"，真的是这样，一句古诗，短短五个字，就覆盖了四海的过往和当下。洪沟河南岸的洼地，洼了些，但还是地，就种地瓜吧。说来也怪，洼地里长出的地瓜，不论块头大小，都脆甜得很，嘴馋了，刨一个，掰去泥块，去河水里一冲洗，塞进嘴里，腮帮子一鼓，"嘎嘣"一声响，如嚼冰糖。洼地里也长野草，蓬蓬勃勃的野草，开出的花儿也奇妙。荠菜摇曳着一些洁白的小星星；牵牛的花出奇地勇敢，把蓝色大海的私语向风儿蜂儿广播着；苦菜开黄花，花茎高达四十厘米，它有意把空气的全部激情凝聚成太阳的形状，成为洼地里新崭崭黄灿灿的笑容。这些花儿，它们用最繁华富丽的色彩来修饰贫瘠的洼地，把洼地的硬实变成了黑黝黝的脸上古铜色的微笑。

故乡的村头竖起了粗毛木杆，是两根，要放电影了。有人说，白色的幕布都挂上了，是真的。有人居然打听到了电影的名字：《苦菜花》！那一夜，旧式胶片机唰唰转动着，把"母亲"的声音清晰地送到了故乡的耳朵："苦菜，根儿苦，可开出来的花是香的。"老电影上的苦菜花，是白色的，是一种有光亮的存在，就像宝石，在黑夜里熠熠闪光。当故乡的人们婴孩一般在清晨醒来，把目光投向那一片洼地的时候，仿佛一夜之间从黑白电影跨越到了彩色宽银幕。这是一个伟大的变革，这些伟大的植物拯救了贫穷的洼地。笑眯眯的花儿，使得飘渺茫远的幸福变得具体生动，真实可感。洼地上的苦菜花，貌似平淡无奇，但是，世界上一切幸福所需求的香气和笑容，一切让人赏心悦目的生活之美和脱胎换骨的思想之美，都在它纤细的花蕊上舒展着，金黄着。"苦菜——花"，你放慢语速，默读，苦是一种清醒，花是一种觉悟，一种坚韧的精神。苦菜花，这洼地里坚定的愿望，就是大地之上的道德经。

说说苦菜吧。洼地里的苦菜，主要有两种。叶子披针形，有的叶子是长条形的，窄窄长长的，形状类似柳叶，但较之鲜绿娇嫩的柳叶多了一些深刻的墨绿。柳叶的绿是浮的，苦菜的绿是浸在叶脉里的，柳叶完美得让人生疑，苦菜的叶缘有稀疏的小锯齿，不规则。冷的风深一脚浅一脚地踏进洼地，好不容易找到一棵过冬的苦菜，就想连根拔出来，苦菜擎着叶子，就这样和风拉锯着，角力着，悲凉而英勇，就像刀刃上的舞蹈。还有一种苦菜，叶子碎碎的，叶质薄薄的，叶片呈羽状分开，缺刻出奇的大，颇像一个个山洞，洞口向外敞着，使得侧生的狭三角形裂片看起来单薄而孤独，整片叶子也轻轻的，和微风一样轻，不过，这活跃的缺刻是从哪里来的？是苦菜家族血脉上的关切，还是它在这洼地上有意识的努力所形成的独特思想？洼地板结或者黏稠，也许，它的根在缓缓探索的时候，显得异常艰难，它的茎叶也处于一种紧张状态，叶抱着茎，把全部的心思和精力凝聚在根系的延伸上，纤细的根每每前进一丝一毫，它就长出一口气，探出一片绿绿的叶子，仔细看了，绿的是表面，叶背略显灰白，隐隐透着模糊的绿、朦胧的紫，很有一些层次了。

"采苦采苦"，《诗经》里的"苦"，说的就是苦菜。"茹荼空有叹，怀橘独伤心"，骆宾王《畴昔篇》中的"荼"亦是苦菜，也叫苦荼。"苦荼以味名也"（李时珍《本草纲目·菜二》），荼苦犹言苦楚。宁夏人叫它"苦苦菜"，多了一重苦味。去洼地里挖野菜，我们的眼睛大都盯着荠菜、蓁蓁菜、灰灰菜，遇见肥大鲜嫩的苦菜，我们才弯下腰去，用铁铲把它挪到柳条筐里来。有苦菜叶或根扯断了，乳白色的汁液渗出来，沾到手上，没多久就生成黑黑的斑点，回家洗了手，抓起的干粮都带着一些苦味，似乎那苦穿透皮肤深入骨髓了。母亲总是想着法儿，把苦菜的苦味减弱变淡，做成一些饭食，给我们开胃充饥。苦菜蘸酱。择去枯叶和草屑，清水里淘洗，直洗得菜根洁白似玉，菜叶绿如翡翠，蘸了甜面酱，好比面包上搁了奶油，甜里裹着苦，苦里含着甜，清凉爽口，很原生态的味道。"谁谓荼苦？其甘如荠。"（《诗经·谷

苦菜：谁谓荼苦，其甘如荠

风》）凉拌苦菜。把苦菜焯了，叶子青黑青黑的，冷淘凉拌，佐以精盐、陈醋或者蒜泥，也可浇上辣椒油，吃起来脆嫩香辣，别有一番风味。苦汁挤了，可以搅和玉米面，做成窝窝头，黄的米，青的菜，面盆里搅在一起，热锅上抱成一团，真的是天作之合。

以前吃苦菜，但求果腹，如今讲究的是一个营养学，说得人不吃不行，大有把乡野丫头捧成超女的架势。在洪沟河南岸的一所乡村中学教书那些年，夏秋季节，我都要去洼地里挖些苦菜的，炮制苦菜茶。深秋的苦菜根深叶茂，淘洗，晾晒，热炒。向学生借一口小锅，两块方砖左右一撑，锅口朝天，锅底一把干草，干草焰长，面大，苦菜翻一个身，火停了，锅还热着，焙得根茎黄澄澄的，取出，搁在一个透明的玻璃瓶里，看上去就是一棵棵人参。冬日的夜晚，寂寥而漫长，泡一杯苦菜茶吧。微微的苦滑过舌尖之后，是沉沉的香，那香很结实，就像一根细长的绳子，柔韧，直逼你的内心。

苦菜　学名苦苣菜，菊科苦苣菜属一年或二年生草本。根圆锥状，有多数纤维状须根。茎直立，单生。基生叶羽状深裂，椭圆形或倒披针形。头状花序少数在茎枝顶端排紧密的伞房花序或总状花序，或单生茎枝顶端。全部总苞片顶端长急尖，外面无毛。舌状小花黄色。瘦果褐色。花果期5～12月。

慈姑：茨菰花白小如萍

青翠。灵秀。如乳燕剪水，慈姑们在洪沟河宽阔的水面上颉颃，燕尾一般的绿叶翔舞着流水的轻盈。慈姑是流水的足迹和最初的居民，洪沟河以南的沟渠河汊池塘，甚至民宅的水缸，都有慈姑在生长。

慈姑，这名字温柔似水，和暖如春。《本草纲目》上说："慈姑，一根岁生十二子，如慈姑之乳诸子，故以名之。"（《本草纲目·果六》）如此温情的多年生挺水植物，它仁慈的故事发生在乡村，水边的乡村。传说，古代有一个叫四姑的女子，她的母爱就像大地一样宽阔。烧茨菰汤喂她的幼子，以珍稀的母乳乳邻家的遗孤。也许这是最早的圣母形象，她推倒狭隘利己的围墙，让博爱的阳光无遮无碍。感化如流水，爱抚着每一棵水草的茎叶，人们尊四姑为"慈姑"，水草茨菰易名慈姑。这是一个关于仁爱的乡村童话，慈姑是乡村用它的土地和美德栽培的一种具引领意义的植物，显现着人类的整体精神。姑，是母性的缩影；慈，是宽厚的抚慰，绵长的体恤。姑，是大地上的植物；慈，是美德的光辉，照耀感化着我们。所有的乡村女子都叫慈姑。慈姑在麦地里锄草，慈姑在灶台边煮饭，慈姑在油灯下刺绣。

慈姑这个词所对应的草本植物，南北各地皆有，其扁圆形肉质球茎含丰富淀粉，可食，但传说里的茨菰汤绝非美味。慈姑味苦，和素菜同煮，它把素菜之苦也给释放出来，譬如汪曾祺在故乡苦雪天喝的咸菜茨菰汤就异常苦涩，难以下咽，汪老先生说："我十九岁离乡，辗转漂流，三四十年没有吃到茨菰，并不想。"（汪曾祺《故乡的食物》）慈姑球茎外被黄白色的薄膜质表皮，根部生有嫩白的长长的顶芽，叫茨菰嘴子，外皮顶芽皆吸收铅金属，除去外皮掐掉顶芽的慈姑粉嫩洁白润滑，可爆炒，可红烧，亦可煮汤。想必那位四姑生活一定很清苦，只能给亲子喂茨菰汤，估计也不会有肉香覆盖慈姑之苦涩。但也无妨，古今医家均认为，慈姑性味甘平，生津润肺，补中益气，不仅营养价值丰富，还能消炎降压清热解毒呢。让我们愤慨的是，如今的一些为人父母者，让自己的宝宝只喝奶牛的鲜乳，给别人的子女抛售的却是三聚氰胺。

　　苏童的短篇小说《茨菰》苦味甚重。小说开篇那个穿桃红色衬衣的姑娘，那个坐在天井里用瓷片刮茨菰的姑娘，最后喝了半桶农药，自杀身亡。内心悲苦的她为逃婚而出走，却像茨菰尾巴一样被人不断地扔出去。把艳丽的桃红从人间永远抹掉的不是农药，而是陈腐的观念。慈姑作为水生菜蔬，江南多有栽培，江南才子苏童自然懂得它的性情和味道。慈姑自古入诗，而且它层层叠叠的燕尾叶铺陈的多是江南风光。"岸蓼疏红水荇青，茨菰花白小如萍"（明·杨士奇《发淮安》），盈盈地捧着红蓼青荇的是太湖，涟涟地漾着碎碎白花的是碧水，江南之魅，缤纷如梦。慈姑夏季开花，四瓣银白簇拥着黄的蕊，看上去很美，至秋末花枯叶烂，"茨菰叶烂别西湾，莲子花开不见还"，唐人张潮的《江南行》有寒意，也有情意，慈姑叶烂了，而球茎不会烂，江南女子枯草季的痴情尤为动人。"掘得慈姑炊正熟，一杯苦劝护寒归"

（陆游《东村》），寒霜枯了叶，冰冻贮了根，深冬掘出，煮食，其味清香，是下酒菜，也是饭食，热腾腾的一锅慈姑，暖融融的无限情意，乡村的粗茶淡饭已是人间盛宴。

　　江南人喜欢吃慈姑，慈姑的根在水中，亲人音容、旧日习俗均在水中有着清晰的倒影。清炒或者做汤，均滋润爽滑，有水乡江南的独特风味。罕见北方人食慈姑。洪沟河的浅水里有一些野生慈姑，故乡人觉得它叶形奇特，长长的叶柄举着绿绿的剪刀，其根散生，一出水就是十余茎，那些绿叶又如群燕低飞，一河碧水都闪烁着吉祥的光芒。据传，清宫御膳有一名菜曰"慈姑烧肉"，不知其味如何，北京皇宫的城墙太高，饶是美味无法无天，也无法飘到民间。倒是在国粹京剧里，常有慈姑出没风波里。试看京剧《李逵探母》中李逵的出场：戴鬃帽，插慈姑叶，左鬓戴红花，挂黑扎髯、黑耳毛。李逵是山东沂水人，他冲天一怒杀四虎的沂山，距离我也不远，他头插慈姑叶的装扮，我看着很顺眼，有草莽气，大地狂刮黑旋风，三尖慈姑闯江湖。北方在慈姑上别有寄托。评书大师单田芳也是北方人，听其评书，如闻平地春雷，展开一个新崭崭的世界：头上戴着软底六棱抽口软壮巾，顶梁门倒拉三尖慈姑叶，鬓插青绒球，突突乱颤、颤颤巍巍，周身穿青，遍体挂皂。这叶的剑一出现，就代理着上天的权力，行侠仗义，除暴安良，以戈止武，规范着世界的秩序。

　　江南的慈姑有母性，是一种体贴的菜，炒食酥脆爽口，红烧清香嫩滑，生煎外脆内嫩，补气血，厚肠胃。北方的慈姑有野性，如剑戟的叶，烘托着快意英雄的江湖气质。江南温婉，慈姑有仁心；北方豪爽，一叶啸江湖。阳刚与阴柔，行侠与乐善，这

慈姑：茨菰花白小如萍

既互补又相生的一组事物融洽在同一种植物上，这是否意味着天南海北一家人，仁爱无地域之分，人类共一个家园？

如今，在我生活的城市，慈姑作为绿化植物来栽培，河边的那一片尤为繁盛，慈姑多子，密密匝匝的绿叶显现着植物家族的兴旺。插一枚三尖慈姑叶，有些荒唐；我独期盼冬至，一位叫"冬"的客人来了，我就去掘慈姑，给他做米饭焖慈姑吃，饭熟，菜也熟，一个懒惰的厨人，很想尝一尝慈姑的滋味。

慈姑　泽泻科慈姑属多年生草本，原产于中国。生于水中，叶箭形，柄长，秋季开白花，为圆锥花序。地下有球茎，黄白色或青白色，可食用。慈姑不能生吃，煮熟如芋，略带苦味。

牛蒡：牛蒡叶齐罗翠扇

割了小麦，掰了玉米，妹妹就歇了地。年年风吹麦浪闪金光，年年玉米玉米扛大刀，妹妹想给土地换一种色彩，换一种表情。

周边都是冬小麦，齐刷刷地伸着绿嫩嫩的小手，甚是喜人。妹妹家的地犹如一块丑陋不堪的伤疤，晾在那里。父亲觉着有些刺眼：穷折腾啥，人家种啥咱种啥！种麦泥窝窝，来年吃白馍。

囤里有粮，心里不慌。妹妹每天都去地里拔拔草，看看天。天上不会长禾苗，天上有变幻万千的云朵，一会儿千山纵横，一会儿万马奔腾。地里咋就不能种一些五颜六色的想法呢？

妹妹想种牛蒡，小时候常见的一种野草，菊科二年生草本植物。牛蒡喜欢生长在向阳临水的地方，山坡上有，灌木丛中也有，但不如洪沟河南岸的长得欢实，高可达两米，宽卵形的叶片捧着紫红的花朵，很有些芋头的样子。芋头开花，甚为罕见，细圆柱状，一抹清新的鹅黄。洪沟河自西而东地流，流水伸出一千只手，温柔地抚摸着植物的根系；它高高的南岸形成一道向阳的陡坡，收集着煦暖的阳光，真的是牛蒡们繁衍生息的天堂。野草随处可见，或平铺，或斜伸，或直立，绿油油黑压压软绵绵的一大片。

我像一个无家可归的人，在异乡的凄冷里，握住电话线这细细的缆绳，努力把童年的场景拉过来。

妹妹在电话里说的牛蒡，是上好的牛饲料。牛是大牲，黑汉犁牛铁青马，做活一个就顶俩。牛出大力流大汗，饲料饮水顿顿不能少。小时候，大人泥土里刨食，我们这群孩子就去洪沟河的草滩上放牛。牛羊都喜欢吃牛蒡。羊只挑青嫩嫩的草叶抿入唇隙，淑女得很；牛连梗带叶卷入口中，咯吱咯吱大口咬嚼，很有草莽气。牛蒡牛蒡，牛吃了身体倍儿棒，拉得动大车，耕得了农田，挤得出牛乳，所以牛蒡也叫大力子。野外的草，葱茏的草，让我们这些乡村少年成为牧童，遥指洪沟河，歌声震林樾。放牧，是祖先们饲养牲畜的早期方式，以手执鞭驱牛为牧。我们这些流淌着祖先血液的孩子，把牛牵到洪沟河南岸的草滩上，任其游荡，我们也有鞭子，喜欢在空中甩出脆响的鞭花，鞭梢梢都不会落在牛的身上。

那条童年的小路，也是细细的，还有些曲里拐弯，很像一根晃来荡去的跳绳，我们跑着，跳着，手中飞出一枚枚圆不愣登的炸弹，带着细长的钩刺，我们的笑声在乡间小路上轰然炸响。这炸弹就是牛蒡的果实，内有倒长卵形的瘦果，形若葵花籽，但比葵花籽小了一半。这牛蒡子黏性极强，作为恶作剧的武器，我们偷偷地把它放在邻家女孩的长辫子上，女孩撅着圆圆的小屁股扭动的时候，牛蒡子也一摇一晃的，犹如小蜜蜂在她的头顶盘旋飞行。她发觉被捉弄了，用手一摸，黏糊糊的，以为秽物，她的小手把眼睛一挡，就有一些委屈稀里哗啦地往下流。那一刻，我们谁也没有笑，各自抓一把鲜嫩的猪草，悄悄地放在她的小筐里。多年以后，我这样描述故乡的晚景："夕阳骑在牛背上，回家了。"在这里，我必须陈述当年的事实：牛驮着夕阳慢腾腾地走，牧童并未骑黄牛，我们都在小路上抛掷着牛蒡的流弹，谁会想到，我们的乡村狂欢捣毁了牛蒡狭窄的生存空间，牛蒡们遍布路边，攀上沟沿，挺进林缘，涌入河滩。

生长着牛蒡的乡村是厚重而沉稳的，这厚重滋生着沉稳。在我的故乡洪沟河南岸，高大上的牛蒡从草滩一直生长到水里，真的和安徒生童话里描绘的场景一模一样。"牛蒡叶齐罗翠扇"，我们这群丑小鸭直着腰站在宽大的牛蒡叶下面，躲雨或者藏猫猫，未曾留意牛蒡底下有没有天鹅蛋。后来，妹妹发现了类似天鹅蛋的宝贝：牛蒡的肉质根，纺锤状，断面黄白色，很像山药的样子，牛蒡根易折断，质地不如山药坚实。母亲把妹妹挖来的牛蒡用清水洗了，切成细细的长条，撒上细细的白盐，腌了咸菜，咸滋滋脆生生的特别好吃。把酱油白糖煮开，放凉，倒入杀过水的牛蒡条，加辣椒生姜大蒜，拌匀，吃起来鲜甜咸辣，别有一番回味。

牛蒡的生长很像植物版的《丑小鸭》。果实长得丑陋，且多钩刺，鼠过之则缀，又叫恶实、鼠粘子。这些刺儿头被我们当作玩具一样恶搞着，丑陋的果实却由此生出坚硬的翅膀，飞离枝头，在陌生的土壤探求生存的无限可能。

妹妹上过几年学，读过丑小鸭的故事。她的儿子也读过丑小鸭，上了几年学，就像警觉的蚂蚱一样，一蹬腿，跳过牛蒡草丛，落在城市的霓虹灯下。城市的霓虹灯怎么会像天上的彩虹呢？彩虹一出场，叶绿垄上，花红陌上。霓虹比夏天的毒日头还毒吧。上次回来，儿子的黑发都晒成黄毛了，这次又顶着红彤彤的一团火。

牛蒡：牛蒡叶齐罗翠扇

一想起儿子,妹妹心里就有一块地方在疼。儿子是娘身上掉下来的肉啊。一天夜里,妹妹和妹夫嘀咕:咱吃不愁喝不愁,就愁儿子没媳妇,都二十好几的人了。妹夫说:儿女大了,不由爹娘,咱是干着急。妹妹说:咱多吃点苦,给孩子攒些钱吧,咱种牛蒡吧,听说一亩地能赚两三万呢。妹夫说:那年咱家种了二亩葱,卖不了,吃不动,往沟里扔了不少。妹妹说:种地就这个样,好一年瞎一年,坚持种下去,咱就不信,土坷垃里长不出金蛋蛋。

对那块地,妹妹有着足够的耐心和信心。人家起垄种麦,妹妹一家也深耕整地。耕地之前,妹妹往地里撒了一些底粪,猪圈里的粪,耕翻时埋入泥土,就是底肥。选一个天气晴朗的日子耕地,新鲜的泥土一经暴晒,即成熟土,犹如刚出笼的馒头,冒着腾腾热气。妹妹就是想用土地蒸出不一样的馒头,她抓起小土块,捏成细细的粉粒,松开手,泥土扑簌簌地往下落。种地好比养牛,牛要吃草,牛吃饱喝足了休息好了,牛气十足,牛劲冲天。土地也要养养精神的,它要喂肥,它要除草,它要盖着雪被睡一觉。妹妹懂得这个理。地用钉齿耙耙过,平展展蓬松松的,犹如一床大棉被。妹妹喜欢每天在上面走一走,每走一步,脚底都痒痒的,仿佛小孩子的手指头在抠着自己的脚心,她感到了土地的蠢蠢欲动。庄稼的块茎和小草的芽尖都要清理出来的,块茎压新苗,小草争养分,她的土地在积蓄力量呢。

清明前后种牛蒡。清明节,也叫踏青节、寒食节。生活在洪沟河流域的人们,一律叫过寒食。过寒食可以插柳放风筝,可以扫墓吃冷食,还可以踏青荡秋千,由此确立一种仪式般的生活。

馋老婆盼年，疯老婆盼寒。"阳春女儿笑语喧，绿杨影里荡秋千"，旧时寒食是女子的狂欢节，女子们身着轻盈的春装，脚蹬踏板，弯腰收腹，分绳合绳，在空中翩翩若飞，惊起一片欢呼。老人们都说，秋千荡得高，好日子就高过柳树梢。妹妹觉得种牛蒡就是荡秋千，她要在土地的秋千架上把一瓣瓣新芽荡到深秋，荡出一个茎高叶茂来。说白了，她想把牛蒡子变成存折上密密麻麻的数字。从畅想回到现实里，妹妹觉得自己真的成了一个疯婆子。妹夫老实木讷，就像一头憨牛，有着使不完的力气。妹妹精明强干，仿佛恶实，哪里都想闯一闯。种什么，妹妹说了算；怎么种，妹夫就得大干一场了，这有些像种人。

　　种地有着节日一般的仪式感，人们在与土地的交往中培育自己勤劳温善的美德。土地是植物和人性的存储器，须认真郑重地对待它。时至清明，绿草茵茵，树木葱葱，麦苗青青，大地就像一本打开的书，内容鲜活而生动。妹妹家的那块地犹如孤本一样，显现出它灰黄厚朴的质地。现在，犁铧进了地，泥土一页一页地打开，新鲜松软，明明白白地写满了大地的肥沃。这一次，妹妹种的是金条一样的牛蒡，开沟的是专用牛蒡机。手扶拖拉机牵着它，沿着草木灰标识的直线，突突突地往前跑，后面就开出一道槽沟，壁陡，沟直，沟深和沟宽统一，且盖有三十厘米的浮土，看上去就像一条笔直的河流翻滚着黄色的浪。这深沟是牛蒡的大房子，马虎不得，为防止日后沟沿塌陷，压断牛蒡，还得用铁锨压土掩沟，泥土一起一落，发出橙黄的光芒，妹妹看得清这本大书的一字一句。父亲嚷嚷：洪沟河那儿的牛蒡自个长，长得多壮，看看这地，都被你俩整成战壕了。父亲的毛孔里恨不得生

牛蒡：牛蒡叶齐罗翠扇

出一万张嘴来数落她。

别看野生牛蒡长得茎粗叶肥，能把牛的肚子撑圆，但它的根不见得粗壮笔直。听说收购牛蒡的人挑剔得很，稍有弯曲，废柴一根，分文不值。那年，村里来了收辣椒的，就要一拃长的，多一厘米少一厘米都不要，妹妹说："这哪是收辣椒，分明是要人命！"索性自己赶集摆摊，叫卖辣椒。自己种的，无公害，辣味足，照样卖一个筐底朝天。这一次，妹妹不是割牛草，她是种金条，竹竿一样的金条。人不哄地，地不欺人。她和妹夫被泥土的清爽包裹着，开沟浇水撒种，嘴角挂着那种春天的笑容，新芽一般的笑容。

除掉地老虎，草木灰是一种，灌水又是一种。地老虎嘛，在地上耍耍横，最怕水了，水军杀到，地老虎们或淹死，或跑路，跑路者地面捕杀。灌过水的地，犹如一块膨胀酥软的面团，让人看着它，眼角湿润，内心温软。水真是好东西，可恶的地老虎不见了，平时不起眼的如杏核一般大的粪蛋蛋让水给泡胀了，有麦黄杏那么大。这样的土地，人的脚步印上去，也会发芽抽枝的。走在那块土地上，妹妹听见了各种声音：水在体内流动的声音，阳光在泥土里生根的声音，风掠过地面的声音。她想，播种吧，润上种子的音符，聆听土地和茎叶的优美合奏，那是一个庄稼人最幸福的时光。

其实，人就是一枚种子，或让风吹远，或叫鸟叼走，或被羊负来，回归泥土是生命的最终结局。妹妹小时候下河摸鱼虾，上树掏鸟蛋，村里人叫她假小子，现在该称作小女汉子吧，她从早疯到晚，衣角发梢就挂了一些牛蒡子，活脱脱一个小刺猬。长大以后，她不愿意像父辈那样瞎驴守着烂草垛，一个人去了县城的复烤厂打工，以此拉开她与陈旧乡村的距离。那时，我在县城读师范，一个周末的下午，在黄灿灿的烟叶堆里，我找到了她，她歪着一张小黑脸，朝我笑，一股呛人的烤烟味犹如针刺扎向我的鼻孔，我想用手推开这气味，力气有些大吧，我的嗓子里有一串鞭炮响个不停。我忽然发现，站在牛蒡地里的那个人和当年的小黑妞不是同一个人。是的，她是野丫头，打工妹，而今，她以改变种植理念调整种植结构的方式与她的乡村达成和解。

妹妹站在她的牛蒡地里，目光像两道溪水，温情抚摸脚下的土地，远处的村庄、河坝，以及蓝蓝的天。大地就是一架竖琴，她把那些浅褐色的牛蒡子按照行距九十厘米株距五厘米的节奏撒在笔直的土沟里，就有一些阔大的叶子在弹奏春风，她相信种子的力量，能让土地在长期的沉默之后爆发出激昂的声音。

牛蒡给了妹妹大大的惊讶。她从书上知道，牛蒡根是一味上好的中药，明目，补中，除伤风。更叫妹妹惊喜的是，那个为牛蒡立传的人，就是她小学课本上认识的李时珍。他遍尝百草，她广采众草，这让她感到了一种遥远的精神的呼应。她觉得，李时珍一定吃过牛蒡的，他更应该是一位耽于美食的厨人："牛蒡古人种子，以肥壤栽之。剪苗淘为蔬，取根煮曝为脯，云甚益人，今人亦罕食之。"最让人幸福的是，今人已把牛蒡改良为食物，可炖煮涮炸，可炮制为茶，营养价值很高，久服轻身耐老。

妹妹决定了，要把一种野草栽培成田野里的黄金。春种满田碧玉，秋收遍野黄金。她的黄金不在玉米的茎秆上，而在泥土深处，笔直地向下生长。照一亩五千斤估算，一斤卖到四元乃至五

牛蒡：牛蒡叶齐罗翠扇

元,是个什么数字呢?就是一斤卖一元,那也是五十张百元钞票呢。她当然不会扒开泥土看一看。种子在做梦,一个黄金大梦,你忍心敲破它的梦境吗?她觉得,种牛蒡和女人怀孕有着相同的特征。她看土地隆起小小的土包,看心形的叶子如孕妇装宽大舒适,她真真感到了一个庄稼人的全部幸福。

牛蒡 又名恶实、大力子、东洋参等,菊科牛蒡属二年生草本。叶互生,心脏形,背面有白毛。夏日,梢上着生头状花,淡紫色,管状。根及嫩叶可食,种子、根可入药,有降火解毒功效。

萋萋菜：愁同芳草两萋萋

萋萋菜，我们那地方，都叫它萋萋毛。它披针形叶子的边缘，有微小的缺刻，长有细密的针刺，针刺长短不一，颇像长枪短刀十八般武器新崭崭地亮相。也有的地方叫它枪刀菜，或者刺儿菜、青刺蓟、小刺盖、荠荠毛、刺刺芽。"牛蒡，因其根似牛蒡根也。鸡项，因其茎似鸡之项也。千针、红花，皆其花状也。"（《本草纲目·草四·小蓟》）这些名字，犹如麦芒的阳光、果实的粉霜一样，在我们面前闪过。种种称呼，都那么欢快活泼，恰如其分，说不出哪一个更确切，哪一个更悦耳。

我想写一写这种野草，想好了一个开头，却放弃了。我突然想起，萋萋菜的毛刺那么渺小，那么微不足道，人们为何对它充满太多的柔情爱意。我想把它诗化为琐碎的配饰或者绿叶的光线，升华成萋萋菜独具特色的努力，然而，它只是毛刺，无用却美好的毛刺。如同安静的写作，没什么用处，只是源自内心对事物细枝末节的一种狂热。

我在数说这些名字的时候，突然对萋萋菜有了新的认识。我想起了我的母亲，一个老实巴交的女人。她变着法儿，把萋萋菜做成疙瘩汤、菜馍馍、菜豆腐，这真是一个家庭妇女最伟大的发明。早晨一碗疙瘩汤，中午两个菜馍馍，晚上三勺菜豆腐，清苦的日子是如此的清新清香清爽，这源自母亲的勤劳和聪慧。她是一个私塾先生的长女，天真幼稚，聪慧好学，却因外祖母的突然离世，只能辍学回家，那一年她十三岁，或者十五岁，就半蹲在灶台前，右手笨拙地往灶膛里塞柴火，左手忙不迭地拉动老旧的风箱，风箱"呱嗒呱嗒"地响，灶烟满屋，那响声透着一种脆薄的伤感。长姐如母。她的身下站着四个弟弟和一个妹妹，就像长短粗细不等的五指。到了不得不嫁的年龄，她低着头，红着脸，从村北走到村南，跨进刘家的门槛，陪送的嫁妆是各种粗粮的精细做法和不同菜蔬的腌制配方。我的母亲，她一生做出的最重大的决定，是从生到死都不离开洪沟河南岸的那个小村。这一产生于根部的信念，使得她就像一棵草那样，在那里度过鲜嫩的童年、繁密的青年，以及临终之前枯瘦安静的晚年。她一生温顺，平和，似乎一无所求，但挣扎的勇气异常强大。她就是这样一棵普通的草，凝神聚力，以茎叶的繁茂挣脱空间的束缚，开花，结果，播撒种子，以此结构洪沟河南岸春天的繁茂绵远。这实在是一个女人谨慎而又活跃的思想。

　　我五六岁时，母亲下坡扛活，我像撒欢的小狗一样，跟着她，一会窜到她的身前，一会躲在杨树的后面。上午露水湿重，太阳还没有把它们晒跑，母亲是决不让我下地的，却任由我在田间小路上撒野。田间小路，好玩的那可就多得去啦。追不上麻雀了，就往树上扔土坷垃，看麻雀好一阵惊慌失措地乱飞，猛一头栽下来，钻到玉米地里就消失得无影无踪。掰根树条，撸去叶子，扑蚂蚱吧，蚂蚱飞不高。路边的草丛里啥蚂蚱都有：花翅子飞起来的时候，花花绿绿地闪，就像草丛上在燃放小小的焰火；

呱嗒板子果然不同凡响，你以为它是草丛里的一片叶子，一飞起来就"呱嗒呱嗒"地响，快板打得呱呱叫；枯叶色的小肉墩，是蛙泳高手，在一波一波的草浪上，跃动。蚂蚱蚂蚱满天飞，眼睛里都伸出一根根绳子，恨不得把它们一一拴住，脚下就交代不清了，一个趔趄，我摔倒在地，两个膝盖火辣辣地疼，仿佛跪在了钉板上。母亲听见我的哭声，就从地里往外跑，两边的玉米叶子哗啦哗啦直响，听起来像是双脚趟在河水里，深一脚浅一脚，扑向一个溺水者。她扶我坐起来，让我的两只小手撑住身体，两脚着地，双腿平放，她很小心地挽起我的裤腿，目光就像一片温水，在我的膝盖上流动着。她的疼爱，让我心里委屈得很。我故意仰着脸，目光攀上青青的玉米，再翻过白白的云彩，直勾勾地盯着蓝蓝的天空。母亲突然转过身去，在蚂蚱撒欢的草丛里划拉了几把，手上就多了一些绿绿的草棵。她用右手托着它们，手掌向里一缩，就形成一个弧形凹槽，左手再覆盖上去，用掌心，把那些草棵慢慢地揉搓，就像石磨，待到掌纹里渗出星星点点的绿汁，她的左手就变成一只托盘，托着右手和圣水，凑近我的膝盖，移开左手之际，右手已握成拳头，使劲挤压搓碎的草棵，汁水一点一滴，准确地滴到我的伤口上，绿绿的，凉凉的，仿佛我身上流的是草棵里的血液。最后，母亲拍拍那些揉皱的茎叶，拍成一个菜饼，敷在我受伤的膝盖上。奇了怪了，一阵尖锐的疼痛之后，伤口居然不怎么疼了，似有一股凉凉的好风，在赶着趟儿，溜着圈儿，打着旋儿。

那些绿绿的草棵，母亲叫它萋萋毛，在洪沟河南岸，人们都

萋萋菜：愁同芳草两萋萋

这么叫它。是我称它为荬荬菜的。我愿意这样叫它,"荬荬——菜",音节转换之间,一个长音,就把少女拖成了家庭"煮妇"。我这么叫它的时候,内心充满着深情。荬荬菜把我的童年生活改变了,或者说,我由此进入了少年时代。

那次跌倒之后,我安静了许多。田间小路还是那么狭长,像一根结实的细绳,一端系住小村,另一端拴在洪沟河南岸上。天上一团一团的云啊,那气象可大了:乍看是崇山峻岭,峰峦叠嶂,山岚水汽弥漫其间;细看,就像一群骆驼,起伏有致的驼峰上背负着一个蓝天;忽然变成一群白羊,撒开四蹄,雪白地飞跑,时不时地奋力一跃,尾巴潇洒地翘出一个好看的穗穗,真正的腾云驾雾呢。我突然觉得我看见了很多东西,前所未见的东西。挎着小筐,拎着小铲,我能打猪草挖野菜了,在路边的草丛里。

荬荬菜,是我认识的第一种野菜。它有细细密密的针刺,出现在哪里,我都能一眼认出来。夏秋季节的荬荬菜,圆润的直立的绿茎上举着一个小小的拳头,绿茎林立,那些小小的拳头阵势就大了,就像在宣誓,在集体举行成人礼仪式,过了一些日子,紫红色的花蕊从握紧的拳头上面凸出来,丝丝缕缕的,有些菊花的韵味,但比菊花的花蕊还要细腻得多,琐碎得多,然后慢慢地展开,一蓬一蓬的,像是采撷着阳光的丝线编织而成的桂冠。结了瘦果,也像握紧的拳头,但已有一些纵向的深刻的棱。夏秋的荬荬菜,有些硬实,挖一筐子喂猪,猪吃得肚子溜圆溜圆的;牛也吃,吃得欢了,就打一个响鼻,响声一下子传出老远,就连洪沟河高高的南岸也挡不住了。

等到阳春三月,就可以挖到肥嫩鲜美的蒌蒌菜了。阳春三月,那可是洪沟河南岸最美好的季节。冬天的坚冰在春日的深情凝视下,融化为一汪明净绿蓝的天空。大地也像天空那样,变得丰富了,有了鲜亮的色彩和温润的呼吸。它首先是松软的,然后是骚动的,就像一个放进蒸笼的白面馒头,变得膨胀而有光泽了,那些新鲜的野菜啊,就是这个发酵的馒头上嵌着的大枣、贴着的喜字。大地是一个母的。就说蒌蒌菜吧。初生的蒌蒌菜,绿得坦然自若,叶子互生,一片又一片,活像一只舒展开来的手掌,那么安然妥帖,那么清净敞亮。细嫩的针刺只是伸着,细密而柔和,不扎手。绿叶的两面均有蛛丝状棉毛,有别于手心手背。再一端详,这绿也有层次,向阳的一面是绿褐色,有太阳走动的痕迹;下表面属阴,呈灰绿色,略显深沉,但不似愁苦的表情。蒌蒌菜的生长,就是在建构一座绿色的大厦,直立的茎株每长高二三厘米,叶子就形成新一轮的互生,这是生命个体不同构件的相互支撑,看上去杂乱无章,细看,整齐之中有错落,疏散之中见整饬,从上往下看,就是植物群落里的一种千手观音。有些凌空蹈虚了吧,还是挖野菜实惠,充饥,能接趟儿。"东山刺蓟深一尺,负郭家近饶盘餐"(晁补之《收麦呈王松龄秀才》),溪头路旁、田间林缘,到处都有,挖的多了,馇菜豆腐,蒸菜馍馍,接续着三五天的口粮。

冬天的蒌蒌菜,茎叶是一色的枯黄,针刺犹存,让人看了多少有些心疼。冷的风吹过,黄的叶抖出细碎的哀婉的声响,听上去就像是一声声低低的哭泣。我的母亲埋在了洪沟河南岸,那里

蒌蒌菜:愁同芳草两萋萋

成了我每年冬天必去的地方。一到母亲坟前,我的双腿就发软,成了煮烂的面条,瘫在了那里,涕泪横流。枯黄的蒌蒌菜,挤不出一滴汁水,我的内心已是流血不止。

蒌蒌菜 菊科蓟属多年生草本,学名小蓟,其因多刺如枪刀,故俗名枪刀菜。其根与茎皆可用,而根之性尤良。茎高90厘米左右,有深裂羽状叶,绿而多刺。初夏开紫红色的头状花,花冠筒状,果实椭圆形。可入药,性味甘苦,具凉血止血功效。

灰灰菜：南山有台，北山有莱

对面邻居的后墙根隆起一蓬绿。那里堆着一些碎砖头碎石头。人们抬头走路，嫌绊脚，就把碎了的石子啊砖块啊捡起来，搁在村道的边沿上，夜里做梦走动走动，也很顺当。后墙根长满青苔，那些碎砖头碎石头受了熏染，看上去就像一张张流落他乡的脸。不过，自从出现了零零星星稀稀拉拉的绿，苍老阴郁的后墙根一带突然变了样，变得清新活泼，有些孩子气，好像村道经过我家门口时走了一个秀，秀了一下小小的绿罗裙。

黄泥屋前，青瓦房后，都爬着窄窄长长的村道。村道是一些细细密密的根须，穿过村子，扎根田野。有的村道贴墙根，绕古树，翻土坡，然后一头扎进一片玉米地。村道们纵横交错，出了村子，横着走绿，竖着也走绿，彼此遇见了，打个结，不纠缠，继续往田野的纵深处赶，横着伸的一直到天边，竖着长的最后深入洪沟河的四季。

村子里，炊烟攀升得高不高，院墙生长得壮不壮，都仰仗田野的给养，村道的输送。

村道是玉米大豆们回家的路。玉一样的米，怕羞，一路上顶着红红的盖头，俏脸儿一丝不露。大豆们淘气，把豆荚的门敲得啪啪直响，就是坐在牛车上也不安分，一车的豆秧晃晃悠悠的，刚到家门，蹦一个高，然后跳下去，从豆荚里跑出来，小脸蛋胖嘟嘟的，白里透黄，黄里藏粉，那小模样，让人看着心尖儿发疼。也有野草，和玉米大豆的秸秆们勾着肩，搭着背，结着伴儿回家。草籽儿欢实，土粒上歇脚，砖缝里落户，墙根下发芽，抽枝。一粒草籽，就把偌大的田野拉回小村。

说说那蓬绿吧。起初，以为是豆苗。豆粒儿顽皮，喜欢蹦到砖缝里，和伙伴们藏猫猫。细看，不像豆苗，豆苗总是先探出两只肉嘟嘟的小手，然后捧着几片青亮亮的绿翡翠，看吧，看吧，墙根里有珠宝。那些小苗，有的攀着砖沿往上拱，着急着看风景，露出几瓣眼睛一样小的绿芽；有的从石块底下向外钻，小芽横着探出来一截之后，突然改变了最初的运动方向，直直地往上攀升；有的玩酷，站在一块小小的土粒上，早早抽出细嫩的枝，显摆。它们出芽以后长势迅猛，就像童话里的奇异少年，见风就长，见光就大。长到三五寸高的时候，绿茎直立着，挑起五六片叶子，叶子很饱满，形状类似于桃状，一个个自信得不得了的样子，一起排着队向太阳走去，相邻的两片叶子却表现出很强烈的个人独创性，都有纤细的叶梗和植株相维系，硕大的叶子一片伸向左边的清风，另一片就趋向右边的天空，如此叶叶相互对立、相互交错着生长，就形成了一棵庞大而深刻的植株。这就是大地精神吧。

这种植物叫灰灰菜。灰灰菜，这名字本身就呈现着它的双重生活：它是灰不溜秋的、甚至人见人烦的乡间杂草，也是滑溜溜鲜嫩嫩清爽爽的可口菜蔬。无比欢欣的是，人们对它的身份的最终确认，它被称作"菜"了，并作为老邻居来和谐共处。灰灰菜，叫顺口了，这名字其实蛮可爱，就像童年的小伙伴，脸上抹了灰，扮作戏曲里的小丑，和你逗趣；它还是美的发现者和创造者，它在荒坡上残垣间生长，把大地无奈的苦笑和石块阴郁的面容变成了我们可亲可近的绿色之吻。

灰灰菜，并不灰。它的叶子，向阳的一面承领天光，呈青绿色；背阴的一面吸纳地气，略显灰绿，并且有一层细细的白白的粉粒，正是这儿，泄露了大自然对灰灰菜的偏爱。大自然在创造某一种植物的时候，总是先犹豫了一下，然后开始新的尝试，力求使新的物种有所改进，它累积的经验和创造的天才在灰灰菜那里得到了集中的体现，它让晶亮的露珠安适地卧在所有植物的表面，独独让这些粉白的颗粒贴着灰灰菜叶子的背面，像是悬垂，似乎一阵风就能把它们吹落，但是，这些固执的颗粒欲滴不滴，欲竭不竭，为团团簇簇的叶和分枝发权的茎长久地保持着水分。至此，我想，灰灰菜这名字其实挺有深意的，大自然也很得意自己的发明创造，想炫耀一下，引导我们的视线拨开浓绿的表层，去注视事物的背面，在灰白得略显陈旧的地方，发现这些灰尘一般的细小的粉粒，以此来理解大自然对世间万物的深层关怀和伟大愿望，提高我们自身的生存能力和生命质量。

"南山有台，北山有莱"，《诗经》里的莱就是故乡的灰灰菜。灰灰菜，还有很多别名，比如灰苋菜、粉仔菜、灰条莱、红心灰。"河朔人名落藜，南人名胭脂菜，亦曰鹤顶草，皆因形色名也"（李时珍《本草纲目·菜二·藜》），这些名字如同一片片饱满的叶子，互补共生，交织成灰灰菜无数奇妙的辉光。

如胭脂菜。是宝玉哥哥给起的吧？灰灰菜很单纯，单纯得有些执拗，就是长到一两米的高度，它顶端的叶子总是嫩嫩的粉红。胭脂菜，胭脂菜，村道上有这么一群清秀的女孩，童心不

灰灰菜：南山有台，北山有莱

泯，可爱常在。

如红落藜。这名字够诗意。"藜"是学名，绿的藜起红云一抹，真是天地的大造化。藜茎可为杖，称藜杖，质轻而坚实，与古诗人外柔内刚的气节很是相合，"说与旁人浑不解，杖藜携酒看芝山"（刘季孙《题屏》），"策藜杖而非遥，勒柴车之有日"（王勃《秋晚入洛于毕公宅别道王宴序》）。宋人苏辙《秋旅》有言，"藜羹黍饭供四邻"，藜羹，用灰灰菜做的羹，为古代隐士所喜食，"弊襟不掩时，藜羹常乏斟"（陶渊明《咏贫士》）。藜羹亦非常常有，诗人苏辙有"爱惜老弱怜孤贫"的大情怀，大锅是圆的，大碗是圆的，圆的心是鲜嫩清爽的藜羹，四邻畅快饮之，其乐融融。"藜羹"由此构成一个大的气场，内里充盈着朴素的清香和生活的甜美。藜羹连绵不绝的香息，顺着村道流淌，流入了心田，淌到了田野。

灰灰菜 苋科藜属一年生草本植物，又名藜，别名野灰菜、灰蓼头草等。茎直立粗壮，有棱及绿色或紫红色条纹，多分枝。叶有长叶柄，叶片菱状卵形至披针形，边缘有锯齿，下面生粉粒，灰绿色。花两性，数个集成团伞花簇，多数花簇排成腋生或顶生圆锥状花序。胞果包于花被内或顶端，果皮薄，和种子紧贴；种子横生，双凸镜形。嫩叶可吃。

草木记

马齿菜：苦苣刺如针，马齿叶亦繁

马齿菜的齿，不在大马的高头里，而在土呛呛黑黝黝的大地的牙床上。这里的"齿"，自然是一种形似马齿的草叶，一种青嫩温软的草叶，我却把它比喻成大地的牙齿，千万倍地放大了它的马面。这么多这么嫩的齿，是要把满世界白白的月光咀嚼成一地莹莹的朝露吗？就是这些柔柔的嫩嫩的齿，只有它们，啃得下酷暑硬邦邦热辣辣的毒太阳。

马齿菜是一年生草本植物，洪沟河南岸常见野草。既然很常见，就意味着它跟普通的野草没什么两样，就像一个女婴，干干净净的女婴，从一个湿漉漉的地方冒出来，轻轻伸展着两只绿嫩嫩的小肉手，想让远天的白云也能看见它的可爱，左一瓣嫩绿，右一瓣绿嫩，心慌慌的，看着自己的衣衫越来越绿，绿成清爽爽的少女，羞答答的少女，一心一意地织着锦绣着绿，一瓣又一瓣，绣出一个锦簇来，就像举着烛光的无数只环绕着的手，锦簇的中心点缀上三五朵小花，簇拥成花团，这就是一个花团锦簇了。

和其他的野草一样，马齿菜不止一个名字。马荠菜、瓜子菜、麻绳菜、太阳花、长命草、死不了、五行草，这些名字成了马齿菜肥厚多汁的叶子，翠绿而又脆甜的叶子，美轮美奂地搭建起马齿菜丰盈端庄的全株。

它的这些名字是有年龄的。春末夏初，它的茎叶鲜嫩嫩的，圆润的茎犹如少女纤细的脖颈，青绿的叶就是一些胖嘟嘟温软软的手指肚，不忍心碰的，一碰，叶脉里都会流出几滴酸软的液体来。手贴过去，贴着根，搭着土，轻轻捋一把，就是一捧温香软玉。这时节的马齿菜是要捧着的，捧到清的水中细细地洗出一个青的嫩，搁在热的锅里疾疾地热出一个清的爽，那肌肤紧致细腻，堆到盘子里，那种红润鲜嫩，就叫一个秀色无边。细盐陈醋赶热闹，姜末蒜泥来扎堆，众星捧月啊，这青菜就是一个大明星。鲜香碧绿的马齿菜，是菜，是南京"春八鲜"之一种。

"苦苣刺如针，马齿叶亦繁。青青嘉蔬色，埋没在中园"（杜甫《园官送菜》），叫一声马齿菜或瓜子菜吧，这名字包含着一个青春一个青青的春天。古人不鲜食马齿菜。明朝散曲家王磐有一本专门为野菜留影的书，叫《野菜谱》，书中野菜上图下文。关于马齿菜，他说入夏采，沸汤热煮，曝干，冬食。楚地风俗，在元旦这天，要吃马齿菜，南方等地至今仍有春节吃马齿菜包子的习俗。夏蔬冬食，很有乡野生活香远悠长的味道。"人多采苗煮晒为蔬"（《本草纲目·菜二》），李时珍用文字的方式保存着这一古老的行为，这种把目光越过夏天投向后世的行为。

草木一秋，如同人活一世，都是命。马齿菜又和别的草不大一样。别的草一窝蜂似的往春天赶，就像赶往一个超级市场，熙熙攘攘，你推我搡的。红的花做梦都想发紫，绿的叶把绿使劲往细里憋，然后嘭的提高八度，嚯啦啦，春天一下子嘹亮起来。马齿菜却显得木木的，草堂春睡足，它依然按照古代的时间迟迟醒来，在春天的末梢挂几片淡淡的绿叶，不争春风，不夺雨水。

等到了盛夏，火辣辣的毒日头在天上轰隆隆滚动，直把大地碾成一块巨大的电烙铁，无数条炽热的光线接通着天上的核电站，这样的热烙铁，烙在活物们的身上，就像一个战士正在忍受着敌人的严刑拷打，用钢的丝勒了脖子，拿皮的鞭抽打身子，那滋味是令人窒息的火辣辣的疼。

收割了小麦，大地没了遮拦，露出娇小青绿的玉米苗，太阳的光线就像一根根毒针直戳戳地刺下来，往嫩的植株里扎，向硬的沙砾上钻，玉米苗们耷拉了脑袋，萎靡成一把干瘦的青筋。别的草早已干瘪瘪的，独有马齿菜流露着这酷暑旱田里一些艰难的水色，它暗红得有些深刻的茎，平铺或者斜出，都是一根根大地的水柱，仔细看那倒卵形的叶子，真的在动，像许多小小的汤匙舀着一勺勺清风，在喂养着干焦焦的田野。这个季节的马齿菜，让人焦急的心里多了一些踏实，有马齿菜活着，大地就不会让人绝望。在别的草拼命蹿高或者竭力蔓延的时候，马齿菜始终是贴着泥土铺散，贴近着泥土里的养分，它懂得如何添肉蓄膘，把扁平的叶子加肥加厚，顶端圆钝，使得整片叶子看上去就是一个蓄了水漾着绿的小湖，湖的三面还镶了暗红的边沿，一片片都是精致得不得了的形态。那些管状的茎株，因为内里汁水充盈的缘故而显得外表红润有光亮，它的分支像血管一样四处延伸着，延伸到哪里，哪里就是一片容光焕发神采奕奕，并且，在阳光最为强烈的午后，枝端盛开着一簇簇黄花，与太阳构成对视和对话，逼视得太阳滚下山了，金黄的小花们则合拢眼皮，盖上薄薄的夜色，歇息，等待第二日午后的灿烂。细小的黄花和强大的太阳，在这样一个焦旱旱的季节里角力着，看上去无比的悲烈壮观。

长到盛夏的马齿菜，它是一个母的，有着旺盛的生殖力，它可以繁衍出许多东西，绿肥的叶，红润的茎，金黄的花，还有别

马齿菜：苦苣刺如针，马齿叶亦繁

的虚的东西,譬如祈盼和希望,祈盼玉米棵在一片片墨绿中顶着深红的头巾,怀抱黄灿灿的米。说白了,它就是一种草,坚忍而又顽强的草,是"死不了""太阳花""长命草"。

秋九月,爽爽的季节,马齿菜托着一些圆鼓鼓的果,果的盖啪的一声开了,果的底像一只往里收缩的手掌,手窝窝里捧着一堆小小的黑黑的籽粒,芝麻籽那般大小,比轻的风还轻,比细的雨还细,比黑的夜还黑,比亮的光还亮,是一种深邃的光。

马齿菜结籽,所有美好的事物都到齐了:青的叶,赤的茎,黄的花,白的根,五色俱备,这叫"五行草"。全草可以入药,据说可治百病,像一个遍尝百草的老中医,能把一把草药开出一个博大精深来,马齿菜可捣汁外涂,可煎汤熏洗,可煮粥淡食,可熬药内服。这不是神药吗?金木水火土五行相生,那气场大得不得了,能不神吗?一棵草生在土里,长的叶肥嫩多水,茎株是木,托举着一簇簇小小的焰火,燃放在这个金色的秋天。

马齿菜 学名马齿苋,马齿苋科马齿苋属一年生草本。茎下部匍匐,平卧地面。叶小,长方形或匙形,倒卵形,上面深绿,下面较淡,边有薄翅。花簇生顶端,黄色,卵形,顶端长而尖细。蒴果横裂,种子黑色,扁圆。

铁苋菜：沃沃葵苋畦，焰焰棠杏坞

"七月亨葵及菽，八月剥枣，十月获稻"，《诗经》里的"葵"不是朝露待日晞的向日葵，而是如今野地里砖缝中求生存的一种野草——苋。说起来，苋在古时候是一种重要的农作物。"沃沃葵苋畦，焰焰棠杏坞"，我们沿着宋人叶适的诗行望去，要不是棠杏坞燃成大地上的一团火，那一畦畦的葵苋会一直绿到天边吧。

苋是苋属植物的泛称。据说，苋属约有四十个种，仅中国就有十三个种，而在我的故乡洪沟河南岸，最为常见的有三种：马苋、人苋、铁苋。这三苋均是粮菜两用作物，它们的种子是一种古老的粮食。古人诗词楹联中写到苋者很多，如韩愈《崔十六少府摄伊阳以诗及书见投因酬三十韵》之"三年国子师，肠肚习藜苋"，郑板桥有对联曰"瓦壶天水菊花茶，白菜青盐苋子饭"，如此看来，苋绝非美味，而是粗劣的饭食。后来，人们只采收柔软的茎嫩绿的叶，以作时蔬用，从粮到菜，挑剔的味蕾记录了人类的进化史。"苋并三月撒种，六月以后不堪食"（李时珍《本草纲目·菜二》），这苋已是菜蔬。

蒜茸马苋菜风味殊绝。把生抽、陈醋、香油倒入蒜茸里，撒精盐、白糖少许，调和成汁，淋在洗净焯好的菜茎上，搅拌，顺手夹一筷子，香辣爽脆里裹着美美的甜酸，一盘野菜盛满了世间的好味道。若以此法凉拌人苋菜，以辣椒油爆香，甚为爽口提味开胃。铁苋菜，我没有吃过。我的父辈们吃过苋菜糕，名字很美味，可其味难闻，且难以下咽。做法是把铁苋菜的嫩叶剁碎，淘洗，攥成一个个花绿绿的菜团，舀一瓢白花花的地瓜面，在面盆里搅匀，笼屉上平铺了五六张黄澄澄的煎饼，小心谨慎地捧着一锅黏糊糊的苋菜糕，"噼噼啪啪"，几把秫秸火烧完，热气就"滋滋"地从锅盖周边往外冒个不停。铁苋菜性凉，味涩，但是，蒸熟的苋菜糕被煎饼裹着，煎饼被腾腾热气裹着，第一口塞塞牙，第二口暖暖胃，第三口呢？就叫一个肠肥肚圆吧。

　　牛啃树皮吞枯草吃秫秸，就是不吃铁苋菜，不管它有多么鲜绿青嫩，牛的胃口比人的还挑剔呢。马苋菜在我的故乡被叫作马种菜；人苋菜叫云星菜，怎么叫，都没落下一个"菜"字。铁苋菜呢？它的俗名是"牛涎涎"，洪沟河一带的方言读作"牛斜斜"，可谓土到底俗到家了。洪沟河南岸野草众多，牛羊的天然牧场。牛的长舌一伸，接着向里一扭，就把一堆草卷到嘴里，马苋菜滑溜溜的，人苋菜脆生生的，灰灰菜清爽爽的，牛的口腔就是一个鲜嫩爽脆的时蔬拼盘，这拼盘里独独没有铁苋菜，偶尔杂糅了一茎一叶，牛的长舌就变成尖细的牙签，把它们剔了出来。牛的大鼻子贴着草滩，呼哧呼哧地喷着牛气，碰着铁苋菜了，先把头扭向一边，鼻子翕动了一下，牛脸一转，嘴角就流出一道长长的涎水，哩哩啦啦地淋在铁苋菜的茎叶上，"牛涎涎"因此得名。这行为很像一个懵懂少年的恶作剧，把一捧狗尾巴花送给邻家的女孩。

　　萝卜白菜，各有所爱。兔子喜欢萝卜，也喜欢铁苋菜。兔子就像干净净羞涩涩的邻家女孩，尤其是小白兔，它光洁洁的白，闪耀着清纯女性的辉光。兔笼的竹底上横放着几棵铁苋菜，兔子显然有一些幸福的小眩晕了。它抬起头，摆动着大耳朵，四处望了一会，然后鼻子贴着笼底闻了两下，头又微微仰起，似乎很陶醉的样子。它吃的时候很文雅，一枚苋叶在它抿着的小嘴边转来转去，随着长须的上下扇动，苋叶犹如一颗颗糖葫芦被它舔了进去。青叶是兔子的菜肴，茎株是兔子的主食，"咯噌咯噌"，兔子啃食茎株的声音在竹笼里轻柔地走动，听上去很美妙。

铁苋菜也可入药，铁苋菜性味甘凉，医学上归心、肺、经，长于消炎、利湿、排毒。铁苋菜洗净晾干，杂以微量的鲜苦楝叶，是兔子爽口的青饲料，也是上好的免疫药物。"六月苋当鸡蛋，七月苋金不换"，这是很久以前的谚语了。很久是多久？人们早已视它们为乡间杂草，不再采收它们的种子，有那么三两棵粉身碎骨地憋屈在暗红的中药柜里，其药力也颇让人生疑。除杂质、润清水、刀切段、晾晒数日，在一个速度的时代，有谁能耐下心来进行如此缓慢而成效甚微的药草炮制？牛和兔子也越来越少，无数的铁苋菜远离了厌恶和喜欢，安静地消受着一年的节气和荣枯。

做回一棵无用的野草，有什么不好？且自在而率直地活着，活出一个青枝绿叶的人生，活出一个漫山遍野的境界。

故乡的洪沟河真是一条美妙的河流。它从田野中间优雅地穿过，犹如一支长长的生花妙笔，给农田涂抹上一片片的绿，又覆盖以金灿灿的黄，这是挥毫泼墨大写意。在它看来，农田里和草滩上茂盛着的都是美好的植物，不能因为是否产出粮食而厚此薄彼，大地应该五彩辉映和谐共融，它把河滩草滩作为大地的细节来精心构图、细心润色，铁苋菜就是其中最美的一笔。

铁苋菜：沃沃葵苋畦，焰焰棠杏坞

和许多野草一样，铁苋菜茎直立，叶互生，椭圆状披针形。这些都是我们所熟知的常识。河流把它的叶子染绿之后，就倾心刻画细节之美了。先是用疏松的笔墨耐心地在叶子的两面画上茸茸的毛，以此表现大自然对野草的细致关怀。然后勾勒了一条细细的花茎，以青粉色点染，成穗状，这是雄花；雌花在下，是点睛之笔，一颗颗晶亮亮的绿珍珠藏在对合的叶状苞片里，仿佛静美的女子倚楼远望，怀抱着内心的珠宝。

铁苋菜，它还有一个唯美诗意的名字，叫"海蚌念珠"。珠是蚌的心，蚌是水的魂。海蚌念珠，在心里默念几遍这名字，就让人无限感念那条美妙的河流以及宽厚的大地了。

铁苋菜 别名海蚌含珠、蚌壳草等，大戟科铁苋菜属一年生草本。高20厘米～50厘米。叶长卵形或阔披针形，雌雄花同序，花序腋生，稀顶生。蒴果直径4毫米，具3个分果爿，果皮具疏生毛和毛基变厚的小瘤体。种子近卵状，长1.5毫米～2毫米，种皮平滑，假种阜细长。花果期4～12月。

云星菜：云满星坛草满地

云星菜，是洪沟河南岸的人们给取的名字。我"百度"了一下，它的学名是"刺苋"。好端端的云星菜怎么就"刺苋"了呢？心里就生出一个小难过。约略一想，就咂摸出洪沟河南岸这方大野的智慧和厚重。

云星菜，这名字包含着人们一次次仰望着的云头，云是雨的头，天上下雨地上湿，湿了的土地膨松酥软，不愁长不出一个五谷丰登来；也包含着乡村夜空的无数美丽的辉光，星是乡村的灯，星星一亮，脚印就醒了，脚印一醒，田野上的庄稼也醒了，你长我也长吧，长成一个梦的形状。

云星菜的叶子和豆叶差不多大小，颜色比豆叶要深邃一些持重一些，撑开叶子的中脉有隆起，就像一根暴突的青筋，很男人的青筋，不过，这隆起在叶子背面，不露脸不显身，却使得叶面形成一个优美的好看的凹陷，犹如摊开的双手并拢了，很虔诚地捧着几缕阳光。云星菜有着苘麻叶的辽阔，但是比苘叶更具有纵深感，叶子拓展到先端，微微弯，敛成一个柔润的圆，又如柳叶的两端向内收束，细长的叶在凝聚它的智慧，增加它的宽度。形状像豆叶，开阔如苘叶，伸展似柳叶，这就是云星菜的叶子。就说它像云吧，云卷云舒，一朵一朵好看的绿云，在风里摇着绿，还不时翻出一些碧绿深绿墨绿的层次来，绿浪一波一波的，推推搡搡着，荡漾出无边的绿海。

云星菜的花儿太多了，星星点点的，单个的花很小很碎，似乎不像是花朵，密密麻麻地挤成一团，排成一个阵势，就有繁星满天的气场了，在叶腋之间簇生成一个个神秘的星球，在植株顶端直立为宝石的塔。叶柄和植株相接，结构成一个安静而牢靠的窝儿，叫叶腋。细眉细眼的雌花们就在这里扎堆，细丝细嗓地说着私房话，甜滋滋的目光温嘟嘟地仰望着遥远的雄壮的宝塔。相对于叶腋，雄花们生存的空间就是一个江湖了。它们很清楚自身的卑微，不想篡改成强悍的油菜花，被蜜蜂和赞美诗簇拥着；也不指望像豆苗那样生活在舒适宽敞的大田里，它们必须有所担当，要多开花开好花，抱成一团，连成一片，组成一个强大的穗状的集体，长风浩荡或者微风轻拂，就一起去寻找各自的爱情和归宿。那等在叶腋间花房里的容颜，正青春。

　　这样的花，这样的草，让我想起佛的一个偈语：一花一世界，一草一天堂。云星菜，生在大田里，它就被认定为"杂草"，就有被斩草除根的可能；长于沟渠边，那就是生在帝王家了，得天独厚，拥有植物的一切特权；扎根瓦砾间，活在石缝里，也要挺直身躯，创造一个绿云绕绕繁星点点的世界。因此，即使有且只有一棵云星菜，也是一个美好而又宏伟的天堂。云星菜，它有着天才的预见性，让雄蕊和雌花同一个植株，并且实现性别解放，把植物家族的理想投向了高尚的未来。就是这一棵植株，每年都要举行成百上千次婚礼，自初夏至深秋，雄蕊雌花们都在相亲相爱，"一草一天堂"，原来如此。

　　我的故乡洪沟河南岸，真的是一个天堂世界。洪沟河自西而东地流，把落山的夕阳流成初升的旭日，把投向水面的光线反射为一棵棵绿草。空气像甜水梨一样蜜甜多汁,风吹草籽,一落到地面就能长出一群健壮的牛羊。云星菜喜欢热热闹闹地挤在一起,就像和和睦睦的一家人,吃饭的时候往饭桌上凑,七杈八股,好几双筷子沉浸在香喷喷的青菜里。到了晚上就挤热炕头,做个梦都是热气腾腾的乡间生活。也许,在初始之地,只是那么孤零零的一两棵,仿佛羁旅他乡的异客。过不了多久,就有一片一片的绿云生出来,让大地碧透,让蓝天碧透;就有一颗一颗的星升起来,让田野亮透,让梦境亮透。叶一丛丛地,厚成一个群落;花一簇簇地,竖起一个图腾。天明地阔,叶子铺天盖地,花儿就纷繁密集。

云星菜,这绿色的奇迹,它把天堂的光景搬迁到人间,把天上的美好化为大地的奇妙。试想,如果人间没有云星菜这样的先知,天空距离我们会更加遥远,就像无形的幸福一样难以感受。

在洪沟河南岸,人们总是主动把身躯弯成一张弓,一种熔铸力与美的劳动姿势。在过路人看来,这姿势是美的,犹如激情的诗人亲吻着大地。但是,这是肢体的劳动,以力求胜的劳动,面朝黄土背朝天,背负着繁重的农活和生计,自然无暇欣赏天空的风光。黄土之上还有一个比蓝还蓝的蓝天呢,它在不断地呈现新奇的云朵和星辰。云星菜的出现,使得这种弓形的姿势得到了放松和舒展。它尊重这种姿势,它在比低还低的低地里安身立命,以七杈八股上的云星打动人们的目光,导引着他们扶直疲惫的腰身,踮起脚尖,去欣赏远天的生活。此时,眼睛里就有两颗星在熠熠闪光,脸颊上就有两朵闲云,野鹤一般从容。这实在是天空和大地赐予的劳动之美。云星菜,无疑是大自然最富人性的创造。

云星菜:云满星坛草满地

云星菜真是一种普世的野菜。医家认为,刺苋性味甘凉,具有清热解毒、利尿明目的功效。药食同源。"细苋即野苋也,北人呼为糠苋,柔茎细叶,生即结子,味比家苋更胜"(李时珍《本草纲目·菜二》),这细苋即为洪沟河南岸的云星菜,它的嫩茎叶可以食用,春夏秋三季均可采收。采收了的云星菜,不几天就会长出新的枝枝叶叶;采来的嫩茎叶可凉拌,可做汤,无论哪种做法,都是一次美丽的身体旅行。清爽的菜一碰上饥饿的牙,牙却怜香惜玉,门户大开,让渴盼已久的舌头抱个满怀,满口的鲜嫩清香。走吧走吧,肚子空着呢,舌头一卷,这菜就驶上喉咙的高速公路,顺顺当当舒舒服服踏踏实实地落到肚里,情不自禁,打一个赞美的饱嗝,就有一股清爽通透之气往细里憋,再向上猛蹿,蹿一喉咙绿,开一口腔花,长成一棵大野的菜,要有云,要有星,要有比爽还爽的好味道。

云星菜　学名刺苋,苋科苋属一年生草本。高30厘米~100厘米,茎直立,圆柱形或钝棱形,多分枝,有纵条纹,稍有柔毛。叶片菱状卵形或卵状披针形,顶端圆钝,基部楔形,全缘,无毛或幼时沿叶脉稍有柔毛。胞果矩圆形。种子近球形,黑色或棕黑色。花果期7~11月。

扫帚菜：地肤嫩苗，可作蔬茹

打扫卫生的工具怎么会成为入口的蔬菜呢？小时候，第一次听说"扫帚菜"这个名字，我仿佛听到了一个乡村童话：一把躲在角落里的小扫帚，淋了一夜的雨，被阳光一照，缕缕湿气袅娜成一朵小雾，继而，那朵小雾凝结为一种光溜溜绿莹莹的东西，像木耳，又像草叶，一个挎竹篮的小女孩惊喜地跑过来，她的身后是青灰色的村庄。

村庄里有一个少年，坐在屋檐下，想象着一种叫扫帚菜的植物，母亲告诉他，嫩苗可以吃，老了的枝条能做扫帚。母亲去了灶屋，不一会儿，风箱"呱嗒呱嗒"地响了，少年站起身，抓一把扫帚，像赶小鸡一样，把小院里的碎草屑往草垛那边赶去。刚才还有些潦草的农家小院，被一把扫帚修改得干净美观，少年的心也一下子亮堂起来。

多年以后，我述说着扫帚菜，忽然发现，扫帚和菜成为我的叙事策略。母亲、扫帚、野菜的场景，助推着一种缓慢而真诚的乡村叙事，这种植物已然承载着我的生命，我的乡村。作为野草，风干了的扫帚菜，依旧是我们追求清新朴素生活的一个标本，依旧保存着勤劳朴素的传统美德。

走进我的故乡，在田边路旁，林缘草滩，你会遇见一种卵球形的植物，它的叶子和蓬子菜的一般长短，都是丝状圆柱形，不过，前者更肥厚一些；两者高度也差不多，一米上下的样子。其实,如果细端详,你会发现,那些肥厚的叶子有三条明显的主脉,虽然都是基部多分枝,但前者枝叶更为紧凑一些,它的分枝多斜向上,茎叶一色,伸出的无数绿叶犹如热情的手,围拢在一起,把整株植物团结得像一个地球。这就是扫帚菜。它和蓬子菜容貌相似,这是有渊源的。大约一亿年前,被子植物给地球披上了一件宽大的绿衣,并通过花朵这一性器官实现着植物家族的繁衍生息。其中有这么一群植物,从双子叶植物纲石竹亚纲石竹目一路相携走来,到了藜科的路口,它们才挥手作别,把对方的美质转化为生命抽枝发叶的动力。大医李时珍很有几分诗人气质,"地肤嫩苗,可作蔬茹,一科数十枝,攒簇团团直上"(《本草纲目·草五·地肤》),他在《本草纲目》中称扫帚菜为"地肤",取象比类,所有的植物都是大地的肌肤,没了植物,地球无衣蔽体,人类无食果腹。

  扫帚菜耐碱土,抗干旱,无论生长在哪里,它们都能播下一片绿。它们最真诚朴实的绿,慷慨地遍布城市的园林会场厅堂,那些奇妙无比的株型像是一群可爱的小矮人,把琉璃瓦水晶灯玻璃窗以及米黄色的座椅都搬迁到一个神奇的童话里。我在园林里看到的这些苗木如同我们的美好想象一样,它们被裁剪成地球的形状,确切地说,是地球仪,底座是大地,扫帚菜基部的几寸茎株立成优雅的撑脚,撑起一个碧绿绿圆鼓鼓的草球。它们看上去很美,却让我觉得那是一种哀伤的美。一个模型真能唤醒人们对地球灾难的认识吗?对茎叶进行所谓的艺术制造,是为了讨好城里人,让人暂时做了植物的主宰者。当下地球的现状是"文明人跨过地球表面,在他们的足迹所过之处留下一片荒漠"(《表土与人类文明》[美]卡特、戴尔合著）。当植物只是标本模型，所谓的文明人也将成为腐土。

一本好的书，可以清扫人内心的尘埃；阅读生动的野草，同样让人心地变得纯净。许多可食的野草，大都有清热祛火的功效，它们结构成一部大书，一个让人们身心获益的美丽世界。李时珍说扫帚菜"久服耳目聪明，轻身耐老"，单这短短的十个字，就铺设了一条野草入耳入目入身心的清洁之路，身一轻，心情就爽。

扫帚菜可久服。自阳春到初秋，扫帚菜不停地发新枝抽嫩叶，只要你想吃，随时可采，吃法也随意，凉拌炒食蒸饭均可。最简单的吃法是凉拌，很是鲜爽。工序一多，难免会走味；调料多了，也有磕磕碰碰的可能。最能烘托扫帚菜鲜爽美味的，是香菜末香葱丝之类的小细节。扫帚菜茎叶均为丝状，开水一焯即可，不动刀。与之相衬，香葱切丝，而香菜切成细末，洒在青丝丝上，犹如葱绿辽阔的乡野飞着一些可爱的小蜂小蝶，煞是好看。加盐一匙，浇醋少许，拌匀，吃起来很有清怡香远的乡野味道。更为奇妙的是，扫帚菜毛糙糙的，不发柴，就像清清凉凉的小牙刷在口腔里旅行，履痕处处，舌床腮帮尽是香鲜清爽。扫帚菜是人体的清洁工，久服可减肥降脂，补阳益气。

我少年所处的年代粮食短缺，母亲常为无米下锅犯愁，可是一到春天家境就大不一样了，时鲜野菜漫天遍野，母亲就琢磨着野菜如何往嘴里放，由此创造出许多人间美食，譬如蒸菜。扫帚菜可蒸吃。扫帚菜切成碎丁，掺和地瓜面，加油盐拌匀。箅子上搁一笼布，其上的菜团铺成锅盖状，旺火沸水速蒸，热气穿箅

扫帚菜：地肤嫩苗，可作蔬茹

眼，又被锅盖推回来，这样一来二去，扫帚菜团受热均匀，且不丢原味。扫帚菜遇了蒸汽变得细嫩软烂，地瓜面增加了筋道爽滑，油盐释放咸香滋味，掀去锅盖，但见鲜绿灰白相掩映，真有春回大地的味道，吃起来香鲜滑嫩，很有嚼头。

扫帚菜秋季开小黄花，不打眼，穗状花序，绿叶转为暗红，结黑色的种子，中医称之"地肤子"，利水通淋祛湿，久服身轻体壮。旧时的病患，一把草药通经脉，祛邪气；而今，植被破坏、环境污染、食品劣质化导致疾病流行，我们生存的空间毒素肆虐，纵是仙草神药，亦无力回天。"径草疏王彗，岩枝落帝桑"（卢照邻《山林休日田家》），等我生命的深秋来临，就去寻唐诗里的山林，坐等王彗（即扫帚菜）老去，然后用力拔它出来，在冷水里浸泡一宿，再用铁块把乱蓬蓬的枝条压平，几根细铁丝缠来绕去，将枝条紧凑起来，握着圆溜溜的根部，我要在天地之间挥动我的大扫帚，就像西方神话里推着巨石向顶峰行进的西西弗斯那样，我的大扫帚奋力扫向迎面而来的重重雾霾。

扫帚菜　学名地肤，别名扫帚菜、铁扫帚、野菠菜等，藜科地肤属一年生草本植物。株高50厘米~100厘米，茎直立，多分枝，植株卵球形。叶披针形，具3条主脉，茎部叶小，具1脉。花簇生于叶腋，成穗状圆锥花序。花被近球形，淡绿色，裂片三角形。胞果扁球形，果皮膜质，与种子离生。种子黑色有光泽。

夫子苗：我行其野，言采其蓄

夫子苗，我们那地方的人都这么叫它。它在很多地方叫打碗花，属旋花科植物，是一种有禁忌的植物，它的花不能采，甚至不能碰，谁碰了，谁的饭碗就破了。明朝的大医生李时珍却称呼它旋花、鼓子花："其花不作瓣状，如军中所吹鼓子，故有旋花、鼓子之名。"（《本草纲目·草七·旋花》）这个老夫子说话一套一套的，让人不得不信服。我愿意叫它"夫子苗"，在城市的水泥牢房里，我愿意让夫子苗来生机我纸上的故乡。

我们那地方的孩子，乳名大都土里土气的，狗蛋憨瓜一大堆。有的孩子有那么一点小聪慧，就被称赞为"人学苗子"。在洪沟河南岸，有一种植物，它就叫夫子苗。乍一听，这名字酸里酸气的，小小一棵夫子苗，长大了，就长成一座夫子庙了吧。

夫子苗主要依靠根茎传播。我们想在乡野上开垦一块土地，我们不停地扬铲挥锄，敲碎板结的土块，铲断杂草的根茎，抖掉草棵的泥土，远远地扔它们到深深的沟渠里。忙完这些，我们就会睡一个囫囵觉，做两天别的无关紧要的事情。深耕细翻的泥土还蒸腾着地气呢。等我们讨来种子返回的时候，却发现土地上爬满了鸡心形的小叶子。这些小叶多么可爱，这些油绿的柔嫩的小手，这些夜晚的星星长成的精灵，这些使土地变得年轻欢快的小雀。小小的夫子苗，让我们爱上了这块土地，土地不分彼此，它能养活我们。我们把一棵夫子苗的根系铲为几十截，这块土地就新生出几十棵鲜亮亮清丽丽的小苗。

　　夫子苗总也长不大。它细得让人心疼的绿茎,对前方有着强烈的好奇心,曲曲折折地爬过去,想看个究竟,沿途抒发着绿叶大片大片的惊奇。细细打量,这种植物其实很单纯很可爱,这边小心翼翼地为荬荬菜撑着叶子的遮阳伞,那边却得意扬扬地攀上一棵小白杨的树梢,它和植物和我们,总表现出无限的亲近和热情。细的茎爬过来,就来一次亲切的握手;绿的叶攀上去,就是一个热情的拥抱。它的叶三角状戟形,互生在纤细的茎蔓两侧,活像一个古代的窈窕淑女,挪着细细碎碎的脚步,身上的配饰、裙裾的边角随风轻摇,摇出一路的风情风华与风骚。它们生活在马车时代的大道旁,在露珠闪闪发光的菜园边,在贴着春联"出门见喜"的小树上,春联就像乡村运转的太阳,初春是红润的,到了夏天就泛白,而那些给灰褐色的树干穿上新衣服的绿叶呢?我们第一眼看到它的时候,就看见了一个清清爽爽的乡村,那些绿叶儿,犹如邻家清秀的女孩,她把乡间生活的安宁、富足与美好凝聚成一个可爱的手势,一个清纯的笑容,引导我们学会欣赏乡野的生活和素朴的时光。

　　夫子苗是一种能吃的野菜。"夫子苗,夫子苗,吃一碗,拉一瓢",洪沟河南岸一直流传着这样四句顺口溜儿。很有古乐府的味道,诙谐风趣,又不失善意的提醒。我曾想,既然如此,人们为何还要用它熬粥喝呢?看来实在是肠胃空空无以填充了。如今,我觉得它传达的是一种对乡间草木取之无多的生存智慧,更是一种对自然世界的敬畏。夫子苗的根白白净净的,也可食用,叫"福根",就像地里储备的救命粮。我疑心这是一个口误。老家的夫子苗在《诗经》里称为"苢","我行其野,言采其苢"(《诗经·小雅》),我们那地方也确实出过饱读诗书的夫子,他看见了苢,它的根自然是苢根,"苢""福"音同,而更多的乡人只认得"福",红透一个乡村的大福。《诗经》里的"苢",在我的故乡把福根扎得到处都是,古老文化的传承与嬗变也找到了它丰腴肥厚的土壤。

夫子苗开花的时候,是它最美丽的时候。一到初夏,夫子苗开出白白嫩嫩的花朵,乡村菜园的篱笆上就挂了一串串的小喇叭。整朵花的唇瓣近圆形,薄薄的,看上去就像女孩咕嘟着的小嘴,一朵朵把娇气顽皮撒满了黑着脸的篱笆。看它的花,那么洁白无瑕,那么清丽娴静,恍若昨夜不想离去的月光化而为花,让人只是看着,不忍碰触,生怕像清露一样给碰落了;也有白里透粉的,那是阳光给白的花搽了一些红的粉,使得一朵花愈发娇嫩,一款自然清新粉嫩的妆容。这就是打碗花。古希腊神话中,墨西拿海峡,海妖塞壬甜美的歌声是一种可怕的蛊惑,那打碗花漏斗形的花冠也是一个美丽的陷阱?咒语一般的花朵兀自开着,让很多的孩子小心翼翼地躲闪着它随时爆裂的花苞。

在老家时,我开始并不知道打碗花名字的秘密,只是觉得它很美,就像一个洁净的女生,只是远远望着,望着她清秀俏丽的身影,内心就升腾起无限的美意。它开在简陋的篱笆上,用它清丽的美来环绕着简朴粗粝的生活,是菜园,也是花园,这场景被人们复制了许多次,如今依然是天堂生活在人间的投影。可以说,夫子苗和它的花,启蒙了我的美学思想。后来,一般是母亲们在说,这花不能折,它是打碗花。盛饭食的瓷碗,易碎品,饭

夫子苗:我行其野,言采其苢

碗是一个器皿,是事物的基本,是使粮食得以存在的那种家什,它承载着生活也承载着世界,它不是麦子也不是玉米,麦子收了玉米掰了,它还在那里,它是原在的大地。对饭碗的敬畏就是对劳动的敬畏,对大地的敬畏,一朵小小的打碗花,就具有了教诲和训诫的意义。

　　离开故乡十多年了,我一直端着教书的饭碗,一直轻抬轻放着自己的脚步。故乡的很多东西都在流失,所幸的是,野草们还在,夫子苗擎着叶,捧着花,还在熟悉的路边,等着我,一如我的近亲近邻。有它们在着,我就不会枯萎,它们枝枝蔓蔓地把我和故乡连在了一起。

夫子苗　学名打碗花,旋花科打碗花属多年生草本植物,与喇叭花相似。全体不被毛,植株矮小。茎细,平卧,有细棱。基部叶片长圆形,顶端圆,基部戟形,上部叶片3裂,中裂片长圆形,侧裂片近三角形,叶片基部心形或戟形。花腋生,花梗长于叶柄,花冠淡紫色或淡红色,钟状。蒴果卵球形,种子黑褐色。

酸溜子：少年辛苦真食蓼

酸溜子，是一种茎瘦叶肥的野草。茎有节，似竹；叶披针形，如桃。酸溜子有两种，茎紫红色的，或者青绿色的。前者长在春地上，后者挤在麦田里，就像亲姊妹，一个婚配向阳的瓦房，一个下嫁山后的茅屋，有些橘生淮南和枳长淮北的境遇。酸溜子的叶都是一色的草绿，味道也一样，它的嫩茎鲜叶放在嘴里一嚼，酸酸麻麻的，齿颊生津，舌尖上的味蕾瞬间绽放。采食的是春天的嫩茎，它就绽放一个清爽的春天。

有些西北人呼狼巴草为酸溜子。长江以南，酸溜子成了龙葵的紫浆果。我故乡的酸溜子长得很像水蓼，真的很像，简直就是陆地版的水蓼。水蓼有青蓼红蓼，茎分青绿紫红，叶草绿，可食，其味辛辣。我查阅植物图谱，询问亲朋好友，甚至路上走着的老人，我想重新认识大地上的植物。当我描述着我印象中的酸溜子，也许是描述有出入，一个退休的乡镇干部说，是水梗棵（水蓼的俗名）啊，我们那里就有很多。我只好继续说，酸溜子生旱地，耐贫瘠。水梗棵是蓼科一年生草本植物，高者一米；酸溜子半米多高。后来，偶然的机会，在网上看见"酸模叶蓼"这个名字，点击，我童年的酸溜子迎面而至。酸溜子，学名酸模叶蓼，蓼科一年生草本植物，和水蓼是近亲，一个生于水，一个长于陆，相映相衬，将大自然演绎得华美而生动。

小的时候，我挖野菜或者打猪草，最喜欢去的是春地。春地,春天的福地,走在上面,整个人都春天了。几个月之前,春地叫西瓜地。所谓春地,就是去冬今春的休耕地。许多年之后,我读古希腊赫西俄德的长诗《工作与时日》,这位天堂世界的记录者、用劳动和大地发生关系的实践者、黎明时期的歌手这样歌唱着:"休耕地是生活的保障,孩子们的安慰……"他把生活的进步归结于一种停顿,土质会变得愈益贫瘠,休耕地的存在将会使美好的生活得以延续。让西瓜地春梦迟迟吧,它的梦圆满又甜美。

如今的花花草草都去了城市,住在一个叫公园的地方。公园,那是缅怀追思植物之地;春地,才是植物的家,它有一种熟悉的微腥的泥土气息,有一种色彩拥挤枝叶喧嚷的生活场景。春地有野草,很多的野草,牛筋草、三棱草、夫子苗、毛谷英、鬼棘针、拉拉藤、灰灰菜、萋萋菜,还有一些叫不出名字的植物。酸溜子是一种天生地长的野草,我从未见它开过花,有老人告诉我,偶尔有那么一株两株也开花,细细碎碎的小白花,那真的是花仙子了。酸溜子依靠宿根繁殖。一场春雨过后,沟渠的流水哗啦啦地唱歌,那些嫩嫩绿绿的茎叶,那些鲜鲜亮亮的身影,以颗颗白露回应着春雨的温情滋润。远看,是一蓬一蓬的绿,春天源远流长。走近了,发现那些像桃叶似水蓼的叶片上都长着一块紫色斑,显得忧郁而华美,这植物的胎记藏纳着家族的遗传密码,它独特而不变的容貌,给人以天长地久的感觉,植物永生,大地永在。

走过路过不能错过,那紫色斑是太阳的脚印,那植物叫酸溜子。

土壤像面包,光照又充足,春地的酸溜子丰腴肥嫩,就像春天的贵妇人,它的叶片肥厚而略宽,茎紫红色,并且根部分枝多,密密实实的茎叶有一种雍容大气之美。在麦田里,它是杂草，这是农业文明的界定，犹如早年脸谱化的电影，坏人一出场就是一脸狰狞。可是，麦田的酸溜子真的很美。我们似乎忽略了它的春天。夏日炎炎似火烧，长高了的我们在麦田里拔草，帮父母割麦，累得全身酸疼，渴得口舌生烟，母亲就掐一些酸溜子的嫩梢嫩叶，让我们歇歇气，解解渴。酸溜子越往上长，味道越酸，到了半米高的嫩尖尖上，那就是一些酸葡萄汁了，径送口中，吸溜吸溜地嚼，一腮帮子的酸水沁凉沁凉的，犹如夏日的凉风，那感觉就叫一个爽歪歪。麦田的酸溜子，个瘦高，叶细长，仿佛乡下女子去了大户人家做丫头，瘦弱的身子骨，清秀的小脸蛋，走起路来都敛声屏气，生怕惊扰了老爷太太少爷小姐等一干大人物。

　　从春到夏，酸溜子的嫩茎叶均可采食。徐娘半老的，烧开水，焯一下，沥干，依然鲜嫩清秀；那些老气横秋的呢，茎叶发柴，可让牛羊们开开胃，再吃个肚子溜圆。最原生态的吃法，是把嫩茎叶切成细的绿丝丝，再点缀一些碎的辣椒粉，万绿丛中点点红，红粉热烈明快，绿丝含蓄文静，看上去就很养眼，被山东煎饼一卷，辣味厚，酸味清，香味长。咬一口，舌床上就生出一条火龙、一泓清流、一朵鲜花，各司其味，又相互提携。如果怕辣，或者想把精致进行到底，可以和芝麻盐同卷。先把扁扁圆圆的黑芝麻热炒，翻炒到香气扑鼻，稍稍冷却，置面板上，用擀面杖擀碎，洒入白白细细的精盐，即成。卷入酸野菜辣椒粉芝麻盐，一张粗粮煎饼就等同于一桌满汉全席。酸味开胃生津，口感脆嫩清爽，酸溜子可充当一下菜豆腐的配角，以荠荠菜或者萝卜缨为主要食料，豆面一大白碗，同煮，青青白白的植物，在火的热情簇拥下相亲相爱。爱就是一锅珍珠翡翠白玉汤，彼此相融，

酸溜子：少年辛苦真食蓼

色嫩味鲜；爱就是土气清气香气相互交汇，在大地上创造一个和谐幸福的家，直到地老天荒。我们的幸福感归宿感，其实来自对大地的信任，对植物的依赖。

　　如今，我居住在一个叫异乡的地方。在师范学校读书的时候，我曾经为这个地方矫揉造作地抒情："那边的生命正吐蕾舒瓣/那边的地平线被脚手架高高托起。"如今，我想做一个植物主义者，安静地过着我的汉语生活，我要穿过楼群浓重的阴影，去河边的公园以及公园以南的野地，才能亲近那些吐蕾舒瓣的生命。

　　我发现那块野地的时候，西面已经竖起了脚手架和规划效果图，许多像窝棚户一般遭遇的野草家族，获得了喘息和再生的短暂机会。那野地，让我有回归故乡休耕地的感觉。在那里，我没有找到酸溜子，就问一位老人。老人住在河对岸的村庄，每天都蹬着三轮车，带了铁锹扫帚，来公园侍弄花花草草，这是他的一份工作。我喜欢听他谈植物，许多植物被他含在嘴里，就有一种清新香远的味道。他说酸溜子很少见了，麦地里都喷除草剂呢。除草剂是什么，你死我活的战争。当植物哪怕是野草都不能存活于大地，我们依旧高枕无忧甚至欢呼进步吗？

　　我以"酸溜子"为题，提醒如我一样的人，植物们结构着绿色的大地，大地保持原在，它是安全的，我们的生活就是安定的。

酸溜子　学名酸模叶蓼，蓼科蓼属一年生草本。叶互生有柄，叶片披针形，叶上无毛，全缘，边缘具粗硬毛，叶面上具新月形黑褐色斑块，托叶鞘筒状。花序穗状，顶生或腋生，数个排列成圆锥状，花被浅红色或白色。瘦果卵圆形，黑褐色。

米瓦罐：瓦罐泥中宝，野草土中金

瓦罐几乎家家都有，不止我们那里。北宋人用瓦罐盛菜羹，瓦盆盛粟饭，足见瓦罐深入民间久矣。瓦罐可煨汤，可盛粮米，亦可作储钱罐，用处不一而足。老舍先生写骆驼祥子的窘相："愁到了无可如何，他抱着那个瓦罐自言自语地嘀咕。"这瓦罐就是祥子的全部家当。试想，炉火舔着黑黝黝的瓦罐，瓦罐煨着黄灿灿的米汤，米汤暖着滑溜溜的鱼头，不论年老年少有牙没牙，每人一大碗。此物最是暖老温贫。

瓦罐是一个器皿，是容纳万物的那种器皿，比如土地，它黑黝黝的底色是土地的表情；米是植物，是细节，米在土地上长高了，高于土地的东西被创造出来，黄灿灿是来自生命自身的光芒，它使土地得以生动。米，瓦罐，这样的叙述过程，让我看到了土地的沉稳之姿和植物的惊艳之美。

我要说的米瓦罐不是盛米煨汤的炊事用具，而是一种土生土长的野草。在我的故乡，田间沟畔草滩都有米瓦罐在生长，但不多见，米瓦罐最喜欢的去处是麦田，它是理直气壮的"米"，不是野草，它要到大田里活出一个茎高叶肥的样子。和北方小麦一样，米瓦罐以幼苗越冬。鲁中平原的大冬天日短夜长，幼苗如婴儿一般贪睡，春天一觉醒来，在土地松软软的被褥里伸伸胳膊动动腿，嗬，又长高了一大截，小孩子做梦都在长个儿。"四时可爱唯春日"（王国维《晓步》），春日之可爱，在于枯燥单调冰冷的冬天过后，土地上突然站出来那么多稚嫩的身影，那么多毛茸茸的小手，争着回答太阳的提问；在于土地像一个容器，盛满了大豆小麦高粱玉米红薯，也拥挤着灰灰菜荠荠菜婆婆丁马齿苋马兰头米瓦罐等鲜嫩可食的野草。人们拎着自编的小筐，走一路明媚春光，尽享春日的采食之乐。

米瓦罐是石竹科越年生或一年生草本植物，叶披针形，有些像石竹，河南人怎么看都觉得它像长长的面条，就亲切地叫它面条菜。一碗以米瓦罐作卤子的汤面，看上去青青白白，面是面菜是菜，均如柳叶一般细长，真可谓以长条映衬长条，以清爽混搭厚道。煮好的面条在冷水里一过，干头净脸的，入口爽滑，嚼起来尤为筋道，与野菜的青嫩鲜爽交互入口，嫩滑而又悠长，那细细嫩嫩的野菜携带着整个春天的鲜亮，瞬间打开你的味蕾，也让你的眼前茂盛着麦田里那一行行青青亮亮的麦苗。

米瓦罐凉拌煮汤，口感极为清爽；热炒蒸食，亦是软嫩可口。大明失意王子朱橚的《救荒本草》里关于野菜的吃法大都相同，且三步并作两步走，直奔救饥。先是"采嫩苗叶炸熟"，要一个脾软鲜嫩，然后水浸，赶走酸苦之味，最后归结为"油盐调食"。朱橚在开封他的王府里辟一空地，专门移种河南野生植物，很有法布尔荒石园的味道，他写《救荒本草》，心怀大悲悯，以助荒岁饥民随地采食，大地就是一个米瓦罐嘛，撒一点盐，淋几滴油，即食。朱橚的百草园里未见河南人喜食的面条菜，无妨，"油盐调食"已让众多野菜的清鲜美味杂糅着交错着丝丝香鲜缕缕咸，抚慰着人的味蕾和内心。

在历史的版图上，河南人走西口，山东人下关东，中原大地的一对亲兄弟看似背道而驰，实则心有灵犀，无限可能地拓展着中原人的生存疆域。具体到一棵野草，中原腹地看重它初生的嫩叶，呼为面条菜；圣人之地关注它最终的结果，叫它米瓦罐。圆柱形的根生出直立的茎，对生叶呼应着向上攀援，茎节略膨大，分枝，高者可达半米，开粉红色的花，五瓣，聚伞花序，结的果很像小小的瓦罐：它的生长很有修齐治平的儒家之路。掰开沿着米瓦罐狭缩如瓶状的上部，撕开外皮，里面的嫩米米可食，我没有吃过，这米米小而少，不充饥。米瓦罐全草入药，微苦性凉。医者认为，米瓦罐能润肺止咳，养阴凉血。药食同理，我们这儿采食它的嫩茎叶做蒸菜吃，美食保健二者兼备。把嫩茎叶洗净，沥干，在小麦粉里腰肢轻摆地秀一下，但见粉面生明月，绿衫染霜雪，那姿容真是清丽又白嫩。菜嫩，大火速蒸二三分钟，连同笼屉取出，反扣在盖垫上，持一双筷子出没于腾腾热气，把一团蒸菜拨弄得条是条段是段，绿嫩之外今又蒙了一层薄薄的细白，看着就像圆圆的甜柿饼，夹起来又如一支长长的糖葫芦，放入口中，软糯香鲜，如嚼汤圆。如果想奢侈一回，可油盐调食，口味有些重的，亦可加入蒜泥、辣椒油、香辣酱，拌匀食用。不管如何调食，都应该让这些青面条在舌齿之间多停留一会，细心感受着这一份源于土地的清爽香远。

土地真的是一个大瓦罐，它盛着米和温饱，盛着信任和期待。至于朱橚在河南的百草园，更像瓦罐的一个小耳朵，拎着它，就可倒出一些可食的茎茎叶叶。如今的农业，实际上已经半工业化，人们投入机械、肥料、除草剂等，就要获得相应的经济效益，而米瓦罐们越来越少，许多野生植物濒临绝迹，蜂飞蝶舞

米瓦罐：瓦罐泥中宝，野草土中金

的热闹场景和清爽鲜香的植物气息,将是一场繁华旧梦。一味追求植物的高产出,让土地看上去只是一种植物的绿浪滚滚,一种植物的硕果累累,等我们看得见它的后果,恐怕为时已晚。

  米瓦罐,这名字就透着一些小可爱,它嫩嫩的小手伸进春天,春天就可爱;它浑圆的蒴果装着夏天,夏天就饱满。如果我有一块空地,我当引种故乡的全部野草,包括米瓦罐,让这些茎茎叶叶绿遍我的视界。如今,我竭力开垦着这纸上的百草园,把一棵一棵的野草移植过来,愿这薄薄的白纸一如诺亚方舟,负载着草籽,最终找到让它们生存的土壤。

米瓦罐　石竹科蝇子草属多年生草本。高25厘米~60厘米,全株被短腺毛。根为主根系,稍木质。茎单生,直立,不分枝。基生叶片匙形,茎生,叶片长圆形或披针形,基部楔形,顶端渐尖,两面被短柔毛,边缘具缘毛,中脉明显。二歧聚伞花序具数花,花直立。蒴果梨状,种子肾形,暗褐色。花期5~6月,果期6~7月。

蒲公英：芳姿赢得春飘絮

一个小女孩，屈膝坐在平展展的草地上，鼓凸着粉嘟嘟的小嘴，对着右手握着的蒲公英，猛吹一口，圆嘟嘟的花球即可变成许多轻盈盈的小白伞，飘向深远的天空。欢喜像阳光一样潺潺流淌着，把小女孩的俏脸晕染成一个白嫩嫩的粉团儿。在这样一个天高地阔的秋天，可爱的小女孩，让"蒲公英盛开深白色的海"，天、地、人，全都变得那么简单明朗，那么昌盛踊跃。

"到处名泉看欲尽，孰知此地泄天真"，明朝人洪汉是幸运的，他官至都御史，看尽天下美景之后，故乡依然是天真的故乡。这是人生的一个美好结局。当一个人经历了大风大浪、大喜大悲、大起大落，他会返回童年的记忆之中，总会有一些简单而清纯的形象占据他的暮年时光，譬如童年的小河、故乡的明月光、吹送蒲公英的小女孩。

蒲公英，菊科多年生草本植物。在故乡的田野、路旁、河畔，甚至屋后房前，都有蒲公英伏地生长着。它圆锥形的根扎得很深，从根上长出披针形的叶，铺散着，排成莲座状，叶缘有小小的锯齿，很有荠菜青嫩嫩的模样，不过，荠菜茎上生叶。蒲公英的叶断之有白汁，略有一丝苦味，如一杯清爽的茶；掐断的苦菜叶也流乳白色的汁，苦味重，更像浓浓的苦咖啡。蒲公英春初发叶，然后莲座之上站起一根花茎，约莫有三四寸那么高，仿佛伏地而生的叶子的一声长啸，让人惊喜不已；顶端生头状花序，花黄色,有些像菊花,《救荒本草》赐它一个少年才俊的名号:黄花郎。

　　叶子像荠菜苦菜,开花有秋菊的韵致,蒲公英集聚着这三种植物的优势,可食用亦可观赏,又生长出特有的风采。蒲公英作菜肴,凉拌热炒,入口均腴嫩清爽。二三月间的嫩叶,清秀可人,经水一焯,青碧如玉,加精盐、味精、香醋搅拌,搁一些拍碎的蒜瓣,再淋几滴香油,就是一道鲜嫩嫩咸滋滋酸溜溜辣丝丝的凉拌蒲公英了,翡翠盈盘,煞是养眼。油锅烧热,煸炒精肉丝至香气乱撞,哗的一声,投入鲜叶叶略炒,出锅即成,其味清雅无限,香鲜无边,不输春韭秋菘。早春,蒲公英贴地而生,与泥土最为亲近,犹如大地的绿衫,其上撒着一些鲜黄的小碎花,看上去温暖又美丽。

　　蒲公英,又名地丁、黄花地丁,郭沫若把"地丁"诠释为"大地之子",只这四个字,就道出所有生命和大地的根性关系。蒲公英如白绒球一般的瘦果,随风漂泊,落地生根;它的根系深长,可越冬繁殖,不用公的授粉亦可长蓬松松的英。这就是蒲公英。

　　蒲公英飘絮的时候,很有诗的意境,一把把洁白的小伞撑开节令和湛蓝的天空。版画《蒲公英》已是诗意的经典,画者吴凡,20世纪50年代,画中的小女孩吹送的蒲公英远飘波兰德国,收获无数国际赞誉。小女孩随风飘远,故乡的蒲公英还在。在我的故乡,它有一个很苍瘦的名字:婆婆丁。这样的名字或许有着一个酸楚的故事:一个老婆婆,探出她干树枝一般枯瘦的手,摸索着稀稀拉拉的野菜,她站起的身子瘦骨伶仃的,她捋了捋干草样的头发,向野地深处挪移着,蹲着的老婆婆是一口旧了的提筐,她站着,就是那些青叶叶嫩稍稍细长的茎,承受着冷的风,眺望着远的天。我的叙述有些凄凉,有点《救荒本草》的况味,还有一种杞人忧天一般的庸人自扰。前几日,我所在的小城,浓重的雾霾没收了天空的晴朗清新清明,据说,是从北京蔓延到全国各地的,酸味灰尘味让人胸闷气短,据说长期吸入会导致人窒息而死。如此看来,"是书也有助于民生大矣"(李濂《〈救荒本草〉序》),无须野菜果腹,它们要担当更为艰巨的使命了:繁衍大地的葱绿,以净化我们所呼吸的空气,拯救我们所居住的地球。

说着说着,诗意就有些沉重了。和我同一个地方的行吟诗人高文,他在博客时代用力建构着一个心灵的居所,命名为"风中的婆婆丁",诗人这样书写着:"飞啊飞,停不下来,头发白了/也停不下来,婆婆」飞行的日子/……灰头土脸,是最好的行装/看不见朱颜瘦,不留恋风景旧曾谙。"诗人就是这样的一种植物,他的生命在于永无休止的漂泊,逃离沉闷的昨天,作别陈旧的意象,让诗歌形成一种向上的飞翔。热衷于内心的旅行,精神的冒险,我们都竭力追逐着蒲公英的种子,"灰头土脸"地在精神的旷野上,奔跑,向前奔跑。

诗人是寂寞的,诗意的蒲公英也暗合着诗人的宿命。在大野上飞行了亿万斯年,直到八面风吹的大唐,"凫公英"的种子才飞进药典《千金方》。其后,它在许多药书药房里等待着患者的求诊,药效有多神,患者的身体知道答案。我看见的是一些诗意的名字,金簪草、鹁鸪英、残飞坠,"淮人谓之白鼓钉,蜀人谓之耳瘢草,关中谓之狗乳草"(李时珍《本草纲目·菜二》),这些名

蒲公英:芳姿赢得春飘絮

字在眼前飞动,犹如太阳的运行,催生着大地的丰盛,四时的风景。

有一朵蒲公英的名字叫茅为蕙,她六岁那年,在一部老电影的片尾吹起蒲公英,蒲公英随风飘荡,飘成一些白的红的黄的粉的小伞,组合着美丽的天空。她在影片中,饰演一个机灵的小女孩,她凭借一首歌曲《我是一颗蒲公英的种子》,四处寻找着她的父亲。被风吹散的父女俩在一艘漂泊的客船上,奇迹般地相遇了,他们的心灵密码就是"蒲公英"。秋石,一个被关押了六年的诗人,在蒲公英的山野上,他看着女儿欢快地奔跑,小伞自由地飞行,嘴角往上翘了两下,鼻子一抽动,眼睛就有些发潮了,深秋的巴山一片苍茫。这部电影有一种沉郁的诗意,它是一首意象华美的抒情诗,这首诗的名字叫《巴山夜雨》。

许多年之后,在陌生的小城,重温《巴山夜雨》,我又一次泪流满面:我与我的母亲天人相隔已六年,童年的时光已无法返回,但我依旧在飞,在异乡飞,在梦里飞,在无枝可依的寒冬里飞,在有鸟鸣啾的阳春里飞。

蒲公英 菊科蒲公英属,多年生草本。茎短,叶羽状复叶,有乳汁,呈线状披针形。黄色舌状花,瘦果褐色,呈纺锤形,顶端着生白色冠毛。嫩叶可作蔬菜,可入药。因其带有苦味,亦称"苦药草"。

紫花地丁：地丁叶嫩和岚采

川端康成诞生的岛国东瀛，自然景色秀美，他视为精神的故乡，他写《古都》，从一个很小的入口进入叙事，打开一座锦绣繁华的大城，这入口是两株小小的紫花地丁。川端康成的作品多表现底层女性的纯洁与不幸，《古都》的开篇，两株紫花地丁脱离了土地，分别寄生在老枫树的两个树洞里，以此暗喻千重子和苗子这一对孪生姐妹悲欢离合的遭际："上边和下边的紫花地丁彼此会不会相见，会不会相识呢？"经由紫花地丁，他在打开女性命运之门的同时，也打开一幅古都自然美景和四时风俗的艺术画卷。

"在这种地方寄生，并且活下去"，这艰难环境里的顽强生命，打动着千重子的眼睛。要"活下去"的，不止紫花地丁，还有如千重子一般的芸芸众生。川端康成，这位发现花未眠的日本作家，也发现了个体生命"活下去"的愿望，哪怕被一阵风吹到一个荒凉的地方，哪怕生存空间只是一个逼仄的树洞。紫花地丁，一个"地"字，标识着它的源头和归宿。其实，紫花地丁原产地是中国，它的根在古老的中国大地上。紫花地丁一名最早见于唐人孙思邈的《千金方》，唐朝对日本影响甚巨，紫花地丁大概就是那时传入日本的。在中国，紫花地丁繁衍生长出许多很有个性的名字。其叶卵状披针形，形似犁头，河南人叫它犁头草，可是南方人看它更有箭头样，遂称呼它箭头草、金剪刀。紫花地丁的蒴果很像一条长圆形的口袋，内有种子若干，米口袋由此而得名,并有童谣流传民间:"米口袋,米口袋,过了麦子换过来。"种子翠绿时可采食,其味微苦,可口感黏糯,如嚼黄米;麦收一过,种子成熟干燥,不堪食,且蒴果变身为爆发性弹力器,急速开裂,将黑黑的种子弹射出去。好风助力,吹送到山东山西河南河北,远至日本朝鲜印度缅甸。无论它身处何地,植株都不高大,至多有一直尺那么高,但主根较粗,且旁生细根数条,它的地下根像钉子一样揳入土地的深处,貌似平淡无奇,实则活下去的意志异常坚韧。"平地生者起茎,沟壑边生者起蔓"(《本草纲目·草五》),对这些蓬蓬勃勃的生命,李时珍亦是不吝赞美之词。

在我的故乡,紫花地丁随处可见,在草滩,在路边,在沟沿,在林缘。它耐干旱,抗严寒,只要根须抓住一块土坷垃,它就发芽生绿,我们当初并不在意这些。它三四月间开一些五瓣的紫花,过不了多久,每一根细细的花葶,都无比骄傲地挑着一颗绿绿的野果,我们看着它,嚼着它,都像糯米粽,我们亲切地称它"粽子棵"。细瘦瘦的玉臂举着一些圆滚滚的粽子,一棵在路边长粽子的野草,看上去是多么骄傲。小小的"粽子"很干净,摘一颗,径送口中,就让上牙下牙如胶似漆难舍难分了。那个年代,生活极其困难,空空的肠胃急切需要填充,而粗粮细粮稀罕得很,野菜野果就成了我们的美食。紫花地丁的"粽子"太小了,只能塞塞牙缝,我们旺盛的食欲就蔓延到它的叶和花。它的果可食,那它的叶和花也一定能果腹吧,犹如和一个好心人交往,他说的话,做的事,都让人觉得安全又放心。"堇堇菜,一名箭头草。生田野中。苗初塌地生。叶似铍箭头样,而叶蒂甚长。

其后,叶间窜葶,开紫花。"(朱橚《救荒本草》)多年之后,我读到这样的文字,眼前豁然开朗,这堇堇菜不就是故乡的粽子棵吗?早在明朝,它就是菜蔬的一种,是可信赖的野生食物,它等在大地上,以拯救我们这些饥饿的生命,给了我们生活的勇气和身体的力量。

紫花地丁是堇菜科多年生草本植物,初春生叶,二月开花,叶嫩花鲜,不像荠菜,开了花就是美人迟暮。春天,燕子们从南方飞回,它们的翅膀驮着高远的湛蓝,它们的飞翔展开辽阔的翠绿,点点的紫,如小小的鸟散落在无边的绿色里,整个大地都绽放着新春动人的微笑。绿叶紫花,搭配着女孩纤细白嫩的小手,旁边补上一口小竹篮,绿盈篮,紫亦盈篮,那该是最春天的一幅画面。嫩花不经油烹,可码在白瓷盘里,撒一点盐,浇上"味极鲜",鲜嫩嫩的很好吃;也可摆一瓷碗,倒入酱油香醋味精,拿一朵花去鲜红透亮的碗里潇洒走一回,塞入口中,别有一番风味。若炒食嫩叶,须旺火热油急炒,菜鲜油香,急红眼的火,不夺地丁叶的绿,看上去赏心悦目,吃起来腴嫩香鲜。还有一种吃法,最有糯米团的味道:把叶子切碎,加入面粉拌匀,蒸菜团吃,味道清爽鲜嫩黏糯,越嚼越觉得唇舌间春色无边。时鲜菜蔬怎么个吃法,都可在紫花地丁这里体验一番,没事,炒烂了,就倒入一瓢清水,全家人都能喝上一大碗软软滑滑的菜粥。苦味菜蔬最败火,若紫花地丁没了这味道,还不地道呢。紫花地丁微辛性寒,清热利湿,解毒消肿,让你吃一个肠肥肚圆,吃一个健康长寿。低贱的野草,如同卑微的农人,让我们信赖的美好品质都在它们那里。

紫花地丁:地丁叶嫩和岚采

紫花地丁全草入药，亦可染色。有些人谈植物，总是念念不忘痈疽疔疮，似乎他们的身体就是一个药罐子，吞了甘草吞甘遂（二药相恶）。虚构生病，以介入本草，让植物纯洁的心都感到委屈。

我喜欢初春这些静雅高贵的紫，它是一种活力的征象。由太阳的红、天空的蓝和土地的黄三色合成的紫，在故乡的田字格里，沿着乡路平整的线条，书写着春日的字词、夏天的片段、秋季的篇章。"满朝文武皆朱紫"，是盛唐景象；这紫花地丁的紫，选择的却是向后退却，紫花谢了，绿色更浓。如同香炉的紫烟，缓缓晃动着，把大地变成了一个摇篮，这大地的摇篮里，生活着满目的翠绿和遍野的农人。

紫花地丁 别名野堇菜、光瓣堇菜等，堇菜科堇菜属多年生草本。无地上茎，高4厘米～14厘米，叶片下部呈三角状卵形，上部者较长，呈狭卵状披针形或长圆状卵形。花淡紫色，稀呈白色，喉部色较淡并带有紫色条纹。蒴果长圆形，种子卵球形，淡黄色。花果期4～9月。

风花菜:好花风袅一枝新

当我老了,就在小城最僻静的小巷开一家土菜馆,名字就叫"风花岁月",以野味菜蔬为招牌菜,春夏营业,秋冬打烊。打烊之后做什么呢?这个嘛,以后再想,时间还漫长。

既是风花岁月,就要讲个格,要有独特风味。做好一味野菜,搁在白玉盘里,是一个色泽鲜丽的春日;送入口中,则是夏天在舌尖上的舞蹈。上一盘风花岁月,浪漫至极的食客就会品出相近的风花雪月的味道。而我要采撷风中的野菜,信心十足地洗净,焯水,或热油爆炒,或冰爽凉拌,一概如花儿一般养眼,待举箸而食,则有与之相连的大地的味道,岁月的味道。

风花岁月出品的,自然就是风花菜。在故乡的河滩、沟沿、路边,真有一种野菜就叫风花菜,也叫叶香菜、香荠菜、野萝卜菜。我会做两道"看菜",一是故乡田野的摄影;二是小店菜园的实景,斜插一木牌,上书"原产地:洪沟河南岸"。第二道"看菜"可两选,可欣赏,亦可采食,都叫品味。现在,让我们循着风花菜这样一个有着宋词气质的名字,去我的故乡,寻找它的芳踪丽影。唐人高歌狂饮西风大漠千秋雪,宋词清丽婉约风花雪月何时了。叶,是拂衣的柔风;花,是盈袖的暗香。这风花菜自是宋词里柔美可人的小女子。

风花菜不是花菜。花菜是西兰花,又叫洋花菜,是"西洋"菜,清光绪年间漂洋过海(地中海)引过来,引种初期是西菜馆的专供。同属十字花科,风花菜却是天生地长的野菜,自古就有的中国地植物。风花菜喜生湿润土壤,但湿地不多,旱季常有,它的种子又随风飘荡,落入石缝也能生长。风花菜的茎叶都是苦的,苦味有什么不好,凡味苦的菜蔬皆有清热解毒之功效,亦能去脂瘦身,实为减肥佳蔬。风花菜苦辛,性凉,炒食或凉拌,要先备好一盆清水,浸泡,让它内心的苦辛得到释放,它的味道才香鲜得很。热水一焯,一锅热心话一掏,风花菜身子一发软,那小模样鲜绿青嫩,真叫一个秀色可餐。

风花菜的植株高者有半米多,它先是从根部生出几片叶子,排成莲座状,很像碎叶荠菜,羽状深裂,侧生裂片很小,对生,叶端生一卵形裂片,较大,叶的终点和绿的翅尖都在这里。早春的风花菜匍匐在地,横着生绿。到了初夏,便有茎株在基生叶的簇拥下颤颤巍巍地站了起来,细瘦的身段有些弱不禁风的样子,它摇摇晃晃地分枝发叶,慢慢地变得清秀而又丰盈。这生活轨迹和荠菜差不多,茎生叶都是披针形,不过,风花菜的叶无缺刻,植株也比荠菜肥大,很对羊兔们的口味。乖乖兔乖乖羊们性情温顺,不喜与人争,叼起一棵风花菜,闪到一个僻静的旮旯里,用小巧的唇轻吻着干干净净的青草,看上去是那么的温柔迷人,吃相很淑女,而细枝肥叶于它们最相宜。风花菜单个的花很小,黄色,犹如星星闪着点点金光,点缀着无边的绿意。无比美妙的是,荠菜也是总状花序,十字花冠,细细碎碎的小花连缀成串串银白,在叶腋,在茎梢。一步之内,金花银花竞相开放,十字花科的植物犹如同宗姐妹,在田野上相亲相近。

此"看菜"扯得有些远,可又别有看头。它非宫廷御厨所为，亦非民间巧妇手艺，乃是天地之灵气所钟，日月之精华汇聚，有着经久不凋的人间美意。野蔬盈倾筐，食之宜鲜嫩。越冬的风花菜，在冬的冰盘上制冷过，最易入味，如今又在春日阳光的温水里返青，色味均潜力无限。清人袁枚有《随园食单》，从口腹之需论及悟道修德，深得饮食之真味。我只谈能吃的野草，趁着春色无边，列一份"风花菜单"吧。

风花菜的根茎叶花无一不含蓄雅致，从根到花，起承转合，风花菜其实是一阕清丽的宋词。见了时鲜野菜就内心清爽，以至于废粱肉亲草木，把美学触觉执拗地深入清新自然的乡野，喜食野菜的人都有几分词人的气质和情怀。

在所有吃法当中，生食野菜最能体现人和春天和土地的亲密联系。洗净的风花菜，叶似绿翡翠，根如白玉丝，盛在青瓷盘里，绿浪滔滔，白帆点点，这一盘叫"青玉案"。它的韵脚是一青花碟，酱油醋香辣酱香葱末随意添。往碟里一蘸，每一棵风花菜嚼起来都有无穷韵味，菜的鲜爽和酱的咸辣一齐入口，醋酸葱香遛遛舌尖，各种滋味彼此交错融合，让人反复品味，味永难言。

热水焯过，再用冷水一浸，可以除涩味，解小毒，还使野菜变得水灵鲜嫩最青春，凉拌炒食均可，吃在嘴里，软嫩爽鲜，让人吃着春天，回味着青春欢畅的时辰。这款吃法能搅动千般滋味，名为"念奴娇"，更能引领味觉的无限想象。凉拌风花菜，可依个人口味，添油或者加醋，亦可酸甜苦辣咸混搭，不一而足。炒食，起锅热油，爆香葱末，投入风花菜，刺啦一声，关火，装盘，鲜香扑鼻，腴嫩可口。

风花菜的茎叶越往上越鲜嫩，初夏亦是采摘季。风花菜性味

风花菜：好花风袅一枝新

辛凉，清热利湿，又富含维生素C、钾、钙、锶及胡萝卜素、糖、有机酸等。风花鸡蛋汤，一切的好营养都在融融泄泄一锅汤里。将风花菜切碎，敲碎两枚鸡蛋，放入瘦肉丝，盐少许，搅拌，投入沸水中，煮一二滚即可，其色泽青绿，鲜嫩爽口，是美食，也是药膳。如果再放入玉米粉，煮沸，就是风花瘦肉粥。银勺搅动，波翻浪涌，好一阕"水调歌头"。

风花菜入药，七八月间采全草，切断，晒干，治腹水、咽痛，外用治烧伤。咕嘟咕嘟的气泡，是干草在古旧瓦罐里的呼吸，微小的火焰让它重温昔日的青春，多么美好的暮年时光。无论青春还是迟暮，风花菜始终被欣赏，被品味，始终有着含蓄蕴藉的美感。当我老了，自夏徂秋，我就做一个干草收集者，将一把年纪的干草摆在眼前，挂在梦里，相看两不厌，用彼此的气息交流着内心的情感。

风花菜 十字花科蔊菜属一年生或二年生直立粗壮草本。高20厘米~80厘米，植株被白色硬毛或近无毛。茎单一，基部木质化，叶片长圆形至倒卵状披针形。总状花序多数，呈圆锥花序式排列。花小，黄色，花瓣倒卵形。短角果实近球形，果瓣隆起，平滑无毛。种子淡褐色，极细小，扁卵形。花期4~6月，果期7~9月。

马兰头：马拦头，拦路生

一粒草芽儿往出拱，先是露出两片娇嫩嫩水灵灵的子叶，深深地吸一口掺和着阳光味道的空气，然后，一根细嫩的茎秆直愣愣地立了起来，抖一抖尘土，都能听见它咔吧咔吧的拔节声。这就是立春。

二十四节气的每一个名称，都有各自特定的声响和色彩，天地因之敏感细腻感性，并经由草木、气候和天况做出响亮的回应。立春东风回暖早。立春，亦称报春、邀春、打春、迎春、咬春。"暖律潜催腊底春，登筵生菜记芳辰；灵根属土含冰脆，细缕堆盘切玉匀。"（叶国观《咬春诗》）立着的春天是要用牙齿去咬的，清人叶国观用诗歌保存着"咬春"这一古老的行为艺术。野菜有灵根，糅合着泥土的腥味和阳光的芳香，"咬得草根断，则百事可做"，这个"咬"有着做百事之前的从容和坚定。春盘上一堆白根绿叶，外嫩里鲜，咬上一口，喷喷，真的连舌床也爽爽地淌着鲜味儿，鼻息哧溜哧溜地喷着，全身的经脉被几棵仙草打通了，整个人鲜气得很。

春天，野菜到处都有。荠菜、苦菜、蒌蒌菜、灰灰菜、云星菜、马齿菜，春天的大地就是一个偌大的春盘，盛得满满的，让你一次咬个够。"妇女小儿各拿一把剪刀一只'苗篮'，蹲在地上搜寻，是一种有趣味的游戏的工作"，洁白的纸闪着春盘的光芒，周作人不是在苦吟雕琢，而是把一个个新鲜活泼有趣的汉字请到他的春盘里,把玩品味。挖野菜,也叫打野菜、采野菜、拔野菜。带着剪刀寻野菜,在我们那里,就是采马兰头了。采马兰头,又叫挑马兰头,百里挑一的"挑",只挑马兰头的嫩梢梢嫩叶叶,留下它的绿紫茎继续生碧叶,开紫花。春挑马兰头,依然保留着古代的生活方式,人们就像对待休耕地那样,不去扯断马兰头的根茎,让采撷鲜叶嫩梢成为整个春天的日常生活,"咬春"不再是一个节气,而是人们的一种日常行为,和说话、走路一样的行为。贯穿一个春天的鲜叶嫩梢,让人感到生活的日日新,感到春天之神的持续眷爱,由此坚定在土地上过一生的信心。

马兰头,菊科马兰属,多年生草本植物,一般生长在地边、路旁、沟畔,野地里也有,小麦返青的时候,它们开始吐绿。新吐的绿应和着回返的青,这场景,就叫一个春色无边。马兰头高者可达一米,原名马拦头,明人王磐《野菜谱》有句"马拦头,拦路生",好个"拦路生"!道出了马兰头不择地而生的迅猛长势。

民间有谚语云:"立春一日,百草回芽。"立春了,新芽在地下的呼吸声依稀可闻,被遥望近看的草在大地上铺陈着。在向阳背风的洪沟河南岸,已有植物竖起了它绿色的旗帜,无遮无拦的阳光落下来的时候,变成一只只温情的手,把那些碧绿的叶抚摸得更鲜润更光彩。它直立的绿茎带些许紫红,显得很有深度。叶子是一色的碧绿,却在形状上生出一些姿态来。它的叶儿很薄,叶脉清晰,一条小河一般的主脉从茎株分离出去,径直流向叶端。基部叶尚未脱落,它的茎株就冒出一些长条形的叶子,交互向上攀升,有些迫不及待了,叶缘有羽状的浅裂,那是料峭的风给咬的吧。后发的叶子窄一些,也更长一些,有些柳叶的姿容,无缺刻。这种植物三四月间最为繁茂，春雨足，叶肥嫩。夏五月，淡紫色的花单生枝顶，头状花序，整朵花就像儿童画笔下的大太阳，中间是金黄的一团，放射的紫色光线用波浪线条简洁明快地勾勒出来，很有童话情趣。

这早春就站立的植物，其花似菊而色紫，我们叫它野菊花，也有人叫它路边菊，其茎叶可摘食，"俗以摘取茎叶故谓之头"（清·顾张思《土风录》），南国北疆皆呼之为马兰头。《本草纲目》载："泽卑湿处甚多。二月生苗，赤茎白根，长叶有刻齿，状似泽兰，但不香尔。南人多采汋晒干，为蔬及馒馅。"（《本草纲目·草三·马兰》）很久以前，南方人自制的马兰头干菜让春天的气息和味道蔓延到了秋冬，这是一种向后看的目光。马兰头吃法很多，可以凉拌，苏南地区有一道小吃，叫"马兰头拌花生米"，清爽又脆香，单听这菜名就让人喉结大动；可以熟食，爆炒、炖食、煮粥均可；还可以制作马兰茶，马兰叶填以白糖，开水一冲，爽爽的香微微的苦美美的甜都跑到你的舌尖尖上了。

马兰头味辛，性凉，凉拌最为爽口。新挑的嫩叶叶细茎茎犹如害羞的雪，落入滚烫的情怀岂不化为热泪一滴？袁枚在《随园食单》中建议说："马兰头摘取嫩者，醋合笋拌食，油腻后食之，可以醒脾。"生吃好，鲜凉滑爽甘香，正是马兰头的本味。洗净的嫩叶嫩梢，沸水里先滚一趟，把涩味赶跑，然后清水养一下，养出一盆绿翡翠，沥干，切碎。备配料，胡萝卜的黄丝丝、嫩黄瓜的青条条、豆腐干的白片片。三者拌入马兰头的嫩叶叶细梢梢，撒几粒精盐、白糖、味精之类的亮晶晶，淋几滴陈醋、麻油、酱油之类的浓浓情，拌匀，就是一道凉拌马兰。吃吧，吃吧，就

马兰头：马拦头，拦路生

在筷子探向青菜的一刹那，突然怔住了，这哪里是一道凉拌菜，分明是大地的无边春色，人间的绝美风景。

"立春"，是一个动词。穿越冬的沉寂，在春天里站立的植物，具有创世纪的意义。从最初的藻类植物，到四亿多年前的株高五厘米的蕨类植物，植物站起来了，并引导着动物离开大海，适应陆地新环境，还严厉地驱赶某一种动物到树下生活，让它们得以进化成直立人。立春，是一年的初始。早春的马兰头，直立着它的茎，碧绿着它的叶，任你挑，任你咬，让你的身体也发芽，让你整个人一年四季都春天。

马兰头　又名马兰、红梗菜、田边菊、紫菊等，菊科马兰属多年生草本植物。有红梗和青梗两种，均可食用，药用以红梗马兰头为佳。叶披针形至倒卵状矩圆形，上面被毛。头状花序单生于枝端并排列成疏伞房状，总苞片倒卵状矩圆形。瘦果倒卵状矩圆形，极扁，褐色。

蓬子菜：自伯之东，首如飞蓬

蓬子菜的叶子像什么？像猪肉丝，而且是精肉丝，让芹菜小炒、韭菜小炒、茶树菇小炒活色生香的精肉丝，看上去纤细雅致，嚼起来腴嫩可口。

草上长出来像精肉丝一样的叶，一定非同凡响。那些叶，宛若女子柔顺光亮的三千青丝，临风摇翠，清丽可人，秀色可餐。如此纤纤秀色，却多挺秀在干旱的地方，如故乡坚硬的林缘路边。蓬子菜遍布东北华北西北西南各地，干焦焦的戈壁滩，硬邦邦的盐碱地，都有蓬子菜在生长，丝状圆柱形的叶，就像细细的面条，喂养着饥饿的大地。蓬子菜高者可达一米，矮的不足一尺，它旁边的三棱草和毛谷英，犹如灌篮高手，茎秆一伸，就傲视众草。蓬子菜叶细无柄，似金针，耐心缝制着一件华贵的宽褥大裳。蓬子菜茎直立，基部分枝，分枝互生小枝，外向开展，小枝上密缀细细的丝状叶，看上去枝枝叶叶蓬乱乱的，形成的草棵却如合抱之木，让人惊叹。

蓬子菜的叶肉质，田边沟沿的尤为肥嫩，它的嫩梢头不怕掐，越掐越旺相，春秋均可采食嫩茎嫩叶。茎嫩叶鲜的蓬子菜犹如体态轻盈的豆蔻少女，若是对它不理不睬，不消半个月，它的针叶就开始发柴，老的叶坚硬如针，东北那疙瘩的人叫它札蓬棵。"只缘感君一回顾，使我思君朝与暮"（乐府《古相思曲》），在蓬子菜鲜嫩润腴的时候，遇见它，带走它的青丝，它的思念就开始疯长,以接连的新绿期待君的再回顾。这真是一种多情的菜。

蓬子菜可凉拌热炒,亦可做汤调馅,怎么吃,都不失清鲜腴嫩之本味。我小时候常吃凉拌蓬子菜,口感甚为爽嫩鲜美。蓬子菜的嫩茎叶干头净脸的,母亲用热水一焯,然后把它们在清水里养一会儿,像小鱼一样吐一吐土腥气,捞起,沥干。捣蒜泥是我的活。精盐做底子,润如白玉的蒜瓣,一瓣一瓣地投入,相跟着一声一声的脆响,有时蒜瓣会像蚂蚱那样往外蹦,我只好用左手半掩着钵口。捣好蒜泥,加一勺陈醋,用筷子搅匀,浇在蓬子菜上,撒几粒味精,装盘,吃时筷子再没头没脑地在盘子上走两圈,一箸入口,酸甜辣咸裹挟着无边的鲜爽蜂拥而至,让人胃口大开。蒸蓬子菜吃,味道香鲜,有点甜,是菜,也是饭。将蓬子菜和三两棵香葱切碎,放入玉米面,加水、盐拌匀,如果奢侈一回,可掺和一枚鸡蛋;想精致也行,撒几枚红枣,一并倒入笼屉上,大火蒸熟即可。蓬子菜玉米面相杂糅,青的菜融入圆圆的黄澄澄,黄的面染着碎碎的青绿绿,其间跳跃着三五枚红的枣,如叫叽叽的小鸡,让人只是看着,就有清新鲜活的乡村气息喜气洋洋地塞满这小小的灶屋。热的锅叫咕嘟的时候,整个小院都是满满当当的清香。蓬子菜性凉味甘,滋肝补肾,败火降压。早些年,随父母去农田里干活,带一壶热水,母亲半路上掐一小把蓬子菜搁在里面,歇气的时候喝上几口,凉丝丝甜津津的,内里有一种贴心贴意的亲切关怀。

蓬子菜可食,我觉得它的叶子像精肉丝,很多人看它乱糟糟的,像猪毛,叫它猪毛菜,这名字很有喜剧色彩,你吃一嘴猪毛试试,可满口的猪毛菜就是清鲜美味。东北二人转有两句唱词:

"从小看你像猪毛菜,长大变成札蓬棵。"变成札蓬棵就是刺儿头吗?以我偏狭的阅读经验,罕见古人食用此菜,他们看重的是超实用的精神层面的札蓬棵。尤其是高歌狂饮的唐朝诗人,以蓬子菜喻意四处飘零的生活,"飞蓬""飘蓬""征蓬""转蓬""孤蓬"蔚为大观,呈现着唐人诗意的丰沛和精神的饱满。

"自伯之东,首如飞蓬"(《诗经·卫风》),夫君出征去了东方,诗经里的女子头发乱蓬蓬的,心亦如飞蓬枯草乱糟糟,以致忧思成病。到了唐朝,这难言的况味移植于男人的内心:"曾于青史见遗文,今日飘蓬过此坟。"(温庭筠《过陈琳墓》)读来满纸悲凉气。又如:"嗟余听鼓应官去,走马兰台类转蓬。"(李商隐《无题》)让人慨叹诗人的宿命就像蓬草一样飘转不定,孤苦无助。

很多人考证,蓬是飞蓬,是菊科飞蓬属多年生草本植物飞蓬。上海书店出版社出版的《诗经植物图鉴》和《唐诗植物图鉴》两书均持此种观点,书中精美摄影亦是菊科飞蓬。对此,我有异议:唐诗里的飞蓬不是一个词,而是一个词组,"飞转的蓬"。首先,从科属上看,一个是菊科飞蓬属,一个在藜科猪毛菜属,二者根本不搭界;且菊科的飞蓬是多年生草本植物,十月中旬出苗,幼苗像小麦一样越冬繁殖,你让它飘飞什么。"吊影分为千里雁,辞根散作九秋蓬"(白居易),蓬子菜自深秋始就飘东飘西,直至来年初春,仍居无定所。飞蓬开菊样的小花,黄蕊白瓣,种子八月成熟后即随风飘散。其次,以飘飞的部位而言,飞蓬飘的是种子,蓬子菜却是全株。札蓬棵犹如一个草球,风吹草滚,此为"转蓬";菊科的飞蓬身材苗条,舞姿一定很美,若是如

蓬子菜:自伯之东,首如飞蓬

圆球滚动,则需增肥臀部。最后,蓬子菜是断根之草。秋后,蓬子菜的植株干枯,根茎结合部遇风易折,断根之草随风漂泊,恰恰吻合诗人天涯羁旅漂泊无定的身世。菊科飞蓬的飘飞是在播种,是落地生根。

作为诗歌开阔苍凉的意象,蓬子菜枝叶葳蕤,岁岁繁盛,"饮散离亭西去,浮生长恨飘蓬"(北宋·徐昌图《临江仙》),长恨飘蓬,却又无法终结漂泊的宿命,但一个"长"字,就道尽人生的大无奈。

我的故乡,初春多风,卷起阵阵黄尘,如同古希腊诗人赫西俄德所描绘的"灰色的春季",而飞转的蓬子菜迎面而来,让一个乡村少年满脸忧伤,他那时还不懂得,他的命运已与这种植物血脉相连——母亲去世以后,他如断根之草,在异乡漂泊,在纸上流浪。

蓬子菜 茜草科拉拉藤属多年生近直立草本。基部稍木质,茎有四角棱,被短柔毛或秕糠状毛。叶线形,顶端短尖。聚伞花序顶生和腋生,多花,花冠黄色,无毛,花冠裂片卵形或长圆形,顶端稍钝,花药黄色。果小,果爿双生,近球状,无毛。花期4~8月,果期5~10月。

蒺藜：楚楚者茨，言抽其棘

在田野里跌打滚爬着长大的孩子，远离故土许多年，许多故乡的影像已模糊，但是，他依然记得蒺藜的模样：灰白色，五棱状球形，就像一把五棱铁锤，这铁锤原是由五柄利斧锻造而成，利斧两端的尖刺一长一短，长剑追魂，短刺夺命。

蒺藜大多生在路边或者野地里。它的茎蔓儿匍匐在地，悄无声息地翻土堆，越草丛，小心翼翼地向前爬行着。看上去，它很像巧手村姑绣着的一幅织锦，哪有一丝刺手心儿扎眼仁儿的霸气。雁过留声，蒺藜的脚印是一些青青绿绿的小草叶。蒺藜的草叶儿很萌，椭圆形，极像美女清纯可爱的小脸蛋。茎蔓儿爬出半米多远了，那些草叶儿还在原地，保持着幼儿团体操的队形，左边两列对生的草叶儿排成羽翅状，右边的羽翅却小而短，像是大班小班的幼儿们互相唱和。这一个茎蔓儿的分节处是左长右短一对翅膀，下一个分节则是右长左短，犹如草地上日月交互出现，是不是很萌呢？

蒺藜长长的茎蔓儿，仿佛故乡东流去的洪沟河，它流向哪里，就有一些乡民筑庐定居，养儿育女，茂盛着一株株乳白的炊烟，看上去很温暖。蒺藜开浅黄色的小花，五瓣，和黄蜡梅的花几乎是一样的。蜡梅深冬先叶开放，茫茫一片香雪海；蒺藜花一个分节处只开一朵，只在短叶的叶腋之间黄蜡蜡地开，就像热烈的太阳，又如温暖的灶火。长叶遮风挡雨，短叶开花结实；长叶表现着空间上的葱茏，短叶繁衍着未来的新绿。设若人类的秩序如同草木这般井然，如同草木这般精密地排列、组合、发明和创造，那么，我们的世界到处都会涌动着自由、欢乐、纯洁与健康的色彩。

我的故乡生蒺藜，也长玉米。蒺藜在外头走沟沿，铺一层绿。玉米在大田里个子猛蹿，天花把夏天举高的时候，蒺藜的尖刺也变得锐利。我们这些田野里的野孩子，一听要被赤脚医生扎针，就跑，怕疼，跑到草丛里疯玩，被蒺藜扎疼手心的，刺伤膝盖的，那时我们逞强。不疼不疼，这叫光荣挂彩，那赤脚医生的针头找不着你的血管，就猛钻你的皮皮肉肉，疼得你牙根嗞嗞地直冒冷气。尖锐的蒺藜戳进软塌塌的手心或脚底，其实很疼，那尖刺撕开一道口子，径直扎向心尖尖。

蒺藜，让我们望而生畏。"蒺，疾也；藜，利也；茨，刺也。其刺伤人，甚疾而利也。屈人、止行，皆因其伤人也。"（《本草纲目·草五》）后来，读李时珍的《本草纲目》，我的眼睛就有一些干涩涩的疼。在《诗经》里也有蒺藜的身影："楚楚者茨，言抽其棘。"（《小雅·楚茨》）这"茨"就是蒺藜。为何要清除它们？人们要吃饭，就得种植高粱谷子。这首诗后来写道："以为酒食，以享以祀。"收获的粮食做成美酒佳肴，祭祀祖先，敬奉神灵，这是大地和粮食的节日，在大地上耕作的人是神圣的，他们披荆斩棘，以享用大自然的慷慨，在劳动中收获满脸的喜悦和崇高的尊严。

"言抽其棘"，是农业文明的开始。作为野草，蒺藜在大田里就只剩下尖刺，这尖刺却从此具有教谕的意义："松树长出，代替

蒺藜：楚楚者茨，言抽其棘

在田野里跌打滚爬着长大的孩子，远离故土许多年，许多故乡的影像已模糊，但是，他依然记得蒺藜的模样：灰白色，五棱状球形，就像一把五棱铁锤，这铁锤原是由五柄利斧锻造而成，利斧两端的尖刺一长一短，长剑追魂，短刺夺命。

蒺藜大多生在路边或者野地里。它的茎蔓儿匍匐在地，悄无声息地翻土堆，越草丛，小心翼翼地向前爬行着。看上去，它很像巧手村姑绣着的一幅织锦，哪有一丝刺手心儿扎眼仁儿的霸气。雁过留声，蒺藜的脚印是一些青青绿绿的小草叶。蒺藜的草叶儿很萌，椭圆形，极像美女清纯可爱的小脸蛋。茎蔓儿爬出半米多远了，那些草叶儿还在原地，保持着幼儿团体操的队形，左边两列对生的草叶儿排成羽翅状，右边的羽翅却小而短，像是大班小班的幼儿们互相唱和。这一个茎蔓儿的分节处是左长右短一对翅膀，下一个分节则是右长左短，犹如草地上日月交互出现，是不是很萌呢？

蒺藜长长的茎蔓儿，仿佛故乡东流去的洪沟河，它流向哪里，就有一些乡民筑庐定居，养儿育女，茂盛着一株株乳白的炊烟，看上去很温暖。蒺藜开浅黄色的小花，五瓣，和黄蜡梅的花几乎是一样的。蜡梅深冬先叶开放，茫茫一片香雪海；蒺藜花一个分节处只开一朵，只在短叶的叶腋之间黄蜡蜡地开，就像热烈的太阳，又如温暖的灶火。长叶遮风挡雨，短叶开花结实；长叶表现着空间上的葱茏，短叶繁衍着未来的新绿。设若人类的秩序如同草木这般井然，如同草木这般精密地排列、组合、发明和创造，那么，我们的世界到处都会涌动着自由、欢乐、纯洁与健康的色彩。

我的故乡生蒺藜，也长玉米。蒺藜在外头走沟沿，铺一层绿。玉米在大田里个子猛蹿，天花把夏天举高的时候，蒺藜的尖刺也变得锐利。我们这些田野里的野孩子，一听要被赤脚医生扎针，就跑，怕疼，跑到草丛里疯玩，被蒺藜扎疼手心的，刺伤膝盖的，那时我们逞强。不疼不疼，这叫光荣挂彩，那赤脚医生的针头找不着你的血管，就猛钻你的皮皮肉肉，疼得你牙根嗞嗞地直冒冷气。尖锐的蒺藜戳进软塌塌的手心或脚底，其实很疼，那尖刺撕开一道口子，径直扎向心尖尖。

蒺藜，让我们望而生畏。"蒺，疾也；藜，利也；茨，刺也。其刺伤人，甚疾而利也。屈人、止行，皆因其伤人也。"（《本草纲目·草五》）后来，读李时珍的《本草纲目》，我的眼睛就有一些干涩涩的疼。在《诗经》里也有蒺藜的身影："楚楚者茨，言抽其棘。"（《小雅·楚茨》）这"茨"就是蒺藜。为何要清除它们？人们要吃饭，就得种植高粱谷子。这首诗后来写道："以为酒食，以享以祀。"收获的粮食做成美酒佳肴，祭祀祖先，敬奉神灵，这是大地和粮食的节日，在大地上耕作的人是神圣的，他们披荆斩棘，以享用大自然的慷慨，在劳动中收获满脸的喜悦和崇高的尊严。

"言抽其棘"，是农业文明的开始。作为野草，蒺藜在大田里就只剩下尖刺，这尖刺却从此具有教谕的意义："松树长出，代替荆棘，番石榴长出，代替蒺藜。"（《圣经》）蒺藜仿佛是大自然的苦心安排，它生长在农业文明和人类美德的入口处，人间勤劳、善良、勇敢和温厚的美质，无不来自荆棘蒺藜们的磨砺。至于鲁迅的"种牡丹者得花，种蒺藜者得刺"，则是植物版的因果报应。

我的身体记忆着蒺藜的尖刺。小时候，田野是我的乐园，大田里是绝不能去的，踩坏一棵青苗苗，就是糟蹋粮食一大瓢。路边的草丛，可以扑蚂蚱，摘荙菝，如果不怕虫咬，还可以自导自演一场沟底历险记。总是母亲在提醒我：小心，那边有蒺藜。路边有蒺藜探出它的刺儿头，母亲看见了，蹲下身，小心地拽着茎蔓儿慢慢地脱离地面，然后腾出一只手，贴着地，捉住蒺藜的基部，弓身，拔除。她说，地头的蒺藜扎着谁，都疼呢。离开故乡许多年，许多莫名的无形的尖刺，戳我的眼睛，刺我的耳膜，扎我的双手，这些浅的刺，反而让我把内心包裹起来，不受一丝伤害。母亲离世以后，一枚五棱十刺的蒺藜从此住在我的身体里，动动身子，想想从前，做做梦，尖锐的蒺藜越扎越深透，透过骨肉，深到心碎裂，深到泣无声，人间悲情被一种植物体验推波助澜，翻江倒海。

像一个中了毒蛊的人，我渴望被蒺藜刺一下，再刺一下，释放我身体里的毒素和郁气。这种刺痛让我清醒：我从哪里来，要到哪里去。有这么一个方剂，说是嗅觉迟钝，不闻香臭，就抓两把蒺藜，撒在大路中央，等车轮滚滚碾压过去，取水，煮蒺藜汤，灌鼻可愈。这蒺藜颇似大巧若拙的智者，能唤醒我们的知觉，让我们做回从前的自己。

蒺藜：楚楚者茨，言抽其棘

蒺藜是一种贴地生长的植物，它的茎叶也最贴近田野的枯荣和民间的悲喜。"樵路通村暗蒺藜，数椽茅茨护疏篱。"（元·方夔《田家杂兴》）蒺藜是美好乡村的一部分，尖的茨和白的茅是和谐一体的存在。大自然的植物不会给人类制造伤害，甚至灾难。植物是人类真正的救世主，地球上没有了植物，那才是人类的末日来临。

蒺藜有岩石之质。它的硬气并非与生俱来。蒺藜沙上野花开。路面僵硬如铁，沙粒冷酷似冰，忍受着生存之路上的一切苦痛，蒺藜的善心慢慢变得坚硬，凸显着思想的锋芒。当我的故乡洪沟河南岸绽放成一个五彩花园之时，蒺藜的尖刺犹如大地醒目的提示，让人们懂得敬畏，学会节制，不得践踏毁灭大地上的植物。

蒺藜 蒺藜科蒺藜属一年生草本。茎匍匐于地，叶为羽状复叶，夏开小黄花，果实有刺。种子可入药，具滋补作用。

半夏：鹿角解，蝉始鸣，半夏生

几乎每个植物的名字都是一首诗，从视觉、听觉到想象，给人以诗意浪漫的感官体验。泽兰、丁香、紫萱、白薇、雪莲、凤仙、辛夷、青黛、半夏，这些名字是世间绝妙的音符，有着诗经的清丽，亦有楚辞的芬芳。

很多人的名字取自植物，植物赋予我们的生命以灵性，让生命之花灿然绽放。清人李汝珍在他的神魔爱情小说《镜花缘》里描述了一场精彩绝伦的斗草游戏。那是一群坠入凡尘的花仙子托生的才女，她们声气相投，以互对花草之名来比试才气，展现生命张扬的浪漫时刻。才女紫芝指着墙角的一株植物，出了上对"长春"，双声叠韵，这名字和百药圃的群芳斗艳、才女们的高情深韵，和谐相融。众才女低头沉思之际，陈淑媛说："我对'半夏'，可用得？"字字工稳，堪称绝对。从长春到半夏，让人想象着植物的无边无际，人世的浪漫静谧。

半夏，天南星科多年生草本植物。神奇的植物总是在最美的时光里出场。《礼记·月令》："五月半夏生。盖当夏之半也，故名。"夏至为夏季九十天的一半，这时节，鹿角脱落，蝉儿开始播放暖场音乐，大幕开启，半夏捧着一只插着蜡烛的烛台出场了，表情平静，姿态雍容。这真是一种独特的绽放。半夏的肉穗花序被绿色的佛焰苞包裹着，尤为端庄郑重，此种佛焰花序为天南星科植物所独有。也许大自然出于对半夏的偏爱，特意让它的花朵跨越春花红色的藩篱，而与绿的叶保持高度一致，小小的绿色的火苗，点燃了大地的葱绿苍翠。

《礼记》真是一部具有导引性的圣书，它播撒仁义道德的正能量，也引领人们在自然世界中寻求秩序与和谐。"鹿角解，蝉始鸣，半夏生，木槿荣"，短短四句，读起来更像一首起承转合的格律诗。半夏，一种处于夏天和大地中心的植物，热烈而纯净，天真而烂漫，舒展着它绿色的翅膀，植物们一往无前，木槿繁花似锦，夏天更快更高地铺展她壮美的画卷。

半夏的繁殖生长，很像一则曲折有致的光阴故事。半夏繁殖方式多多，块茎、珠芽、种子均可。我们这里多以块茎栽培，块茎近球形，其上有一个小凹陷，样子像极了老鸹的眼睛，大人小孩都喊它老鸹眼。我们这里的各个族群，多数系明初从山西洪洞迁徙而来的移民后裔，"问我祖先何处来，山西洪洞大槐树。祖先故里叫什么，大槐树下老鸹窝"，称半夏为老鸹眼，是否亦有寻根问祖的意味？在我的故乡洪沟河南岸，野生半夏一般生长在半阴半阳的缓坡山地沟谷溪畔，地瓜地玉米地高粱地里也有，长得尤为欢实。半夏根浅，喜疏松湿润土壤，宜春播。土地须深耕，整细耙平，开浅沟，块茎的芽朝上，摆入沟内，其上覆以薄土。不几日，半夏探出一片绿绿嫩嫩的小叶，卵状心形，叶缘平整，有些像双手拼出的心形图案，让人看一眼就怦然心动。次年春，半夏发育成苗条的少女，叶子又细又长，一茎三叶，披针形，两头锐尖，有点儿竹叶的样子，但比竹叶小巧得多，叶面光滑，触之温润如玉。淡水植物慈姑一叶三尖，尖叶半夏一茎三叶，广西人呼半夏为地慈姑、燕子尾；云贵高原一带的居民则亲切地称它三

草木记

步跳。半夏欢腾跳跃着走向它的青春季。抽叶时，叶柄基部稍稍隆起，渐次丰满，如青春痘一般的株芽随之生成，新叶下面也会长出一粒粉白的株芽，好看得很；而这貌似多余的株芽恰恰是造物主的深意所在，深情所寄。

如果你跟随半夏生活三五年，留意它们的茎叶花果，你会发现，半夏在种族的稳定和壮大上所做的不懈努力。半夏不像菜园里的土豆一样生出一嘟噜一嘟噜的地下茎，除少数块茎偶尔产生小块茎外，大多数情况下只是一个块茎孤独地守着泥土深处的黑。半夏雌雄同株。为了阻止雄蕊多情的花粉落在同花的雌蕊上，佛焰苞用它的绿丝绸紧束腰身，雌蕊安然端坐在花序轴下部的帷帐里。在花序轴上方，雄蕊像一个圆筒喇叭尽情歌颂温暖的阳光，美妙的音符飘飘荡荡，微雨似的洒落在同株异花仰着的柱头上，雌蕊如饮甘露，若飨珍馐，这是一种心满意足的巅峰体验。

植物对于欢乐和幸福的理解，与我们的何其相似；而开花植物在地球上生活了一亿年，半夏的佛焰苞犹如一盏智慧传灯，把美和光明传向后来的人类。作为先行者，半夏显然对生存环境进行过仔细的观察，譬如酷暑寒冬干旱水涝，甚至传粉媒介的缺乏。它掩于泥土之中的块茎，这个胖乎乎圆鼓鼓的小脑袋装着多少传世百代的种族规划？半夏结卵形的浆果，果内躺着一个傻乎乎圆溜溜的种子，即使泥土僵硬冰冷，这种子亦能存活若干年。如同我们奋斗着的富强中国梦一样，半夏精彩之处在块茎和浆果中间的新叶上。每一片新叶开始对外部世界的探寻之时，都会在叶柄处留下深深的感叹，从那一刻起，半夏的思想和智慧全都集聚在纤细的叶柄上，叶柄的微凸显现出它生命激情的一次次冲

半夏：鹿角解，蝉始鸣，半夏生

动,小小的株芽钻出来了,闪着奇异的亮光,犹如一簇越燃越旺的火苗,花叶之上,世界敞亮。株芽数量多,生殖力强,秋冬落地生根,摧毁块茎种子们狭窄的生育空间,实现着个体的更新以及种族的繁衍。

请记住半夏吧,它同许多被我们遗忘的植物一样,生长在昌盛踊跃的夏天。欣赏这些植物,悦享空气的芬芳,是人世间多么幸福的事情。"林果黄梅尽,山苗半夏新",这是公元846年夏天的一幅画面,诗人李敬方左迁台州刺史,他登临台州最高峰天台山,远望,山中梅子熟落,半夏新发,诗人看到了植物环环相扣所构成的奇妙景观,自然界的秩序之美如半夏的三裂叶一般缓缓呈现。半夏新,犹如神明的指引,让落魄的诗人摆脱了俗世的羁绊,获得精神自由的最大值。夏之半的半夏,尤能呈现一个季节的美好情貌。"想人参最是离别恨,只为甘草口甜甜的哄到如今,黄连心苦苦嚅为伊耽闷,白芷儿写不尽离情字,嘱咐使君子,切莫做负恩人。你果是半夏当归也,我情愿对着天南星彻夜的等。"(冯梦龙《桂枝儿》)大明才子冯梦龙写情书亦是出手不凡,借用植物本草之名,甘苦俱陈,撕心裂肺地倾吐爱的坚贞不渝,词中"半夏"是情人翘首以待的美妙时刻,归来吧,归来哟,火热的夏天是相亲相爱的伊甸园。

植物赏心悦目,可疗救诗人内心的忧伤。半夏是药草,味辛性温,可燥湿化痰降逆止呕,亦可温和中胃消痞散结。最懂得半夏的,是那些生活中的诗人,他们视半夏的茎叶花果为身体的延伸,呵护备至,疼爱有加,以期汇聚正能量,打通人与自然的生命通道。李时珍可谓半夏的知音,他说:"今治半夏,惟洗去皮垢,以汤泡浸七日,逐日换汤,晾干切片,姜汁拌焙入药。"这段文字出自谨严精密的医书《本草纲目》,其用情之深,细心之至,丝毫不逊于冯大才子洋洋洒洒的情书。还有医圣张仲景,他以半夏为君药,开列药方近百首,最出名的当属半夏厚朴汤,为治疗梅核气之妙方。厚朴少不了的,这一味臣药厚道朴实,默默地相助半夏散结降逆。还有一味生姜,助正祛邪,与半夏相畏配对,既制半夏之毒,又展半夏和胃之长。还有茯苓,还有紫苏。多像相亲相爱的一家人,温和善良的厚朴,知冷知热的生姜,美丽可爱的紫苏,素朴憨厚的茯苓。在半夏那里,它们努力促使别人喜欢自己,竭力诱导其他生命求真向善,共同创造生活之美和幸福之所。

半夏 天南星科半夏属一年或多年生草本。白色球状地下茎,叶子有长柄,开黄绿色花。其块茎皮黄肉白,根可入药,生食有毒,内服须制用。可作止咳剂、祛痰剂和止吐剂。

半夏:鹿角解,蝉始鸣,半夏生

萱草：焉得谖草，言树之背

一直很喜欢《诗经》。随便打开一篇，便是一些什么蘩啊荇啊薇啊菲啊，犹如一群青衣素面的乡下女子，有着青葱鲜嫩的面容，清远怡人的体气。桃花面，柳叶眉，杏花眼，樱桃小嘴，这些青绿绿水灵灵鲜嫩嫩的女子一降临人间，我们的生活便由寒转暖。她们的深处是村庄、流水和源远流长的春天。

萱，诗经的百草园里最女性的草。有诗为证。唐人李峤《萱草》有言："黄英开养性，绿叶正依笼。色湛仙人露，香传少女风。"明朝高启与之隔世同构："幽花独殿众芳红，临砌亭亭发几丛。乱叶离披经宿雨，纤茎窈窕擢薰风。"好一个窈窕少女，其美似薰风吹送，其心如仙露纯净，教我们如何不爱她？

萱草是百合科多年生草本植物。百合科的植物清秀漂亮，萱草不像别的植物那样娇贵。如朴实坚韧的北方女子，萱草不择地而生，坚硬的路面，湿润的河畔，它都能扎深它的根系，从纺锤形的根茎上径直生出一些扁平狭长的叶子，半米多长，背面有鲜明的棱脊，叶子们从容地向上耸翠，往外铺绿，彼此之间不纠缠，不黏着，不相欠，从春雨走向秋旱，从酷暑绿到冬寒。"萱宜下湿地，冬月丛生。叶如蒲、蒜辈而柔弱，新旧相代，四时青翠。"（《本草纲目·草五》）李时珍的描述简洁疏朗，给人的感觉月朗风清，一如萱草的生长。

《诗经》是这样描述萱草的："焉得谖草，言树之背？"（《卫风·伯兮》）李时珍说："萱本作谖。谖，忘也。"背北通用，指母亲住的北堂。北堂幽暗，萱草耐阴凉，树萱后顾无忧。这句话的意思被后人反复复制：我到哪里去弄到一枝萱草，种在母亲堂前，让母亲乐而忘忧呢？萱草又叫忘忧草。鲜嫩的萱草花在笑，我们的母亲笑容在绽放，一株小小的植物与人世间最伟大的女性的关联，竟是这般美好。在诗经时代，萱草就是"忘忧草""母亲花"，种植一株萱草，茂盛人间真情。"白发萱堂上，孩儿更共怀"（宋·叶梦得），萱草、萱亲成了母亲的代称。"诗三百"仅用八个字，就把寸草心对三春晖的感恩简化为一种简单易行行之有效的行为，类似于今天流行的歌词——"哪怕帮妈妈刷刷筷子洗洗碗"。歌曲的流行，被一个"哪怕"说破，我们这种羊羔跪乳乌鸦反哺的孝行做得远远不够。萱草，这东方的植物，最早的圣母形象，它的繁盛在于激活人间的全爱亲情。

我觉得，人间第一花的称号当属萱草。也许有人会因之吐槽抛砖，人间第一花是牡丹啊，是梅花。清人张潮说得好："当为花中之萱草。"（张潮《幽梦影》）晚清诗人姚永概亦是出语不凡："阶前忘忧草，乃作贵金花。"（姚永概《咏常季庭前萱草》）萱草花开，一派繁华富丽。纤细青翠的花茎自叶丛里奔突而出，高可达一米，宛若细长悠远的歌喉，它的高音出现在夏天宽广的音域里，歌声清纯清亮清澈，送来夏日的无边清爽。夏天的清晨，空气湿漉漉的，萱草的花朵犹如初升的太阳，金黄而湿润，仔细端详，花筒状，色金黄，形六瓣，花瓣犹如好女子细长优雅的脖颈，柔美的曲线烘托出一张娇嫩欲滴的小脸，矜持地望着天空，清露润唇，金粉敷面。天空深远地蓝着，大地无边地绿着，萱草

萱草：焉得谖草，言树之背

鲜嫩明净的黄,让人色盲,让人生出无穷的幻觉,让人觉得这黄鹄一引颈长呼就唤醒了混沌的世界。"草号宜男,既烨且贞。其贞伊何？惟乾之嘉。其烨伊何？绿叶丹华。光彩晃曜,配彼朝日",如果换作曹植治理魏国,也许是后主李煜的前世,但他描述萱草的文字写得开阔大气,读来很有创世纪的味道。

"草号宜男",这里面有一个民间传说。古代的妇女怀孕时,在胸前佩戴一枝萱草花,就会生男孩,故名宜男。生男生女尚不可知,黄花的金灿灿辉映着女性的红润润,那情景真让人的眼窝窝发热、发潮。古代写萱草的多是男人（才女诗人凤毛麟角）,足可组建一个跨时代的萱草创作班,这个班的成员有曹植、李白、杜甫、白居易、孟郊、韦应物、李商隐、苏轼、晏殊、黄庭坚、王冕、曹雪芹等等,巨星云集,腾蛟起凤。这是很久以前的盛事了。如今流行母亲节和康乃馨。母亲节是什么,世界节日。康乃馨是什么,世界通用消费品。如果一个商家打出母亲节出售香石竹的广告,那就等着关门歇业吧。草花香石竹在中国,"车马不临谁见赏"（王安石《咏石竹花》）,而它的姐姐康乃馨在欧洲已是世界级花魁。我想象中的中国母亲节是这样的：带上笑容,领着孩子,走在通往村庄的乡路上,乡路两旁披盖蓬蓬萱草,可爱的孩子走一段路,背一首诗,采一朵花,把长线一样的乡路卷成线团,这线团就是古老的村庄,村庄的大槐树下,站着我们白发苍苍的娘。

故事回到现实。萱草花朝开暮蔫,因其色黄,又叫黄花菜,可食。我们的母亲把采来的黄花洗净,放入沸水中一焯,让热气赶跑它的小毒,捞起,凉水浸润,直润得它鲜灵灵黄蜡蜡。一团蛋黄黄加一把白面面,再加一点盐粒粒,搅拌成糊。把炒瓢的花生油烧至刺啦啦香喷喷，抓一朵黄花往面糊糊里糊里糊涂地一抹，搁在油锅里炸，旺油旺火爆熟，用筷子把金灿灿酥脆脆的黄花菜请到白玉盘里，即成。若撒入少许花椒盐，如补白，如晕染，那真是一个微辣香脆爽无边。《博物志》上说："萱草，食之令人好欢乐，忘忧思，故曰忘忧草。"萱草性味甘凉，有利湿热、宽胸、消食之功效。我母亲在世的时候，常把黄花菜铺在笼屉上，用热气烘一下，出笼，晒干，叫金针菜。每逢凉拌青菜，母亲就放入几棵金针菜，青绿之中润上几笔橙黄，看上去特别温暖，嚼起来口感筋道爽滑，香味悠长，越嚼越开胃，越嚼越开心。母亲走了以后，父亲经常买回一包黄澄澄的金针菜，以作凉拌菜的配料。

在中国的文化语境里，椿萱连用，以代指父母。萱草花鲜嫩金黄，未及黄昏就已萎谢；椿树芽清香脆嫩，但谷雨一过，就老气横秋了。母亲的离世，加剧着父亲的衰老，他身体本来就不好，如今嘴角瘪了下去，整张脸都瘪成一条风干了的丝瓜。有一阵子父亲小腿浮肿，走路都很艰难，我们就把家里的金针菜当中药煎，熬汁，一日喝一碗，如此月余，他的腿部不再肿痛，全身都轻快了许多。

我对萱草无限感激。我愿我的这些枯根一般的文字，能长成春天的萱草枝。

萱草 百合科萱草属多年生草本。叶细长，自根际丛生。茎顶分枝开花，花形似百合，呈橙红色。花尚未全开时，可采作菜食。亦称"黄花""黄花菜""金针""金针花""金针菜"。又相传可忘忧，故称"忘忧草"。

萱草：焉得谖草，言树之背

艾草：呦呦鹿鸣，食野之苹

"一日不见，如三秋兮"（《诗经·王风》），乐莫新相知，悲莫生别离。热恋中的男女卿卿我我，耳鬓厮磨，终日如蜂采蜜，如叶戏蝶。忽然有这么一天，他们腿儿不相挨，脸儿不相偎，手儿不相携，这个痴心男被相思的苦痛熬煎着，向全世界表白着他的爱："我今日寻她不见，恨不得自己死了才好；要是从此不能见她，我性命也是活不久长。"（金庸《倚天屠龙记》）

我没有恶搞金大侠的意思。张无忌与诗经里的男子一样的如痴如傻，如疯如癫。憨哥痴爱的是刁蛮公主赵敏。"彼采萧兮，一日不见，如三秋兮。彼采艾兮，一日不见，如三岁兮"，这采艾叶的女子，我也好想去爱她。她和媚心肠，勤俭持家，浓情蜜意和她的爱人一起过日子；田野上的她，满眼染着青，通体漾着香，她的红酥手如小鱼一般柔滑，像香葱那样纤细，她不生活在我一伸手就能抓住的地方，我会委屈得痛哭流涕，就像一个被世界遗弃的孩子。青青的艾叶，深深的思念，这情爱是痴狂的，也是踏实的。"一日不见，如三秋兮"，这样一句情话的生命，远远超过999朵玫瑰的长度。

女子采的艾叶，在古代是一种菜蔬。"呦呦鹿鸣，食野之苹"（《诗经·小雅》），这里的"苹"，即陆生皤蒿，俗呼艾草。艾草，菊科蒿属多年生草本植物，其嫩叶可食。它直立的茎有一米多高，白色，叶似菊，长卵形，叶面越来越绿的时候，背面的茸毛越来越白,绿的绕茎生一圈碧绿,白的给叶铺一片柔滑,一个茎节轮生一层叶,一层一层地攀升,保持着古老的速度。仔细看它的叶,一堆小碎叶里有一个大秩序,一叶分五尖,叶端的一尖是主叶脉的延伸,余者两两对称,每尖又生一些小尖尖,就像女孩子的心思缜密无比。三月采嫩叶,可做艾叶饺子、艾叶水糕、艾叶蒜汤等美食。糍粑是南方流行的美食,安妮宝贝说,艾草青团、金团散发着一股清凉糯实的气息,并无烟火气。清凉糯实,艾叶糯米如金风玉露,自有一种充沛踏实的人间情意。在我们那里,两个小孩子打架,一方被打破了头,另一方的母亲知情后会送来一把鸡蛋,一把是十个,受伤孩子的母亲会扯几把鲜艾叶,加水,和鸡蛋同煮,熟后去壳,再煮沸,让孩子服食,艾叶鸡蛋和乡村情意的复方,疗效甚佳。

　　鲜有鲜的味儿,陈有陈的理儿。艾草一老,它的用处可太了。李时珍对艾草有着格外细腻热烈的情意,五月艾草最盛,气味最浓,他提议:五月五日连茎刈取,曝干收叶。他对艾草的那股认真劲,让我们肃然起敬:"凡用艾叶,须用陈久者,治令细软,谓之熟艾。若生艾灸火,则伤人肌脉。"(《本草纲目·草四》)孟子用陈艾喻"仁"之于治国的必需:"今之欲王者,犹七年之病求三年之艾也。"鲜艾攻毒,陈艾理病。科学研究发现,地球上植物的叶子,唯有艾叶脉络最为均匀。取陈艾叶,晒杵,令其软细如棉绒,即成艾绒,燃灸经穴,药力匀柔,灸治百病。捣艾叶,木杵如溜冰,难着力,南宋人洪迈有一个小绝招:若入白茯苓三五片同碾,即时可作细末。细艾绒若是放大了看,那就是一堆土黄色的毛毛虫,模样甚为可爱。

艾草:呦呦鹿鸣,食野之苹

艾草的香气很耐闻，有苦味，细嗅，有高洁清凉之气，明目聪耳，活络通筋。"载谋载惟，取萧祭脂"（《诗经·大雅》），在诗经时代，艾草作为祭祀专用香草，被敬奉于庙堂之上。那时南方瘴疠茂密，而艾草与之构成一种抵制一种消解，后来，流放的屈原采艾草编佩饰织花环以为衣裳，以捍卫诗人清洁的精神。古人认为，五月为毒月，五日是恶日。禳解灾异，祈求平顺，端午是一个身体的节日。屈原的投江殉国，让端午成为一个诗人的节日。我们吃粽子、赛龙舟、挂艾草、戴香包，建立身体与自然世界的联系，让自然的气息节律深入身体的每一个毛孔，生成新的勇气，以及代代遗传的永恒基因。艾草，在古代的图腾中代表剑，旧俗端午节扎艾草为虎形，挂于门上，驱百毒辟千邪，"五月朔，家家悬硃符，插蒲龙艾虎，窗牖贴红纸吉祥葫芦"（清·潘荣陛《帝京岁时纪胜·端阳》）。端午节挂艾草，是一种仪式一般的世俗生活，是中国文化；缅怀诗人，感悟现存，体察的都是民族精神。艾草的香息萦绕着我们的呼吸，灵魂的苦香强大着我们的内心。这是双重的花园，植物世界的馨香催生着人文精神的芬芳。

"五月五，是端阳。门插艾，香满堂"，喜气洋洋的儿歌，香气满满的门堂。端午挂艾草招百福。儿时的故乡，田边沟沿，房前屋后，艾草的踪影到处可见。艾草那么绿，那么香，那些被农忙折腾得手脚粗笨延伸迟钝的大人们，路过艾草时，身体和镰刀却低了下去，轻手轻脚地只割下挂叶的细茎，让艾草的根茬继续生长，粗糙的大手充满无限温柔。这一行为使他看起来像个农民诗人，与田野里放风的城里人对着一朵小花深呼吸的情形类似，其实不然。那时，家家户户的屋檐下都插着许多艾草的旗。这些艾旗在那里召唤着清新的空气,驱赶着不洁的蚊蝇,浓郁的香息构成一个巨大的场。处于季节、阳光和温暖明亮的中心,艾草们就像一群扎堆南墙根晒太阳的老人,晒着晒着,当年的青艾已是陈艾;披一身金灿灿的阳光,既成金艾。

儿时的夏天,蚊虫猖獗,我的母亲就点燃艾草,驱蚊。满屋的青烟呛得她不停地咳嗽,犹如灶屋的旧风箱,"呱嗒呱嗒"直响。让她燃着了就出来,她不放心屋里的家什,非要一个人拖着艾绳熏来熏去,把眼睛熏红了,把头发呛土了,把她整个人累瘦了。想想这些,直叫人眼睛发潮。

艾草,又名医草。取艾叶烧水,口服,一口药汤向下走,理气血,逐湿寒;泡脚,一股热流往上冲,祛虚火,愈牙痛。艾草治百病,它就在自家屋檐下,一伸手就请来一位神医。至于端午插艾,让植物的青绿和芳香装饰家家门楣户户厅堂,这是一场来自民间的盛大的清洁运动。那时候,没有艾滋病、非典、禽流感;那时候,一年一度的卫生日,流行一种叫艾草的植物。

艾草是端午的标志植物,古往今来,歌吟艾草者甚多。"门前艾蒲青翠,天淡纸鸢舞",苏轼的描绘华美昌盛,有喜气。"粽包分两髻,艾束著危冠",及至南宋,陆游的诗歌依旧民俗浓郁,尽显节日的朴素饱满。

艾草 菊科艾属多年生草本。茎质硬,叶具香气,互生,呈长卵形,叶背密生白毛,秋天开淡黄或淡褐色花。叶揉成艾绒,可作印泥,亦可灸病。

艾草:呦呦鹿鸣,食野之苹

丹参：一味丹参，功同四物

这两年，丹参突然冒出一个名字，或者说，是从天上空降下来的，叫天草。地上的小草被称天草，有些像陈涉当年"诈自称公子扶苏、项燕"之狡黠。陈涉带领贫民翻身做主人，天草呢？

"天草"据说是明太祖朱元璋御赐之名。据说，朱元璋多亏这小草，不然就不是明太祖了，他建立大明王朝，封赏天下，小草成天草。这事，李时珍知道不？我翻阅《本草纲目》，李时珍收录了丹参的许多名字：赤参、山参、蝉草、木羊乳、逐马、奔马草，唯独没有天草。是这位晚明医圣不认同明太祖的命名，还是御赐天草一事纯属虚构？《本草纲目》在明朝时就是一部医药巨典，"天子嘉之，命刊行天下，自是士大夫家有其书"（《明史·列传第一百八十七》），此书亦未载入天草救治开国皇帝一方剂，明神宗知道不？李时珍，你有些迂，如果明太祖真的没用过这草药，你就不会让太祖的爷爷吃上两口吗？这叫明星效应。

我亲近植物，观其形色，嗅其气味，远不及李氏遍尝百草，更遑论"穷搜博采，芟烦补阙"（《明史》）。我把《本草纲目》作为小品文来阅读，喜欢李氏绘形绘色、亦豪亦秀的描摹，领悟本草的博物精神，至于他把植物世界建成一个大药房，我觉得，李氏在努力密切人和植物的关系。这关系，就像孩子和他的母亲的关系，母亲赐予孩子以生命，并用她的乳汁哺育孩子长大，当孩子在外面碰了壁受了伤，依旧是母亲在为他疗伤。又很像人和他的村庄的关系，村庄里有生动的犬吠牛哞，有温暖的炊烟暮霭，有好的邻居，如果他的邻居好，小病小灾邻居们都会及时帮扶；如果村庄只有他一个人，他多么孤立无助。譬如丹参，它有一个别名叫红根，这是一个和土地亲密无间的称呼。数条和植株一般长的根，粗者如北方农民的手指，粗糙，稍弯曲，具多数纵沟，以及传统的北方民居的砖红色，这些构成了丹参粗粝而温善的根部特征。它们是大地的血管，它们体内流动着红色的血液，这些血液进入人的身体，祛瘀止痛，清心安神，生肌长肉。

　　丹参生长在沟沿道旁林缘，如我的故乡，荒地被开垦成良田，山岭被改造成梯田，田地的整齐划一，让许多野生植物如无枝可巢的雀鸟一样，日渐稀少。有植物学家推断，如果让地球荒芜，一千年之后，就会恢复近似于新石器时代初期的风景和气候。我有理由相信，作为唇形科多年生草本植物，丹参的根依旧在地下纵横延伸，它可以蛰伏十年乃至上百年，而不在乎一季的大红大紫。丹参和别的草有些不一样，有的草以株高夺绿，有的草以花美争艳，丹参隐藏着自己的行踪，躲闪着尘世的打扰，在它看来，转基因植物只是华丽的危楼，只有粗壮坚韧的古老植物之根，才能营养今天的枝叶，贯通大地的气脉，它在根部的黑暗里总能找到太阳的红，找到个体生命存在的终极意义。《神农本草经》列丹参为上品。在治疗妇科疾病上，李时珍赞其"其功大类当归、地黄、川芎、芍药故也"（《本草纲目·草一》），一味丹参，可抵四物。以记述灵异见长的蒲松龄，也在亦庄亦谐之中夸奖丹参："捎元参治浮火清理咽喉，捎丹参理崩漏益血通经。"（《草木传·栀子斗嘴》）

丹参有些像薄荷，茎四棱形，半米多高，一枝五叶，其叶亦如薄荷，长圆形，叶面叶背布满细白的柔毛，初夏开花，轮伞花序，也是紫色的唇形花。薄荷奇香，丹参味苦。这好比两姐妹，一个在水边浣衣，一个去山上牧羊，秀气浣衣女有沉鱼之美，英气牧羊女显落雁之姿。细看，丹参紫的花瓣，有青涩的底子，又被太阳的红晕染了一下，排成穗状的许多唇形花开放的时候，犹如一群少女歌手在深情歌唱。

那年三月，我和朋友小董去山中看桃花。人头多得让你看不见桃花。桃花节之前，我给这里暖场，写了这里自在安静的泉水，写了绕过一块石头去抚摸树的脚趾的溪流。我再来的时候，被水泥囚笼牢固着的泉水凹陷下去，看一眼都让人眼窝发疼。已是桃花劫。这世界日新月异，让我的写作成为一种美丽的谎言。小董在那边喊我。扒开带着腥气的松针土，用一根木棒掘出一些湿土，就看见丹参粗粗壮壮的红根了，仿佛生活在新石器时代的猿人，我们用尖石头把沟开宽，再手指木棒并用，挖深沟，鼻子一凑上去，清凉苦涩的气息就顺着鼻孔往心脾里跑。我们只挖两三粗根，再寻别的丹参，每次都很小心，生怕惊扰了它的枝叶。丹参可种子育苗，亦可分根繁殖。前者好比种瓜，床畦条播，上有薄膜，保湿护嫩，成苗移植大田；后者如同种土豆儿，选优质侧根，上口剪平，下口剪斜，剪口在草木灰里一抹，钾肥到位，六厘米为一节段，一条侧根就能繁衍数棵丹参。洪沟河南岸有村庄种过几年丹参，也就半亩地，入冬采挖，存卫生所中药柜，不和药材收购站交易，自给自足。

小董是开中药店的，他对田野和植物有着不可救药的喜欢。

越过被相机和赞美围困着的桃花,他看见地下的红根,心生欢悦。红根味苦微寒,调经顺脉,让人的内心无尘杂。小董把挖来的丹参切片,如指甲盖一般大小,然后文火慢炒,待颜色深黄,略见焦斑,置高粱秆盖垫上,摊晒,眼前红黄转换的声音绵密温暖,又格外寂静。他有一个病人,不慎被机械砸伤腰部,卧床七年,湿热瘀久成疮,小董走远路采药草制药丸,却分文不取,不和纸币做交易。他视丹参为身体的清洁工,除芜杂,净通道,祛瘀生新,疏肝理气。丹参清道,引诸药入营卫,病人犹如倒伏的植物,慢慢地挺直了自己的茎叶,浴着新鲜的阳光。

药食同源。大凡能入口的草药,亦能食用,丹参也不例外。说一味丹参山楂粥。丹参山楂一锅煮,至汤极浓极稠,去渣取汁,盛出;粳米慢火熬粥,沸时倒入浓汁,撒一小把白糖粒儿,小银勺一捣乱,捣出一锅人间植物的浓情蜜意,就是天上摆一桌蟠桃宴,我也不和玉皇大帝做交换。

丹参 唇形科鼠尾草属多年生草本。茎方形,复叶羽状,呈心脏形,对生,秋季开淡紫色或白色的花。根可入药,有镇静、调经作用。因形似参而色赤,故称丹参。

丹参:一味丹参,功同四物

地黄：苏暖薤白酒，乳和地黄粥

出一个对子。上联：五品天青褂。很牛气吧。这里面有一个故事，清朝有一药商陈见山，捐同知衔，五品呢，着天青褂，大宴宾客，席间自拟上联以炫耀。众宾客哑然，他的一个小伙计脱口而出：六味地黄丸。对仗工整，寓意深刻，堪称妙对。

这药商底气微弱，内心虚弱，身虚呢，天青褂遮掩不了的，地黄丸滋阴补血，益精填髓，可补其身，壮其神。我也爆个料，我肾虚，而且是风华正茂时。同学少年一个个从校园的鸟巢里飞向农村更为广阔的天地，去播撒知识的种子，我的初恋女友也被一片浓荫淹没，音尘绝，一枕焦虑梦不成，以致劳神伤精，腰酸膝软，头晕耳鸣。去求医问药，自此，便与一种棕黑色的小蜜丸终日厮守，那蜜丸如梧桐子一般大小，温水送服，日久生情，有时故意不下咽，用舌尖轻吻，其味不恶，有些甜，也有些酸，较之糖豆，口感层次更为丰富。这可口的地黄丸以熟地黄为君药，熟地黄滋阴补肾，益精生血，在男人身上大有用场。明代医学家张介宾开药喜用熟地黄，时称"张熟地"，世人尊为温补学派代表人物。

王硕《易简方》云："男子多阴虚，宜用熟地黄，女子多血热，宜用生地黄。"《红楼梦》里的晴雯服用的应是生地黄。晴雯血热气虚，可胡庸医开了枳实、麻黄等疏散驱邪药，宝玉一见大急："快打发他去罢！再请一个熟的来。"王太医减虎狼之药，加地黄、当归等益神养血之剂，晴雯不久即愈。这一回，怡红公子贾宝玉在女孩子身上彰显了他的医学才华。改处方，改出古代男人对柔弱女子的疼爱和珍惜。在乡下教书那些年，我的身体装着地黄丸和大观园里的悲欢离合，觉得肺腑之内有清凉之气，呼吸匀和顺畅，如河流静静流淌。

那些年，我活得幸福而自足。我给当年同学写信：有地黄伴着我，我不孤独。许多药盒，空了许多日子，还是崭新的。李时珍引《神仙方》对服用地黄者的描述："百日面如桃花，三年身轻不老。"（《本草纲目·草五》）东晋葛洪的《抱朴子》一书更以地黄粗举长生之理："楚文子服地黄八年，夜视有光。"地黄，则把我的目光从一本正经的教科书里牵引到乡村的阔野，确立着我与植物血脉相连的情感。每每遇见一株地黄，我都会停下来，痴痴傻傻地看着它，那一个时刻，世界多么安静。

地黄为玄参科多年生草本植物，各地均有栽培，野生地黄不常见，偶尔在乡间的沟畔草滩山坡遇见那么一两株，已是奇遇。春二月，地黄叶塌地而生，长卵形，很有车前草的样子，一片一片，叶面是深邃的绿，背面的绿糅合了一些紫，隐隐透祥瑞之气。过了一些日子，盛大的莲座状的基部叶捧出一条紫红的茎，一尺多高，密被细细白白的长柔毛，茎上互生的小叶，更像是一种烘托。初夏，茎稍开长筒状的花，紫红色，总状花序。静静地听，这些唇形的五瓣花是一支歌唱的队伍，踩着节拍，吹着长号，一路摇摇摆摆向我走来。最前面的一朵，圆似流泉，披红挂紫，低眉信手，宛若空谷佳人吟咏风华。后面有一朵半遮半掩，脸颊飞霞，似有宋时的琵琶声入耳。这是我第一次在沟畔看一群奋然前行的生命。

地黄的花美，亦可食可饮，又名酒壶花、蜜罐棵。小时候，我们跟着大人们叫它甜酒棵，大人们视其为人参，用它的根泡酒喝。其根鲜黄，有四五寸长，如手指一般粗细，酒水浸之日久，乃成黄汤，开瓶异香乱撞，饮之舒筋活络，强骨长志，为乡村的男人所喜欢。餐芳、饮菊花酒，是古人的风雅之事，有流传千年的诗歌为证："采菊东篱下，悠然见南山。"（东晋·陶渊明《饮酒》）我们这些在乡村生长的孩子，天生就是诗人，采一朵地黄的花，轻轻地吸吮，一股细细的甜浆即可流注舌床，香甜的花朵在脸颊上绽放，天地之精气于唇齿间凝聚，让人味蕾大开。宝玉尊崇女性，吃花瓣花粉研制的胭脂，我等垂髫少年，不知古诗和红楼，亦有花馔花饮之事，如此一想，当感恩美丽的乡野和宽厚的大地。

地黄可泡茶，可做腌菜，可切丝凉拌，亦可煮粥而食。煮粥当为药膳，以粳米滋补为君，地黄为臣，粳米补脾胃养五脏，地黄补肾阴填骨髓，这叫双补，于五脏六腑相得，可谓神仙粥。如女士食粥，可加入百合，辅以润肺清火，食补效果极好。以上所食为地黄根，煮粥时可榨地黄汁，也可水煎，取其药汤。花可饮，根可食，其茎叶也一定不错。如何采用，很有些讲究，不妨听听专家李时珍的意见："摘其旁叶作菜，甚未尽归根。二月新苗已生，根中精气已滋于叶。不如正月、九月采者殊好，又与蒸曝相宜。"言简意赅，作菜兼及制药。诗人兼美食家苏轼贬谪岭南蛮荒之地，特开辟药圃，种植地黄、甘菊等，写就《小圃五咏》。五言古风《地黄》开篇四句："地黄饷老马，可使光监人。吾闻乐天语,喻马施之身。"以地黄苗喂马,《抱朴子》亦有记载:"韩子治用地黄苗喂五十岁老马,生三驹,又一百三十岁乃死。"苏轼用典精妙贴切,且与《采地黄者》一诗的作者白乐天精神同构,隔世呼应。《地黄》的结句:"丹田自宿火,渴肺还生津。愿饷内热子,一洗胸中尘。"言地黄的诸般妙处,其用意在于施医散药,济世救人,此诗为地黄立言,也为世人立大德。

地黄,在《神农本草经》里被列为上品,古人比我们更懂得地黄。西周以降,地黄一直是皇封贡品,以焦作怀庆地黄为上,据说,怀地黄的断面呈菊花心状,异于他处地黄。那年秋天,我们青年作家高研班的一个课程是去河南云台山采风,古人采风,多采集民间歌谣古风雅韵,以存教化厚风俗正人心,我们采风,就是游山玩水,留影像,买特产,我买了农妇刚采集的怀菊,买了让人心猿不定意马四驰的铁棍山药,没有买怀地黄。我怎么就没有买地黄呢?"我一个月以来只吃些熟地、黄精之类当饭,嚼些乌梅代茶"(清末吴沃尧《恨海》第七回),发现这种清雅淡泊的生活方式,我真恨我自己。"寻名山之奇药,越灵波而憩辕。采石上之地黄,摘竹下之天门"(《宋书·谢灵运传》),且让我梦里飞越青天河,去云台仙境,采一株长有"菊花心"的地黄。

地黄 玄参科地黄属多年生草本。高约20厘米,叶长椭圆形,上有皱纹,初夏开淡紫色花。根黄色,中医上称"生地",可入药,有补血、强心等作用。蒸熟的熟地可治咯血、子宫出血等病症。

地黄:苏暖薤白酒,乳和地黄粥

地锦:天蓝地锦草怀香

"地锦排苍雁",晚唐李商隐诗中的地锦是锦绣的地毯,苍雁自是排列井然的雁行图案。这,并不妨碍我驰骋我的想象:春天,植物给荒芜的大地披上了一件锦衣,大雁飞来了,人字形的雁阵浓郁着大地的生命气息;植物开花了,锦衣上绣着五彩缤纷的图案,这就是"锦上添花"。我想,当年的诗人,心中自有绿草连天雁阵横空的开阔意象。

清新。碧绿。北方春天的主色调。小草们横的铺锦,竖的生绿,在横与竖之间弥散着的,正是我们呼吸着的清爽空气。有这么一种小草,纤细的红茎伏地铺散,铺一地青紫色的叶,在路边,在林缘,在墙角,在沟沿。那些绵延不绝的小叶,催生我对植物的美好情感。春天无处不地锦,所有的植物只有一个名字,叫地锦。

大地一片锦绣。故乡的甜酒棵有名曰地锦,纵横匍匐的天胡荽又名铺地锦,叶如鸭掌的藤本植物爬山虎叫三叶地锦。地锦到处都是。说一对联:"水曲山青花冠木,天蓝地锦草怀香。"十四字嵌七味本草,对仗工丽,意境深远,别有韵味。在我读来,山青天蓝无一不是绿色植物使然,所谓锦绣山河,生命大自在之所,一旦绿色植物的生命气息全无,那就不止是山河破碎了。

我总想把所有的植物看作一种植物,叫它们地丁、地衣、地肤、地锦均可,如同我喊我的女儿,叫一声小羔羔,又叫一声小狗狗，有着无限的喜欢和疼爱。故乡的那种小草，就是一群细腰嫩肤的小美女。它有着纤细柔弱的红茎，茎上探着嫩嫩的长圆形的小叶，如小女孩乖巧可爱的俏脸。这种小草基部分枝，蔓延于地，枝上生小枝，往周边扩散开去，小枝吐新叶。初春的时候，它的几粒小芽是小小的泉眼细细地流，小流越聚越多，终成夏日的绿海。夏六月，叶腋开花，小花浅浅红，倒圆锥状，犹如大地托盘上的许多小杯，斟满夏天的欢乐和秋日的憧憬。王实甫《西厢记》第三本第四折："不图你甚白璧黄金，只要你满头花，拖地锦。"说的是旧时女子出嫁时的惊艳之美，我却神思恍惚，眼前繁茂着故乡那一片茵茵绿草。

这小草"赤茎布地，故曰地锦"（李时珍《本草纲目·草九》），地锦，这名字有诗意，也有创世纪的意味。最初的陆地露出水面时只是坚硬的岩石，海洋植物向陆地迁移，产生氧气和腐殖土，为人类的出现铺就锦绣地毯。"地"，而后"锦"，这是一场宏大的叙事，由一个小芽通向枝叶繁茂花团锦簇，让"地锦"接地气，在"地"上升腾起"锦"的盛大华美。地锦，大戟科一年生草本植物，我见过的故乡最柔弱的小草，茎如煮熟的细细的面条，一掐即断，断茎流着的白汁犹如委屈的泪水，奶汁草、小红筋草由此得名；其叶形似马齿苋，但比苋叶缩小了许多，又名铁线马齿苋。就是这样的地锦草，钻出砖缝，顶开瓦砾，让大地披红挂绿。"马蚁、雀儿喜聚之，故有马蚁、雀单之名"，地锦之上熙熙攘攘，喜气洋洋，我觉得，李时珍的描述更像是在展开一个融融泄泄热气腾腾的人间生活场景。

地锦叶小，我们叫它苍蝇翅。在我们那儿，还有一种地锦

地锦：天蓝地锦草怀香

草,小叶上长一紫斑,犹如《红楼梦》里的香菱,"眉心中的那一点胭脂痣",这叫美人痣,曹雪芹在书中直呼香菱为"美香菱",我们称那草为斑地锦。《红楼梦》给香菱的判词是"根并荷花一茎香",而地锦全草入药,夏秋采收全株,择去杂草,洗净,晒干,亦可鲜用。地锦性味辛平,有活血止血、清热解毒、利湿退黄之功效。《本草汇言》说它"凉血散血,解毒止痢之药也",李时珍更是一语中的:"专治血病,故俗称为血竭、血见愁。"元代医学家危亦林有一方剂,专治妇人血崩:草血竭(嫩者)蒸熟,以油、盐、姜腌食之,饮酒一二杯送下。这哪里是熬药,分明是在做菜!先沸水速蒸嫩茎鲜叶,大姜切片,生熟搭配,黄绿紫红相映,加入油盐腌制,想象其味滑嫩咸鲜香辣,更有一两杯小酒与红颜相伴,芳唇轻抿之后,会面若桃花吧。这样灵光四射的治疗方案,换了曹雪芹笔下的胡庸医,想破脑袋也想不出来。危亦林累世业医,五世祖危云仙是宋朝大医,《四库全书》收录危亦林《世医得效方》,并称"所载良方甚多,皆可以资考据"。

  在我们读过的一些伟大的著作中,总能发现自然世界给予作家的深刻影响。乐园百草园诞生了伟大的鲁迅,高密东北乡成就了著名的莫言。鲁迅、莫言这样的人物,总是在何首乌、覆盆子、红高粱造就的自然世界里成熟他的思想,挺拔他的高度。植物创造的自然,是人类的摇篮,最美的精神归宿。我们这群孩子,在故乡的田野上挖野菜打猪草扑蚂蚱,也割麦子掰玉米赶牛车,与一草一木有着亲密无间的联系,一不小心被镰刀割破了手,便去寻些地锦的嫩茎叶,用牙齿嚼烂,涂在流血的伤口上。如今的世界,是一个钢筋混凝土的世界,是塔吊高扬的手臂控制着的世界,到处都在硬化城市化工业化,植物的生存境况越来越窘迫,很多植物已经消失。我的心在流血,唯有绿了四季绿到天边的植物,可疗救我心灵深处的伤痛。

愿植物源远流长,愿大地锦绣无边。

地锦 大戟科大戟属一年生草本。根纤细,常不分枝。茎匍匐,自基部以上多分枝。叶对生,椭圆形。总苞陀螺状,雄花数枚,雌花1枚,子房柄伸出至总苞边缘。蒴果三棱状卵球形,花柱宿存。种子三棱状卵球形,灰色。花果期5~10月。

地锦:天蓝地锦草怀香

瓜蒌：芄兰之支，童子佩觿

夏天，玉米抽天花的时候，天就矮了一截。天低野阔，远处的玉米梢梢不像是地里长的，倒像是远天飘动着的一片片绿云。开始，玉米地有一些花荫凉，越走越深，深得密不透风。玉米叶子碰脸的那种痒痒的感觉没有了，唰拉唰拉，一把把绿色的大刀蹭到手臂上，划出一些红道道，火辣辣地疼。

玉米地里的草是锄不完的。碰到一根筷子一般粗细的藤蔓，手迟疑了一下，一抬头，三五个梭子一样的瓜果就挂在玉米棵上，果皮有点儿像西瓜，平滑无毛，触之如美人指，它急尖的顶端颇有一些灵巧、清纯和性感；浑圆的西瓜满身经纬线，眼前这长角瓜通体是一种纯纯的翠绿，很有青春少女的姿容与神韵。

这种瓜果，我们那里叫它瓜蒌，全株植物也叫瓜蒌。树林野地、路旁灌木、河流陡坡，都能看见它枝枝蔓蔓的身影，它最喜欢的去处却是青翠茂密的玉米地。这种草质藤本的植物，它柔韧的茎绵延着，缠绕着，构建着不同植物之间的联系。小麦小巧单薄，高粱高不可攀，瓜蒌特别喜欢粗壮的玉米棵。大野空阔，植物渺小，匍匐着的茎蔓渴望抓住些什么，它想有一个可靠的依傍，收留它柔弱的身体，也珍重它的果实。瓜蒌缠绕着玉米，柔韧与坚挺，温婉与粗粝，这一切看起来是如此的珠联璧合。在太阳的眼睛或者大地的胸怀那里，玉米是果实，瓜蒌不是杂草，它也是果实，给它们以光和力量，让它们相亲相爱吧。

玉米地里锄草，遇见玉米瓜蒌这一对偎依着的情侣，眼睛里就生出一条条柔软温热的视线来，攀上粗粗的茎株，绕过宽宽的叶子，缠在嫩嫩的翠瓜上。这翠瓜，触目有清凉意，掰开，雪白的絮状瓤析出点点牛乳一般的果浆，眼馋了，还没吃，就是咂了咂嘴，那甘甜啊，那香脆啊，就丝丝缕缕地往舌床上走，向喉咙里钻。翠瓜甜瓤，这多像美好的爱情。初相遇的悦目爽神，随着爱的深入，发现这清爽来自果实内里的一条条水系，温润清甜，如此晴朗而又内敛，有着东方的含蓄坚韧的情感在里面。"其实嫩时有浆，裂时如瓢，故有雀瓢、羊婆奶之称"（《本草纲目·草七》），秋天，成熟的瓜蒌脸色微红，风一吹，它的果壳"嘎巴嘎巴"地开裂，瓜瓤已是一团一团的丝绒，其下是扁卵形的种子，种子飞翔的时候，这些丝绒就成了无数洁白的降落伞，飘飘荡荡，向着不可知的远方，就像一位母亲，对怀里的孩子无比呵护与疼爱，及至长大，又果敢地引领他们去陌生的土壤扎根，发芽，拥有新鲜的空间。

玉米，又叫棒槌，很武勇的形象。剥去玉米微黄的外皮，是温润润光洁洁的米，有股阳光的味道。瓜蒌内里的白瓤，则是月光一般的清甜爽口。玉米和瓜蒌，这一对欢喜冤家，亲密的样子让人羡慕嫉妒恨。玉米地里有那么几株瓜蒌，我们也不忍心拔除，锄草松地，给予瓜蒌们以鼓励，二次划锄散墒的时候，锄刃小心地绕过瓜蒌的藤蔓，划起一层地皮儿，让瓜蒌的根茎来一次深呼吸，绿的叶则成双成对地向上攀援，卵状心形的叶，心心相印的情。瓜蒌的叶基心形，顶端有一个灵秀的尖尖，是叶与果的遥相呼应和精神同构。瓜蒌开白花，花的白里跃动着点点紫色，

瓜蒌：艽兰之支，童子佩觿

显得格外洁净素雅,又平添了唯美浪漫的情调。

我们拥有足够的玉米,又有什么必要去毁掉瓜蒌呢?如果,田野里满是瓜蒌,在大地上消夏又享秋的我们,就做一回勤劳的人吧:收瓜蒌啦,收瓜蒌啦。瓜蒌全株可药用。李时珍在他的《本草纲目》里对瓜蒌有一个全面的操作评语:子同叶主治虚劳,补益精气;持子傅金疮,生肤止血,捣叶傅肿毒;取汁傅丹毒赤肿,及蛇虫毒。走进古老的药书,质朴的野草也羽扇纶巾着,似有满腹经书,寻常的瓜蒌摇身一变,成为"萝藦"。萝藦这名字有禅意,有佛心,萝藦治劳伤排五毒愈疗疮,度脱一切病苦众生。如今,古人的目光从南方投射过来,落在我的故乡洪沟河南岸的村庄:一些南方人设摊专收瓜蒌,一把野草也能换来几张百元钞票。

萝藦是瓜蒌的学名,貌似有古印度的气息,却是地地道道的中国地植物,它的根在古老的民间,在质朴的乡土。"芄兰之支,童子佩觿(xī)。虽则佩觿,能不我知。容兮遂兮,垂带悸兮",《诗经》里很女性的"芄兰",就是故乡玉米地里的瓜蒌,它的籽实如羊角,以此起兴男子佩戴的头尖尾粗的觿,讽喻童子的故作成熟状:佩觿的童子腰带下垂着,幼稚在其上颤颤晃晃。战国时燕国有一公主也叫芄兰,起初,她柔弱的手臂情意绵绵地缠绕着荆轲的脖颈腰身,用爱的香甜激活壮士的武勇。后来,荆轲渡易水,刺秦王,一去兮不复返,芄兰公主毅然斩断与世间相勾连的所有藤藤蔓蔓,一缕香魂化幽草。荆轲就是一株举长矛佩大刀的玉米,有勇气,有担当。此种男人,才配芄兰。

青青的瓜蒌在故乡的玉米地里静静攀援,绿绿的果实在粗壮的玉米棵上悄悄香甜。这树林里野地上都能自生自长的植物,在强大的农耕文明那里,它是理所当然的野草杂草。我们站在粮食的立场上看它,有失公允,它争取了玉米的一点土壤一点阳光,而这土壤这阳光是属于自然界所有物种的,自然界的个体生命同等重要。

如今,瓜蒌就是田野的一种微小的佩饰,只是在着,不打眼,但是不能毁掉它,只有让玉米结果让瓜蒌也挂果的田野,才是成熟的田野,博大的田野,美好的田野。

瓜蒌 萝藦科萝藦属多年生草本缠绕植物。长达8米,具乳汁。茎圆柱状,下部木质化,上部较柔韧,有纵条纹。总状式聚伞花序腋生或腋外生,具长总花梗。果实黄绿色,果梗处浑圆,果身椭圆,头部尖,似拉长了的棉桃。外皮可见疣状斑点。

瓜蒌:芄兰之支,童子佩觿

决明子：开花无数黄金钱

在我们那儿，决明子不叫决明子，大人们管它叫假绿豆，我们喊它狗屎豆。

决明的子有尖有棱。一个短短的圆柱形，背腹两侧都凸着一条浅棕色的棱线，很默契的两端斜向上倾着，一上一下，昂着头，撒开蹄，遥相呼应地往前走，隐隐中，似有"嘚嘚"的马蹄声响起。表面平滑，暗棕的底色上浮泛着一层坚硬的亮光。它的荚果在腹部饱满之后，有些激动，摇头晃脑，风轻轻一吹，就打开了它的心扉，这些又干又硬又亮的种子就长了翅膀，扑啦啦地飞走，落在田埂上，沟渠旁，乡路边，冷不丁一打眼，稀稀拉拉的，就是顽皮的小牙狗小草狗撒下的一些狗屎蛋蛋。

我们喜欢喊它狗屎豆。我们那地方的孩子，上了学才有学名的，叫大号，孩子一跨进学校的门槛就长大了。如果一个孩子不上学，那乳名怕是要尾随到新婚之夜了。很多人家孩子要入学了，才想起给孩子起大号的。我在乡下教书那些年，初一新生建学籍，要求学籍名和户籍名必须一致，免得日后升学就工落下麻烦。结果呢，满教室都是王小红张小花刘小瓜李小豆，每一堂课，包括我，集体返回着童年。我们那里，人名很有讲究，乳名要么飘着奶香，要么土得掉渣，学名就有一鸣惊人一飞冲天的气度了，狗蛋叫了刘金龙，树儿变身孙中华。狗屎豆怎么会叫决明子呢？我想，那该是一个在野地里疯玩的少年，面对一些奇异的野草野花，突然怔住了，他想认识它们，他决心成为一个内心明亮的孩子，不想到老了，还是一个"睁眼瞎"。

上学以后才知道，每一种植物都有它的学名，后面还追随着一群小小的蝌蚪，譬如，决明子的拉丁学名是 Catsia tora Linn。人也有呢，是 Homo sapiens，意为"有智慧的人"。小时候，我们不认识"决明子"，但是，看瓜园的老孙头认得。那时，我们觉得老孙头很不简单：庄上住了一村人，河岸藏着一户仙。他一个人在洪沟河南岸种瓜，瓜园的旁边还别开生面地种了一些狗屎豆，真是"种瓜得瓜，种豆得豆"呢。

老孙头喜欢咬文嚼字。我们有时恶搞孙姓的玩伴，说他们是猢狲，是孙子，见人矮三辈。老孙头的大名就叫孙子。你看他，头顶一片荒坡，脸皮褶皱得像旧桌布，就连说话都像用久了的风箱，漏着气，走着风，居然是"孙子"。我们这点浅浅的得意，完全被老孙头看透了。有一次，我们打猪草，累了，老孙头很热情，脸上扭出一些些好看的麻花花，一个老人的笑容竟是这般的繁华丰盛，一道道沟沟一道道岔都盈满了欢快的渠水。他举着一大茶缸水和一脸的笑。咕咚咕咚，就在我们驴饮了几大口之后，呱嗒呱嗒，他去瓜园里找来一根短短硬硬的槐木，在硬实的路面上飞沙走土，划出一些横的竖的斜的白道道，拿眼盯着我们："认得这字不？"我们努力把眼睛往大里瞪向圆里睁，还是把头摇成了货郎鼓，哗啦哗啦，摇落了满脸的汗。"这是籽，俺名字里就有的籽！"老孙头收回了他那瓷白瓷白的大茶缸，迈着方步，很有力地走向他的瓜棚，把一张宽阔的后背晃得骄傲而又雄壮。

夏七月，瓜藤的顶梢上还挑着一些些妩媚的黄花，西瓜已坐

决明子：开花无数黄金钱

在沙土的温软里圆满着自己。西瓜真聪明。圆溜溜的大脑袋一丝不苟地复述出瓜藤走过的曲折之路，它如此喜欢着发散思维，在黄土里养嫩，从细沙里找脆，然后领受严厉太阳的教诲，醍醐灌顶啊！它内心的瓤变得脆嫩爽甜，这是一种精雕细刻而成的圆满。

　　决明子也开黄花，是淡淡的黄，五瓣，这样的三两朵聚在腋间，犹如小蜂小蝶流连忘返，如醉如痴，以美丽的芬芳为食粮。它的叶像花生，像绿豆，对生，就像一张课桌坐了两个孩子，共六片，长长的椭圆形看上去犹如一把把很书生的羽扇，它从细细的叶柄起步，狭窄，还有些跑偏走斜，但是越长越饱满，将叶脉和绿色演绎得有条不紊，从容不迫，看得出，叶子们在努力地打开一种宽广的生活。这是一种有着独立思考和自由意志的野草。它充满智慧的叶子对光的变化非常敏感，以此区分黑夜和白天。夜晚来临，对生的两片叶子就像人的眼皮轻轻合拢，酣然入梦；到了白昼，它睁开一片光明的世界。这种植物群落面向光明的感觉，这种充盈着天才思想的智力行为，确是我们构建理想大厦的必需，我们所遵循的，正是这一伟大思想所衍生的轨迹。这些，都是时至今日才懂得的一知半解，或者说，似懂非懂，不懂装懂。不过，在那时，决明子确实唤醒着我们面向未来的感觉。

　　"啥，狗屎豆？这叫决明子。"老孙头眼角向上一挑，眼珠子就咕噜咕噜地转了，把额头的皱纹都转成深深的沟渠了。他领我们去瓜棚，看他珍藏的那些黑玛瑙，或者粪蛋蛋。决明子明目，清肝，祛湿，他都是炒熟了，泡茶喝，倒也省下不少茶钱呢。

　　三块碎砖头，支起一只铁锅，锅底几把干草火，先让锅热热身，然后，干头净脸的决明子从半空的手掌上，蹦跶蹦跶地跳入热的锅里,锅底细长的干草此时精简为三棵两棵,不堪盈手握,是文火。不多久,锅内扑哧扑哧有声,凑上脸去看,却有香气扭成的一条细麻绳,自下而上,不由分说地拴住人的鼻子。接着,左摆摆右晃晃,牵得鼻尖尖一动一动的,把鼻子都牵长了,像狗一样贪婪地嗅着。

那年夏天,喝了老孙头炮制的决明子茶,香味慢慢淡了的时候,一咂摸嘴唇,就是秋天了。秋九月,真是一个响亮辽阔的季节。大地把蓝的天推远,教室的玻璃窗又把天的蓝拉近了,并且把天空分解为九格方方正正的湛蓝,每一方格都让我们无比憧憬。每每读到"子曰诗云",教室就成了一个巨大的共鸣箱。

后来,从课本上看到孙子的名字,一个少年英雄,驰骋沙场,文韬武略,无所不能,有《孙子兵法》行世。再后来,视野开阔了,知道了孔子孟子荀子老子庄子墨子孙子,还有决明子,这些"子"都是尊贵的标志。后来的后来,我离开洪沟河南岸许多年,在外地教书,老孙头的儿子都有孙子了吧。再后来,在李时珍的《本草纲目》里遇见决明子:"此马蹄决明也,以明目之功而名。又有草决明、石决明,皆同功者。"(《本草纲目·草五》)温暖的阳光打在竖排的繁体字上,我的视界一片明朗。

决明子 豆科决明属一年生草本。高约20厘米~100厘米。叶呈倒卵形,偶数羽状复叶,夏季开黄色花。荚果细长,内含种子,称"决明子",可供药用,具有清肝、消暑、明目及降血压等功能。

决明子:开花无数黄金钱

顺筋枝：英英陆上草，灼灼雪中花

顺筋枝。当我说出这个词，有人会想起一根被掰断的枝条，生生地和植株剥离了，枝里的绿汁在一点一点地离开，空留枝的干。可是，一遇见热的水，它便咝咝地活了过来，成为人的筋筋骨骨。顺筋枝这个词，表明了人和植物的关系：人依靠植物活着，人的五脏六腑无不从植物中汲取能量，一根强筋健骨的枝，支撑着人的肉身，滋养着人的生命。

顺筋枝，在我的意识里，它不是一根晒干的枝，而是一棵枝枝杈杈的灌木，一棵青青绿绿的植物。故乡十里平原，顺筋枝并不多见。这样一种多年生灌木状草本植物，它的身影总是隐在青葱翠绿的草丛中，或者遮天蔽日的树林里。遇见它，犹如观世音手持灵芝仙草的降临，那是一种扑面而来的狂喜与激动。

在洪沟河南岸，我遇见了一个放羊的老人。白白的羊群撒在绿绿的草滩上，犹如朵朵棉花暖暖地开放着。羊吃草的样子很女人，它们把头深深地埋在青草丛里，温吞吞的小口只揪下草的青梢梢嫩叶叶，然后微微抬起头，对着清爽爽的空气抽动一下鼻子，再咯噔咯噔地细嚼。老人看上去很老了，脸老成了一个满是皱褶的核桃，他在石头上磕了磕烟袋锅，站了起来，目光慢慢地由羊群转到了我的脸上，他说，这里有好几样好东西，今天让你开开眼。

木槿花蛋汤，花嫩汤鲜，爽口养胃。方瓜花，不洗，粉嘟嘟

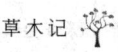

地吃一点白面，蛋汤里溜一圈儿，放入热油锅里烹炸，外酥内嫩，香脆清甜。顺筋枝，他把我领到一堆野蒺藜那儿，然后蹲下身子，移开几根刺拉拉的枝条，指着一蓬枝枝叶叶说，这是好东西。顺筋枝，一听这简单直接的名字，我们就知道它的作用，顺筋枝行血通经，活血散瘀，用于跌打损伤、腰膝酸痛等。李时珍在《本草纲目》里一本正经地告诉我们："主治骨间诸痹，四肢拘挛疼酸，膝寒痛，阴痿，短气不足，脚肿风毒，脚气上冲，心烦闷绝，水气虚肿。"（《本草纲目·草五·陆英》）老人向我私授了一个龙须凤发一般有趣的方剂。折一根顺筋枝，加五色条，烧热水。这五色条是有讲究的，五种树枝，柳枝、杨枝均可，唯独不要松枝。河滩里寻一颗白色的鸡蛋一般大的卵石，焖在炉火里，烧热烧透，铁钩钩一伸，铁勺勺往前一凑，就把卵石请了出来，往枝枝条条的热水里一浸，哧啦哧啦，一个劲地叫响。这样的汤汤水水，祛风活络，专治跌打摔伤。庄户人泥地里跌打滚爬，难免不伤筋动骨，一根顺筋枝加两味药引子，烧水，睡前烫几回，小肿小痛都被热的气赶跑了。

千年何首乌的藤很有山药豆的架势，顺筋枝的样子也很寻常。顺筋枝是草本，长得高的，有三米多高，这一点很像树，追求着天空的寂寞。它的茎却很苗条，有小拇指那般粗细，多分枝。顺筋枝的分枝很有意思。它的根茎像一条虬龙在地下横着走，节上生根，一些粗粗细细的龙须龙角；也发芽，两三分枝径直从根茎上站了起来，这分枝先是一门心思往上走，到了合适的高度，又抽出一些小枝小杈来。这情形很像一个家族的形成，站稳脚跟，开荒种地，繁衍生息，由最初的二三人衍生出一个枝繁

顺筋枝：英英陆上草，灼灼雪中花

叶茂的家族，建成一个浓荫掩映的村落。

顺筋枝的茎灰黑色，有细细的纵棱，触之粗硬毛糙，叶子是坦然自若的青绿。它的叶子长椭圆形，对生在茎株的两侧，一根茎株看上去就像一行大雁，扑扇着翅膀，飞向蓝蓝的天白白的云。顺筋枝开白花，开在绿叶的上面，开在茎株的顶端。整朵花就是一把花雨伞，一根细长的花柄分杈出一些短短长长的小花梗，小的花梗托着一些米粒儿大的苞蕾，这些苞蕾七八个挤在一起，犹如许多小脑袋在窃窃私语。过不了多久，这些小脑袋就有些不安分了，要告别花萼的绿，迎来云朵的白，有的还异想天开，顶着一个黄色的小杯盏，这黄的杯也是花，肉质花，不结果。苞蕾是一嘟噜一嘟噜的绿玛瑙，开了的花共五瓣，温润洁白，仿佛阳光下落了一场小雪，绿色簇拥着洁白，洁白间杂了金黄，那情那景，真是一个美色无边。白的花有一望无际的美，它们也不会枯萎，而是慢慢收缩了，凝成一个个绿的珠，绿的珠红成一串一串的樱桃，红的果垂着头，就瞅见黑瘦的茎了，红果果的眼窝窝一热，就想骨碌碌地回到根部，和茎株一起变黑，一起抚慰土地的疼痛。

青绿的草地，洁白的羊群，黑瘦的老人，大地的主题因了色彩的和谐而变得形象明朗。老人劳累大半生，最终被一群羊放牧着。这里的土坷垃长什么样，他都认得，认得每一棵青草，并作为衣食父母尊崇着。说到顺筋枝，其实它的嫩叶还可以吃。洗得干头净脸的嫩叶，放到热水里一焯，捞起来，沥水，切段。然后，热油起锅，葱花爆香，投入嫩叶叶，煸炒，空中落雾一般撒下少许白盐，再来一点味精点睛，出锅即食，爽嫩可口，又祛风

草木记

除湿,是美味,也是良药。洪沟河南岸能吃的野草太多了,估计那放羊的老人没有吃过这道菜,但顺筋枝滚烫烫的话语、热乎乎的抚摸,老人都用自己的身体记忆着。

下次去了,如果再遇见那个老人,我要告诉他,顺筋枝真是好东西,它的嫩叶可以吃。还要和他说,顺筋枝有个学名,叫陆英,一个很女性的名字。陆英,陆地上一棵美好的花木。如果从军出征,它是穆桂英,是花木兰;如果上山下乡,它就是一根针一把草深入民间病痛的女赤脚医生吧。

顺筋枝 学名陆英,忍冬科接骨木属多年生草本,高达3米。根茎横生,黄白色,节上生根。茎具纵棱,幼枝有毛,髓部白色。羽状复叶对生,长椭圆状披针形,先端渐尖,基部偏斜稍圆至阔楔形,边缘有细密锯齿。浆果状核果卵形,成熟时红色至黑色。花期4~5月,果期8~9月。

顺筋枝:英英陆上草,灼灼雪中花

曼陀罗：舞采酿酒饮，令人舞翩翩

一直以来，我对曼陀罗有着不可救药的喜欢。

曼陀罗，名字里透露着一种异域的神秘的气息，还有一种妖娆的迷幻的气息。甚至，把它和曼陀铃强拉硬扯在一起。当曼陀罗把它如瓷透白或者粉里透红的花朵开成一个个张扬的小喇叭时，播放的可是空灵细碎的乡间少女一般的妙音，还是古希腊神话里塞壬女妖那令人无法抗拒的致命歌声？

在故乡的野草所开放的花朵中，曼陀罗的花绚丽而妖冶，热烈而致命，这样的花儿就像人面鸟身的女妖，一半是天使，一半是魔鬼，美丽与邪恶共生，这是大自然表述美的一种方式吧。含了致命的毒蛊，那美才称得上绝美。故乡的曼陀罗，那是一个外省嫁过来的俊媳妇，男人们风传着她的种种风流韵事，眼睛却直勾勾地盯着她的炫紫色嘴唇青绿色裙裾，眼珠子圆溜溜地就要滚落出来了。

在遥远的热带，曼陀罗用根繁殖，四季挂绿，它"Y"形的根很像人类的下半身，根系粗壮，茎株也挺拔成一棵树。在我的故乡，它是一种野草，一年生直立草本植物。故乡的冬天冰冻三尺，草木春荣冬枯，曼陀罗对新的生存环境的观察，使它改变了原来的生活习惯，它有意识地努力开放，开更多的花，结更多的果，它不想来有影去无踪，它想到处播撒它的种子，它把花开成了紫白黄绿粉红，开得妖冶艳美，风情万种。

曼陀罗是茄科的一种开花植物，又名枫茄花、山茄花、洋金花、醉心花。一亿年前，植物开出了花朵，大地从此五彩缤纷万紫千红。而人类的所有幸福都复制着花的笑容，譬如爱情。爱情在远处，它是香草，淡淡的香气让人清爽爽的；走近了，就像喷泉一样往上抵达迷醉的巅峰时，爱情更像是曼陀罗，让人欢欣着迷幻，迷幻着飘升，飘升着快慰。爱情带来麻醉和欢愉，是超脱生活表层的幻觉。曼陀罗的花、根、果实含有的天仙子碱，致人迷幻。相传，古埃及人大宴宾客时，有一道大餐是客人嗅闻曼陀罗花，来一个迷醉全席。叶腋处，枝丫间，曼陀罗开出一朵朵硕大的五瓣的白花，嫩嫩的花瓣上搽了淡淡的胭脂紫，很像一个花容月貌的东方美人，略施粉黛，淡扫蛾眉。那紫，遮了些许白，却勾画出无尽的魅惑，美艳动人。

曼陀罗全株有剧毒，让人以迷幻颠覆理性。它的叶、花、籽均可入药。"他熟悉曼陀罗花的性能和各种妙处，谁都知道这种草有阴阳两性"（雨果《笑面人》），作家总喜欢看花不是花，以花性透视人性；医者则返回到植物本身，抽掉它的巫魅，滤去它的芜杂，祛除它的阴性，把植物的存在确证为一种生活的必需，身体的必需。譬如曼陀罗，它在欧洲、印度、阿拉伯等国家被视为"万能神药"。曼陀罗含莨菪碱、东莨菪碱等成分，具有麻醉作用，古人由此发明了"蒙汗药"。《水浒传》里，黄泥冈上，青面兽杨志只是喝了小混混白胜的半瓢白酒，却"软了身体，挣扎不起"，蒙汗药助力了北宋这一起特大麻醉抢劫案的发生。华佗就是华佗，他在蒙汗药的基础上研制出著名的"麻沸散"，今人改良为"洋金花制剂"，外科医生广泛应用于全身及头颅手术。

曼陀罗：舞采酿酒饮，令人舞翩翩

曼陀罗是情花,是毒品,是神药。这真是一种极其美妙、极其神奇的植物。遍尝百草的李时珍自然没有错过曼陀罗花:"相传此花笑采酿酒饮,令人笑;舞采酿酒饮,令人舞。予尝试之,饮须半酣,更令一人或笑或舞引之,乃验也。"(《本草纲目·草六》)那情那景,真是神奇美妙。看看它的花吧,这些闪烁着淡月清辉的花朵,这些白纱和紫葡萄汁晕染成的图形,这些大胆的妩媚的花瓣。这些花瓣在穿越了筒状花萼这一长长的隧道之后,黑暗退却了,它从非议、猜疑、赞美的分权上,开放出像高傲的女王一样美艳的花儿。你看那些小心翼翼的龙葵,挂了一片片绿叶,遮住细碎碎的白花,敛声屏息,像个胆怯的小女孩。这些曼陀罗的花儿,这些孤傲绝美的面孔,是大自然最奇妙的发明。大自然用突兀的美,竭力诱导我们去欣赏它,又用美的毒素给予人类以警示:亵渎植物之美,轻者迷昏,严重了则大地一片荒芜死寂。

植物在地球上存在了亿万年,是我们生命的起源,如果我们不懂得它们,将是我们这代人最大的缺憾。著名的植物和生我养我的乡土达成契合,于我,也是近年的事件。"曼陀罗",是梵语的音译,这无蕊的喇叭花在印度被称为悦意花,这空心之花,是信佛之人的心中大宇宙。它落户我的故乡,也是一种修行吧。它有一俗名:大蓖麻。曼陀罗株高四五尺,密被绒绒的细毛,茄叶互生,每一片叶子都有自己的层次和高度,叶缘的浅裂看上去就是一些荡漾着的水波。花谢了,结蒴果,果实如圆茄,又遍生小刺,这些神奇的青果更像是击打武器狼牙棒,孩子们可有大用场了,做子弹,当炮火,此果炸开时做四瓣裂,还会发出呛鼻又辣眼的怪异气味。但是，孩子们很少有玩的，大人们都说，大蓖麻有毒。啥子毒？你看，猪狗不理，牛羊都不吃呢。

　　在我的故乡，蓖麻修炼成油精，和直升机一起在空中飞升，被唤作大蓖麻的曼陀罗简简单单地生长着，开美艳的花，结威武的果，以四季的轮回实现着植物的永恒之美。这种印度寺院里神圣的植物，也出现在我的故乡洪沟河的堤岸上，出现在野蒺藜野苦菜的高处，这是否意味着，洪沟河就是一个坛场，是一切功德的聚集之地。当曼陀罗开花的时候，大自然的心也在激动不已，就会在花瓣上涂脂抹粉，引导我们的目光投过去，洞察幽明，以此发现植物的秘密，以及宇宙的意志。

曼陀罗　茄科曼陀罗属一年生草本。单叶互生，广卵形，先端渐尖，边缘有不规则波状分裂。花单生于枝分叉间或叶腋间，具短柄，白色。果实表面多刺，成熟时由深绿色变为淡褐色。有毒，可作麻醉剂、镇静剂。

曼陀罗：舞采酿酒饮，令人舞翩翩

车前草：采采芣苢，薄言采之

　　植物一进入《诗经》，赋比兴，那气象就博大无边了，它的一枝一叶就关乎社会生活的繁华与萧索，人间情感的欢喜与辛酸。"无田甫田，维莠骄骄。无思远人，劳心忉忉"，《齐风》里的大田，杂草茂密，劳心的却是远人不归；"采采芣苢，薄言采之。采采芣苢，薄言有之"，《周南》里的芣苢，是欢乐自在的韵脚，采呀采呀采起来，芣苢鲜绿肥嫩，这是幸福家园的色泽，是美好生活的质地。

　　《诗经》是什么，它是东方大地上的"圣经"，它以诗歌的方式，讲述古老的东方文明，人类家园的美质和归属感。《诗经》里的各种植物，挺秀着各自的人间情意，让人无法不沉迷；而所有植物的全部寓意都固执地指向了古老的大地，灿烂的文明。如此，植物们就具有了超越科属特性的更为辽阔的思想属性和存在价值。

　　从《诗经》到我的故乡洪沟河南岸，我又一次遇见那种叫"芣苢"的植物。"芣苢"是笔名吧，拗口呢。到了故乡，就只有乳名了：车前草。这名字多形象，多朴素，多欢实。车前草，它就在路中央，就在马车前，就在我们熙熙攘攘融融泄泄的生活现场里。其实，稍加留意，寂寥的山野、安静的河边和拥挤的菜园都有它矮矮胖胖的身影，无限可能地介入我们的日常生活。

　　车前草是一种很特别的植物，一种草成就了一个科属。长卵形的绿叶贴地而生，约略一看，像牛舌，像驴耳，一片一片轮生着。奇异的是，各个叶片排列匀称，你伸你的长舌，我摆我的大耳，彼此镶嵌而不叠压，各有各的地盘；叶片与叶柄等长，这样，小叶距离根茎最近，大叶承领阳光最多，各有各的优势。这已经不是秘密了：它的叶片之间的夹角正好是137.5度。每一个叶片的生长都经过了缜密的思考和精确的计算，和它的左右结构成一个黄金分割角，处于一种无比和谐无比欢畅的自在状态。这些貌似笨拙的叶片，却把数学的天赋发挥到极致。具体到某一片叶子上，它生命的细节仍在丰富和完善。叶面上的五条主脉，犹如五条弯曲有度的河流，打开叶子的辽阔。叶面浅凹，叶背微凸，这些叶脉的出现，这些密布的绿色的血管，使得整片叶子蓬勃而健美。

汪曾祺在《草木春秋》里说，车前子这东西有一种童话情趣。我想，那是老先生在用孩子一般的眼睛观察这植物，以讲童话的方式打开一个饶有趣味的世界。车前草的花梗从株身的中央往出拱，细细的，长长的，有的贴着地面躺一会儿，然后慢慢起身，伸一下懒腰，打一个呵欠，这低矮的草就蓦地长高了一头；有的长梗从叶丛里直挺挺地向上蹿，一副迫不及待的样子。花梗上结满米粒一般大小的蒴果，排成一串串一穗穗。细看，每一粒小花都坚守着整个家族绿色的记忆，小花们传承着叶子的色泽，却又给自己搽了点点红粉，媚了一下，更显出一种冷静的奢华。从平铺的叶片到直立的花梗，我们不难发现，车前草在繁衍生息方面所做出的尝试和努力。站得更高，飞得更远吧。我们可以认为，低处的叶子牵动着花梗的丝线，放飞着家族的未来，并对那

车前草：采采芣苢，薄言采之

些黑褐色的种子表达出殷切的期望。

　　车前草直挺挺的花梗，启蒙了我们的智慧和武勇。双方各扯一根细长的花梗，两两交叉，构成十字，然后折一个弯，相互勾连，双方各持己端向后拉扯，以不断者为胜。古人把这种斗草称为"武斗"，几根有韧性的花梗就像拉力器，慢慢地拉长了手臂拉宽了肩膀，把一个弱冠少年拉成英雄豪杰。没有乡间的斗草游戏，我们的历史会少出现一些威武勇猛的壮士。江浙一带呼车前草为"官司草"，两人斗草叫"打官司"，两根花梗纠缠着恩怨，交叉着悲欢，拉拉扯扯，总要有个了断的，终落了一个花梗满地叶狼藉。

　　车前草清热明目。唐人张籍少时很用功，患目疾，几近失明，诗友孟郊戏称他"穷瞎张太祝"，同僚韦处厚从千里之外的开州速递车前子，张诗人感慨万千，写诗一首，以珍存这份人间情意："开洲五月车前子，做药人皆道有神。惭愧文君怜病眼，三千里外寄闲人。"古文人映雪夜读，书窗一夜明，眼睛如何禁得起，张籍同时期的大诗人刘禹锡"两目今先暗，中年似老翁"，车前草可帮古文人矫正视力，具有开蒙揭翳的意义。言及张籍这段诗苑药话，李时珍说："观此亦以五月采开州者为良，又可见其治目之功。"（《本草纲目·草五》）

　　车前草别名甚多。东北人称之车轱辘菜，江东人唤为虾蟆衣，阿拉侬的上海人叫它黄蟆叶。它生在马路中央，任凭车轮碾压，依然绿如故，它就是一个受难者的形象，是十字架上的耶稣。《圣经》里，传说着古代的以色列人曾经看见过上帝的故事。在传说那里，车前草是一个拯救者，当西汉的将士被匈奴围困，人马患病,孤立无援,这时,车前草出现了,带着它笨拙的叶片和灵巧的花梗,像一朵绿云栖落在马车前,引爆了人欢马叫。在那一时刻,治病救人的车前草就是一个神灵的形象,它心怀巨大的悲悯,却以最朴素的面目示人,因缘巧合地出现在深陷困境的马车前面,它的来意既简单又神秘。按照东方泛神论的观点,神灵无处不在,神灵就存在于自然界的一切事物之中。神的灵在于它的隐身,善行大地,却以一棵草一朵花的形式出现,在西方,它的名字叫上帝。

  2012年夏季奥运会在伦敦碗盛大闭幕了,有一首歌这样唱着:"我们的房子在路中央,我们的房子住着一个大家庭……"扯去车上的旧报纸,舞台鲜艳华丽了,人们一个个晃动成车前草的花穗穗,眼前尽是欢腾忙碌喜庆的人间场景。

车前草 车前科车前属多年生草本。茎生于地下。叶片丛生,呈阔卵形。花朵集生成穗状花序,开白色小花。种子称为车前子,可入药,有利尿、止泻、镇咳、祛痰、明目等功效。

车前草:采采芣苢,薄言采之

益母草：似孩儿恋抱亲株

"看它叶拱花，花成簇，似孩儿恋抱亲株。"这样的好句子，让人看了一眼，又看了一眼，眼窝子就发浅了，眼珠在眼眶里不敢转动，一转，就稀里哗啦地转出一些温热的液体来。这种植物，它的形态就是浓稠的亲情的模样，偏偏，植物的名字叫益母草。

在洪沟河南岸的野地里、田埂上、沟渠边，益母草的身影随处可见。它是一年生草本植物，长势尤为茂盛，《本草纲目》上说："此草及子皆充盛密蔚，故名茺蔚。"（《本草纲目·草四·茺蔚》）但是，洪沟河南岸草浪汹涌绿海滔天，不细看，你很难发现益母草的影踪，何况，青青绿绿的益母草有些像艾草，也有些像苦夏草，还有些像灯笼棵。益母草少有大片生长着的，它喜欢散落在其他野草之间，拥抱着熟草蔓，帮扶着三棱草，凝望着灰灰菜。洪沟河南岸的野草们，不仅形态姿容相似，气味情趣也相投。

在野草家族乃至整个植物群落里，许多植物从黑暗到光明，从阳春到暮秋，自始至终都守着一种叶子，抱定一个信念，笨拙而又坚决地走向生命的高处。其实，自然世界并不缺少聪慧机敏的植物，譬如益母草。根部被固定着，它只有不断地探索一条向上的路，慢慢纠正着自己的行为，以期适应更为辽阔的天地。要知道，在它面前，没有任何参照物。在这个星球上，植物的出现要早于人类，从某种程度上说，植物是我们的祖先。益母草只有依据生长的需要，艰难而又缓慢地完善自己。于是，它的叶子显示出植物世界伟大的奇迹,近圆形,鹅掌状,条状披针形。仿佛一个女子的长成,起初呈给世界一张胖嘟嘟圆鼓鼓的笑脸,继而张开双手,在蓝天之下大地之上,旋转着,旋出一圈一圈的绿罗裙,转成一个身段苗条修长容貌如花似玉的美女。

洪沟河南岸,有许多大大小小的草滩,天然的草滩,温暖湿润,是益母草生活的天堂。益母草喜欢向阳的地方,静静地生长着。早春二月,土地酥软,有的地方还起一些薄脆的酥皮儿,这时,就有益母草从土里伸出两瓣小嘴一样的嫩芽,啃食着这些蛋糕上新鲜的奶油,似乎还有一些沙沙沙的声响,直吃得叶子绿了又肥,快成一个圆鼓鼓的产妇了。这还不算什么,它的根部又生出很多的叶,一个个拉长着叶柄,很巧妙地把自己的圆脸袒露在阳光的煦暖里。叶面上延伸着一些溪流一般曲折有致的叶脉,把整片叶子流成了一个绿湖,这样的绿湖你推我搡,那阵势就大了,就绿浪滚滚了,就碧海滔滔了。这些基生的叶子,形状很耐看,看一眼,是一些孵化的卵,再看一眼,就是明媚的春心了,春天的中心,益母草的叶子伸展到哪里,哪里就是一片泛着翠色漾着绿彩的春光。

基生叶有浅裂七八个,这些优美的凹陷,就像早晨的梦,清浅浅的,又如少女的笑容,羞涩涩的,使得整片叶子更有非凡的美色和生动的神韵。这些轻微的孩子气的浅裂,这些阳光和绿叶所形成的小口,逗引着我们的目光和想象。其实,这只是益母草独特的造型能力的开始,它的生长过程就是一次次历险记,它想让生命的每一个阶段都充满了奇迹,它拒绝复制自己,就像一个优秀的诗人,努力让每一首诗成为一个独立的存在,一个崭新的开始。

益母草:似孩儿恋抱亲株

很多物事，一出现就那样了。对于植物而言，它们一出生就被命定的法则固定着。但是，植物并不缺乏创造性的想象，由于对周边世界的季候、温度以及许多不可确定的因素并不熟知，它们只有用心地生活，耐心地观察，然后做出细心的应对，慢慢地确立它们的宇宙感。就说益母草吧，经过了一番深思熟虑，它抽出一根方柱形的茎株来，比三棱草还多一棱呢，形状类似于麻黄，但麻黄是一种无叶草。益母草的茎有筷子那么粗，且很坚挺，四下有微凹的纵沟，表面被细密的绒毛，像是敷了一层好看的粉霜。草叶也开始向上攀升，往外扩散，叶缘深裂，呈矩圆形，这些草叶看上去就是一些些摊开的手掌，在半空里擎着，风在舞动，一片草叶就形成三五条支流，流着金，淌着绿，像绕树而飞的雀鸟，看似游离了植株，但每一次飞动都从那里出发。看得出，益母草的探索谨慎而又细致，在每一个微小的细节上都倾注着它的智慧和努力。

茎上长叶，节间生花，是唇形的小花，花萼犹如一口小钟，盛满了紫红色的花冠，许多这样油绿的钟紫红的瓣，在茎节上一圈圈一轮轮地攀升着，青青的绿捧着嫩嫩的红，嫩嫩的红揉进深深的紫，一根茎株就是一嘟噜一嘟噜的花团儿，为蓝天和人类安放了一个三棱镜，建构着世界的纷繁和多彩。花序上也生叶，细细的、长长的，对生着，在风里一左一右地摆动，真像是无数的翅膀排着队，向着天空飞翔。益母草长高了，有一米多高呢。它的枝梢又闪出一双鲜嫩的翅膀，形成新花新绿的向上的奔跑。天变得低了，蓝了，远处的绿已衔着一角蓝蓝的天。这才是洪沟河南岸真正的夏天，繁茂丰盛，宏阔高远。

认知一个语词，我们总是始于能指，穷尽所指。"益母草"这个名字是能指，它的所指却是辽阔的大地，绵延的春秋。翻两页药书，点一下百度，不难发现，这寻常的野草被捧得神乎其神，颇像普度众生的观音菩萨。水煎五钱，炖服一两，捣汁七合，煮粥一锅，研汁一盏，或外敷患处，或灌注肺腑，都是灵药圣药。还有很多模仿益母草唇形花口吻的人在絮絮叨叨，说它是专为女人而生的草，是女性专属，是女人守护神。都是这名字被利用给害的。名字是后人制作的，它貌似突出甚至升华了某一特征，却造成人为的大面积的遮蔽，人的认识遮蔽着自然的本相，这已经是灾难了。

事实上，益母草很早就等在大地之上了，就像母亲在故乡等着迟到的孩子，说它"似孩儿恋抱亲株"，其实，是我们人类在模仿它的模样。"我必引导你，领你进我母亲的家；我可以领受教训，也就使你喝石榴汁酿的香酒"（《圣经·雅歌》），我们多么幸福，走着植物走出的路，甚至，如益母草一般的植物们，它们的根茎花叶，早就架设了与人的身体的神秘通道，就像一个电源，一旦接通我们血管的导线，人就容光焕发神采奕奕了。就叫它"益母草"吧，这是大地的一个深刻的提醒：若是我们也像野草"益母"，那我们的生活我们的后世我们的世界将会多么美好。

益母草 唇形科益母草属一年生或二年生草本。茎直立、方形。基部叶子有长柄，呈圆形，茎部的叶子掌状多裂，裂片狭长。花淡紫色，坚果有棱。茎叶、果实可入药。

益母草：似孩儿恋抱亲株

远志：处则为远志，出则为小草

小城里的中药店，是一座植物的博物馆。生水浸泡，文火慢熬，植物们陷入了往昔的回忆。深邃的山野的气息，徐徐地从时间深处，丝丝缕缕地弥散出来。中药店张贴的春联也别有气味。有这么一联："厚朴待人，使君子长存远志；苁蓉处世，郁李仁敢不细辛。"此联构思独特，嵌入厚朴、远志等六味中药，既有本草之味道，又有美质之芳香。尤其远志一味，与远志弘毅、高情远志相关联，治病、育人皆为上品。

托物言志是古文人的一种通病，他们期待小草拥有大树的天空。远志是一种多年生草本植物，它的名字就是一味药，抚慰着人们的内心。草木远志成为言志的出口，让古人一言远志就心阳振作，精神抖擞，"此去不论生地熟地，远志莫怕路千里"，但是，浪迹江湖大半生，空负少年头，远志不如当归，"独有痴儿渐远志，更无慈母望当归"。嵌入诗词对联的远志，被修齐治平，小的草心怀远的志，它的枝枝叶叶结构着草木的形态，也表明着中国传统价值观的根深蒂固。清人龚自珍空怀远志，报国无门，愤慨自己被朝廷视为小草的不公："九边烂熟等雕虫，远志真看小草同。枉说健儿身在手，青灯夜雪阻山东。"诗人借药抒怀，内里之病痛，个中之愤世，中药远志亦无力救治。东晋谢安隐居东山，尔后仕于朝廷，未建功，众同僚多轻视之，时人送桓公远志等中药，桓公疑惑，为何一种药两个名字呢？郝隆对问题进行抢答：

"处则为远志，出则为小草。"谢安有远志，东山再起，淝水一战定乾坤。

　　远志的小名叫什么？就叫小草。在我的故乡洪沟河南岸，野草长得到处都是。它们有着各自的形态和名字，它们的统称是小草，再诗意一些，唯美一些，是青草、绿草、碧草。远志别称小草，这颇有些小可爱，很像一个泥土里洗澡的小屁孩，长大了，精于文韬武略，屡建战功，拥为威武大将军。

　　远志茎纤细叶瘦长，一副总也长大不的样子。远志生长在山坡野地里，而且，它多是在干硬得一滴泪珠落下去也能摔成八瓣的土地上，抽枝发芽。湿润松软的土壤里很难看见它的身影。在生物界，哪怕是植物群落里，最低贱的就是野草了，远志宁愿它生存的环境艰难些，再艰难些，这种坚韧的生活让它的生命时刻处于一种抗争状态，它比我们更清醒，它不像瞎驴那样守着一个烂草垛，目光越过细枝细叶的现世投向了未来。一棵有远志的小草是如此的低调和沉韧，它单薄瘦弱，比普通的草更普通，也更坚忍，不标榜自己的志向，也不炫耀个人的奋斗，它情愿被忽略被漠视，做一棵自我自立的小草。

　　远志非常耐旱，它有足够的信心和力量，钻出坚硬如铁的地面，竖起一根细细的茎。更多的植物去了公园，去了湿地，也有的植物被沙砾土块挡了手绊了脚，一时憋屈在根部的黑暗里。干旱的土地上站着一棵远志，有些大漠孤烟直的意味，唐诗里土呛呛的戈壁，移植到我的故乡，是干焦焦的路面。在路边，在山坡，远志干干瘦瘦的，它细弱的茎让人心疼，那种纤纤细，不像是植株，倒很像一些植物的叶柄，吃力而又奋力地举着叶子。它

远志：处则为远志，出则为小草

的叶子和茎株是一样的细瘦，有柳叶的模样，线状披针形，单叶，灰绿色的，互生，比柳叶更为细小，长得长一点的也就小拇指一般长短。柳树鹅黄继而碧绿，它互生的细叶很舒展很洒脱，是绿丝绦；远志的叶子先是深情地相跟着茎株走一段路，然后慢慢地向外斜出，看似刻意远离，却又身心相系。细叶抱着细茎，整个一棵远志依然瘦小，高者也就长到两拃高，这样的瘦弱和低矮，在植物家族里是其貌不扬的。细看，它的茎往细里憋，叶子的先端向尖里走，它在积蓄力量，它会飙出细而尖的高音吗？

　　远志夏花秋果。小枝的顶端吐出一团淡淡的蓝紫，那是远志的花。总状花序，很小巧，却有繁复之美，它的两侧瓣卵形，中央花瓣稍稍大些，呈龙骨瓣状。从两侧到中心，不难看出，远志的心思缜密而大胆，两侧的蓝紫有些细弱而模糊，挣脱卵的形状，中央迷人的花瓣激动地舒张，艰难的生长变成了自信的笑容。远志的蒴果扁平，卵圆形，内里是卵形的种子，棕黑色，让人忍俊不禁的是，那些种子活像一群毛茸茸的小鸡，颜色有深有浅，这些小白鸡小黑鸡在鸡窝里，相互一挤，身子就微微扁了，其上的绒毛却愈加细密白净，落了地，叽叽叫，叫喔喔，叫咯咯，叫醒一个新春，叫响一个金秋。

　　从茎叶的骆驼阶段到蒴果的婴儿阶段，我将这植物的远大志向讲完了吗？一种植物历经艰难困顿，最终让自己变得可爱天真。这样的奋斗，在很多人看来，是多么幼稚可笑，为成功人士所不齿。植物绝不缺少智慧，它的机智并不比人类逊色。如果我们运用植物的思想来导引我们的行动，那大地不止茂盛植物，更会结满天真、纯朴、温善的果实。所谓的成功人士拼搏得毫无价值，他们拼来一个钢铁怪物，把亿万年积攒的石油逼成鬼魅一般的尾气。天真透明的眼睛，才能清晰地看见生命之所向与志向之所在，并远离一切非生活的东西，直奔生活的自在之喜，以及由此带来的内心的荣耀。

关于远志的远见并未到此结束。

古往今来，很多人把离开故土成就事业衣锦还乡作为人生的终极目标，而远方等待他们的是零丁洋和凌迟台，纵使少小离家老大回，鬓已星星也，壮志化尘埃。小草有远志，它的志向不在高远的天空，而在黑暗的根部，这种与生俱来的根性意识使它追求着生命的最大值。远志的枝叶有菜色，瘦得让人惊心，它的根却像一个生活富足的乡村财主，一袭棕黄色长衫裹着肥胖的身体，侧根如须，表情镇静。远志植株不高，它的根长管状，有半米多长，入药，很早就被《神农本草经》奉为养命要药。

远志长到第三年的初春或者深秋，它的根就可以采挖了。茎叶的一次次惊恐，像暗伤一样侵蚀着它的根部，造成一道道纵的横的裂纹。乍看起来，远志如此卑微，如此平静，不与其他生命争高低，而在它的根部卧薪尝胆，对于生命价值的探寻却异常的强烈而又专注。出头露面的长根，仍要经受一番历练，方能小草成远志。持一根木棒，敲打根部，使其松软，然后抽出木心，焙干研细，甘草水煮，受难青蛙变王子，丹心远志济众生。对于中药远志，李时珍有言："此草服之能益智强志，故有远志之称。"（《本草纲目·草一》）《本草正义》赞誉有加："其专主心经者，心本血之总汇，辛温以通利之，宜其振作心阳，而益人智慧矣。"

远志：处则为远志，出则为小草

如此看来，亲近植物，颂扬植物，能让我们变得更有智慧，更能看清我们的来路和去处，并永远享受植物带来的喜悦与幸福。

远志　远志科远志属多年生草本。根由多数细根丛生而成，茎细且丛生，高20余厘米。叶互生，夏日开紫色蝶形花，果实扁球状。根可入药，有安神功效。

虎杖：杖言其茎，虎言其斑

虎杖，是草本植物里的壮士。它不像别的草那样一岁一枯荣，而是多年历练，终成灌木状。草本，有树的气魄，堪称草莽英雄。

虎杖长得茎粗叶肥，个头有一米多高。茎如竹笋状，圆茎，中空而有节，节部略略膨大，很像书法上欲竖先横的笔法，藏锋蓄势；它的叶子在茎的节部生长着，单叶，互生，近圆形，有些像杏叶。仔细看，叶子绿得彻头彻尾，直立如杖的茎却散生着红色斑点，如斑斑血迹，刚烈，威武，一身十足的侠气，持杖江湖行。

李时珍是一个用一生的心血为草木立传的人。对于壮士虎杖，他讲得绘声绘色，形神毕肖："杖言其茎，虎言其斑也，或云一名杜牛膝者，非也。一种斑杖似头者，与此同名异物。"（李时珍《本草纲目·草五》）诸位看官，虎杖自威武，可要睁了眼睛，看个清清楚楚。既是壮士，自然行走江湖，闯荡世界，侠踪剑影，处处留美名。四川人喜欢虎杖文身的花斑，叫它"花斑竹"，不似莽撞的花和尚，倒是一身锦绣的浪子燕青，一根哨棒勇不可当。在广东，虎杖祛蛇毒，扶正气，南粤人尊为"大叶蛇总管"。

在我的故乡，虎杖被称为顺筋龙。说到龙，我的故乡最具龙的形象的莫过于洪沟河了。视河流为龙的图腾，这显然不是我的独创，而是人们最基本的感受。洪沟河的龙尾搅动着红砂的浊浪,龙头摆脱田野山岭村落,探入潍河,将四季吞吐成五光十色的珍珠。它的龙身地久天长地依偎着我的故乡。这样的地方,种一块土坷垃,也能长成一个金疙瘩;一丝丝鹅黄嫩绿往出拱,就拱出一个生龙活虎的大草滩来。

  虎杖,和虎有关系。故事是一个在河滩上放羊的老人讲的:药王采药深山,遇见一只受伤的大虎,那虎吃力地抬了抬它的前脚,脑袋一耷拉,鼻息微弱,犹如几缕若有若无的游丝;药王抓来一把草药,捣成糊糊状,外敷在大虎的前腿上,不久,那虎先撑开四蹄,尾巴上翘,然后呼啦啦一甩,抖了抖灰塌塌的尘土,驮着一身金灿灿的斑纹,走向药王,成了药王的坐骑,那一把草药也有了名字,就是"虎杖"。这是小时候听到的一个传奇故事,如今,我发现,它其实是一个寓言。一把草药,它是匿名的,鲜为人知的,它一直在着,是这个世界最早的生命。忽然间,它的茎株支撑起虎的四肢,虎是什么,它的生依赖于植物,在生命的分枝上,作为动物的虎是植物的枝干上催生的一种果实。如此虎杖,当是逐日的夸父,填海的精卫,有着创世的意义。叫它虎杖,是强大的人类文明使然,我们总是看重动物的生命,而忽略植物的存在。

  我的故乡没有虎。在洪沟河南岸,这些虎虎生威的植物盘结密林草滩,占据河畔溪边,终日披红挂绿,享受着大地的荣耀。春三月,虎杖一出苗,就分生三五小枝,枝上的小绿叶一步一个台阶地向上攀援。春天的虎杖茎嫩叶鲜,是童年的容貌。它的茎是一根酸秆,也有着童年的味道,酸丢丢甜溜溜的,掰一截搁在舌床上,两腮里的馋水也哗哗地涌了过来。四五月间,根茎在深土里横着走一尺，肥嫩的叶子就在阳光下唰拉唰拉地响成一片；竖着深一寸呢，茎株就往上蹿一丈，红的斑点也放大着成长的喜悦。到了叶腋间开花的时候，已是夏七月，白色花瓣纷披着，犹如一缕缕月光，给人以夏日的清凉。虎杖结瘦果，椭圆形，有光亮，细看，它的光不是浮着的，而是从黑的内里流泻出来的，犹如一块品质纯正的碳。

虎杖春、秋二季均可采挖，捋去须根，洗净，切为短的段，或者削成厚的片，晒干。短的段棕褐色，留有纵的皱纹，粗粝沧桑；厚的片棕黄色，宽广的切面荡漾着横的波纹，温润晴朗。祛风利湿，解毒消肿，春秋虎杖皆能匡扶人间正道。春虎杖是少年周郎，俊秀儒雅，《药性论》上说，暑月虎杖和甘草煎，色如琥珀，可爱堪看，尝之甘美。秋虎杖是老将黄忠，横刀立马，威震四方。虎杖味微辛，祛邪气；又苦寒，清燥热。一药兼数长，一根虎杖在手，风寒邪气近身不得，虚胀肿痛立马消停。作为扶危济困的壮士，虎杖被传得神乎其神。譬如唐代王焘的《外台秘要》里有一方例，说是腹内突长结块，不治百日内死，治疗要用虎杖根一石，捣成碎末末，掺米饭五升搅匀，倒好酒五斗浸泡，慎之又慎的是，勿令虎杖影临水上。临水又会怎样？虎杖就不虎杖了吗？我想，这方例也在呼吁一种仪式般的生活，一种对人间草木的敬畏与珍重吧。

虎杖有侠骨，也有柔情。它的根做成的冷饮清凉解暑健胃消食，一种贴心贴肺的关怀。亦可在白酒里放一根虎杖，养一条活血龙，把白昼泡成一个越来越稠浓的黄昏，打开瓶塞，酒香带着些野气草莽气，一轱辘一轱辘往脑门上撞，向鼻孔里涌，喝了这

虎杖：杖言其茎，虎言其斑

种酒，一个松垮垮软塌塌病恹恹的人，也会成为生龙活虎的。

　　虎杖是土生土长的草本植物，它的根在中国。它在《尔雅》的名字叫"蒤"，这个上下结构的汉字，有一种质朴的乡野气息，也有一种不动声色的提醒：地球上，如今的满目绿色和无限生机，是因为草本植物把自己的颜色涂抹在了大地之上，并且为人类的生存提供了保障。

虎杖　蓼科虎杖属多年生草本植物。根状茎粗壮，茎高达2米，空心。叶宽卵状椭圆形，近革质，两面无毛，顶端渐尖，托叶鞘膜质。圆锥花序，花单性，雌雄异株，腋生。苞片漏斗状，花被淡绿色，瘦果卵形，黑褐色，有光泽。花期8~9月，果期9~10月。

王瓜：蝼蝈鸣，蚯蚓出，王瓜生

立夏有三候：初候，蝼蝈鸣；二候，蚯蚓出；三候，王瓜生。三候，前两候均是动物，第三候是植物王瓜。这立夏看上去像是一出大戏，天作幕布，地为台。立夏日，声声蛙鼓开场。万千蚯蚓衔枚疾走，不闻行军之声，但见土地上涌现许多卷曲的小城堡。万众翘首以待。夏天的王终于出现，他长长的手臂一伸，绿色便占领了整个夏天。

一候是五日，三候为一节气。立夏之后，等候一种植物的出场是那么漫长。这候，是时间的刻度，千年不更，保持着古老的速度，春天是桃花灼灼之容，冬季有白雪飘飘之姿。这候，是等候，是人们的眼睛里蓄满憧憬，等候土地上从不爽约的客人，年年如是。花木管时令。樱花盛开的春季，日本人叫"樱时"，这时节，很多感官为樱花而生，人们守在春夜的樱树下，或饮酒唱歌，或默然静坐，等候花开黎明。

立夏时节，绿色植物漫山遍野，掌管时令的只有王瓜。立夏王瓜生，"王瓜不生，困于百姓"（《逸周书·时训》），王瓜确立夏的帝位，它的生，坚定着人在大地上生活的信心。这种植物配得上王瓜这名字。李时珍给王瓜开了一份户籍证明，言其祖籍鲁地平泽田野垣墙篱院，根作土气，果实像瓜，曾用名土瓜。鲁地的土瓜多得去啦，西瓜南瓜苦瓜甜瓜面瓜香瓜都是土生土长的瓜。对于王瓜，李时珍很是咬文嚼字："王字不知何义？"（《本草纲目·草七》）东汉经学大师郑玄特别指出："四月王瓜生，以为菝，殊谬矣。"菝的茎高达两米，地下根作土气，入药，其果橘红色，像豆。我想，我的这位同乡弦外有音：鲁地千里沃野万里平畴，我们一眼就能看见它，它有它的特异之处，是殊于众生的一种植物，它是王瓜。王，是植物在大地上的地位；瓜，是人类的象征，人不过是植物的茎株结出的果，离开了植物，人类就是无根之果。

　　瓜田李下，自古就是人类的文明之所和教化之地。生王瓜的北方大野是厚实而博大的，这厚土成就着大地。立夏时节，阳气渐长，遍及大地的沟沟坎坎，万物感阳气而出，若是有瓜果顺时而生，熟时为夏之色热的赤，盛夏大地发光体之一种，此物当为王瓜。犹如受难的耶稣，王瓜生长在故乡的灌丛林缘路边，"王瓜未赤方牵蔓"（宋·梅尧臣《醉中和王平甫》），作为葫芦科多年生攀援草本植物，它细弱的藤蔓或匍匐在地，或攀住它物，一节一节地牵出一些阔卵形的叶，互生，叶基深心形，叶端有尖，状若马蹄，藤蔓执着地向前挺进，大叶做了留守部队，且叶下生出一根细细的卷须，可别小看这弯曲的细丝，它上墙爬树，攀岩走壁，无所不能。大叶小须。王瓜预见到前路的艰难坎坷，它的行进方式由此非常独特。藤蔓摸索前行，遭遇未知的命运，就在叶下生出一些抓手，抓紧干硬的枯枝，枯枝即为它前进的推手；攀住僵硬的石块，石块就助力它的攀援。王瓜善假于物也，全赖这卷须，如此藤藤蔓蔓地向四围拓绿，往高处挂果，最终形成一个葱绿繁茂的群落，一个源远流长的夏天。

　　王瓜五月开花，整朵花犹如一支长号，为盛大的夏天排演着新的节庆。它有一个长长的绿色花萼筒，喇叭形，托举着黄色花冠，花冠有长圆状的裂片，裂片还饰有极长的丝状流苏。花是果美妙的序曲。王瓜的果很小，李时珍说它像雹子，色赤，故俗名赤雹。天哪，王瓜的瓜是世界上最小的瓜，和大红枣倒有一比，和我们常见的瓜相去甚远，在我们那儿，都叫它马飑瓜。但是，小瓜果里有大气象。王瓜的惊人之处在于其色赤纯，为阳盛之精华，横切，两半球颇似小帽，内有赤雹子累累相连，其子味苦性寒，入药，有清热生津消瘀通乳之功效。其根更为奇妙，纺锤形，极肥大，可作蔬食，煮汁饮汤，味同山药。如果想对王瓜好一点，可与红枣配搭，煮粥，红枣健脾养颜，王瓜有补益之功，可谓绝配。东晋葛洪对富有创造性的王瓜推崇备至，他的《肘后方》卷帙不多，可悬于肘后携带，书中录有土瓜根捣末治面上生疮一方例，浆水和匀，入夜洗面，涂药，且日清洗，如此，"百日光彩射人，夫妻不相识也"。植物秀面，古来有之。如今，爱美的现代女性煞费苦心美容养颜，面涂之厚厚脂粉，稀里哗啦往下掉，却不知王瓜为何物。

王瓜好，风景旧曾谙，藤蔓生瓜红胜火。今日之鲁地，王瓜的领地只剩下残砖片瓦，如同一个王朝的衰落，而西瓜黄瓜甜瓜同时上市，季节的版图一片混乱。催熟剂助壮素的使用，源于人类的虚荣心和贪欲，反季节出场的瓜果自是蔬果之贵族，没了天然本味，却有天价。如果你说王瓜，说它忠于节气，对方会认为你口齿不清：不就是黄瓜嘛。黄瓜一名胡瓜，是西汉张骞出使西域时带回的，"胡"字打头，强调的是原籍。不知是某些文人植物学知识匮乏，还是强拉硬扯，把夷狄之瓜往《礼记》里的王瓜上

王瓜：蝼蝈鸣，蚯蚓出，王瓜生

贴,胡瓜后来又名王瓜,有攀龙附凤之嫌。"荐新菜果,王瓜樱桃,瓠丝煎饼",清人潘荣陛在他的《帝京岁时纪胜·时品》里大品的王瓜即黄瓜。"弱藤牵碧蒂,曲项恋黄花",吴伟业的《咏王瓜》歌颂的貌似王瓜,实为黄瓜,结句居然是"齐民编月令,瓜路重王家",让人狂晕。吴氏亦是清人。市场上到处都是瓜,苦的甜的圆的方的齐刷刷亮相,唯独没有了王瓜。背离节气的瓜果很是光鲜夺目,看上去更像是一堆一堆的幻象。

忠于节气和土地,守候王瓜生,就是顺应自然的节律,在漫长的静夜里等待一次美丽的日出。

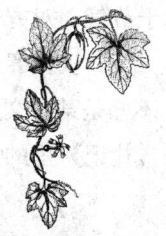

王瓜 葫芦科栝楼属多年生草本。根呈块状,味如山药。茎瘦长,叶互生。夏日叶腋开白色花,果实为椭圆形红色浆果,可作为化妆原料。果实、种子、根均可供药用。

薄荷：滋兰九畹，树蕙百亩

太阳这只大鸟，从东边的小树林起飞的时候，它火红的翅膀盘旋而上，村庄一下子醒了，叶尖尖上挑着的露珠亮了。洪沟河从西边的一团墨黑里流过来，携带着两岸的绿和天上的云彩，流到我的村庄，它的欢歌鸣溅成一些些草叶叶，蒸腾的水汽落地生根，长成一片片嫩苗苗。

那些草叶叶嫩苗苗，被阳光一照，上涌的地气一托，有些小陶醉，南来的小风一吹，天地之间就拥挤着各种各样的气息，青涩，腥甜，芳香。各种气息，有的清纯含蓄，不声不响地掠过你的鼻尖尖；有的热烈任性，径直往你的脑门上贴，向你的肺里闯；有些气息掺杂着，缠绕着，你侬我侬，就像几截绳子拧在一起，麦香米香花香，香你一个跟头；有的个性突出，与众不同，独辟蹊径，它不是昙花一现，亦非春色无边，它给你的感觉是浅醉，是凉薄，是清爽，是一种薄薄的香，凉凉的爽，犹如从春天的青青麦苗上嗅到的新麦馒头的香气，又如美好的思想蕴涵着的一种智慧的清香，它敞开你的嗅觉世界，给你以清凉芳香的生活熏陶，而你不必忧心落入美丽的陷阱，不必像希腊神话里的奥德修斯那样，将自己紧紧地绑在船只的桅杆上，以抵制海妖塞壬的致命诱惑。

去洪沟河南岸走走吧，在春天里。

路过一两声犬吠。一层薄薄的虫鸣在嫩嫩的青草上软软地滑动。然后是麦地，麦地，麦地。麦子的小叶一色的童发造型，露出无比可爱的神态，一棵棵很规矩的样子，就像一群垂髫少年，在校园的大操场上列着整齐的队形。路边的野草自由，随意，花儿正在赶往春天的途中，这些草叶叶青涩涩的，带着些土腥味，和麦苗的气息搅在一起，结成一些很大很大的曲块，发酵着夏，酿造着秋。细嗅，也有香气，不是美丽的幻觉，那些绿绿的小草就在眼前。与别的草不一样，这些草四棱形的茎，长圆状的叶，自茎而叶都散发着一种清凉的香息，犹如一缕乳白白香渍渍的炊烟那样飘着，自信地飘着，破了村庄的一团青灰，活了一个温暖的黄昏。

　　这种全株清爽芳香的野草，是薄荷。它出现在初春，对于整个大地的香息，具有开蒙揭翳的意义。在它的后面，逶迤着一条香气的河流，清香芳香浓香，花香果香五谷香。薄荷芬芳的呼吸，推开春天的门窗，花园多么盛大，鸟鸣、白云、阳光都有各自美好的香息。

　　说说麦子吧。初春的麦子塌地生长，和美丽的紫露草没什么两样，后来，某种神秘的香气如醍醐灌顶，让它如坐春风，开始往高处长，越长越整齐，麦子灌浆，那是在吐故纳新，像小蝌蚪丢掉尾巴一样丢去青涩，把阳光、雨水、大地的秘密深藏在麦秆之中，麦子的内心因此充实丰盈，结出的麦穗饱满而又芳香。探寻芳香之源或者美好生活的发端，教科书或者大众的习惯认知，是高山大河，是英雄领袖，是革命运动，怎么不会是大地上的植物以及植物所拥有的美好气息呢？我们花上几十年甚至上百年的时间驯化植物，使之成为我们的衣食所需，那么，利用几分钟的闲暇去欣赏植物，领受植物的清爽芬芳，岂不意味着人类文明的更大进步？如薄荷一般的植物开启我们的嗅觉，让我们的嗅觉世界趋向于视觉世界的同步美好。

薄荷，多年生草本植物，"二月宿根生苗，清明前后分之"（李时珍《本草纲目·草三》）。我喜欢读《本草纲目》，李时珍是植物之美的鉴赏家，他无限深情地说着薄荷："方茎赤色，其叶对生，初时形长而头圆，及长则尖。"他把我们的目光引向这些安静而美丽的植物，帮我们确立对这个世界的基本信任，至于"吴、越、川、湖人多以代茶入药，以苏产为胜"则是在描绘着文明世界与自然世界的欣喜相逢。《诗经》里茂盛着一百三十二种植物，唯独没有清爽芳香的薄荷。其实，薄荷早就等在大地上了，它在等一个人，等一个美好的香草时代，"余既滋兰之九畹兮，又树蕙之百亩；畦留夷与揭车兮，杂杜衡与芳芷"（屈原《楚辞·离骚》），蕙就是薄荷，留夷为芍药，揭车今称珍珠草，杜衡即马蹄香。屈原，这位痴迷用蕙草留夷香兰芳芷进行身体修辞的诗人，用他美丽芬芳的诗歌吹响了香草集结号，香气犹如诗人的美德，净化着空气和人心。百亩薄荷，千里清香，《楚辞》开中国文学浪漫主义之先河。从《诗经》的绿草萋萋，到《楚辞》的香草迷离，植物的美好被感知，被延伸，被升华。天空的香气是蔚蓝，河流的香气是清澈，人类的香气是智慧，是美德。

薄荷，多生于草滩湿地河畔，它多年生长，最高的也不过一米吧。《药品正义》说它"味辛能散，性凉而清，通利六阳之会首，祛除诸热之风邪"；《食性本草》则视它为本草的统帅，"能引诸药入营卫"。我知道，无论它长在哪里，无论被称为苹果薄荷、橘子薄荷，还是香水薄荷，它都有着美丽的心灵、清凉的香息，

薄荷：滋兰九畹，树蕙百亩

与之接近，让我们的内心产生一种如饮玉露、如沐春风的欣悦。"连翘首，惊过半夏，凉透薄荷裳"（辛弃疾《满庭芳》），犹如临水清荷，又似出岫白云，香草薄荷真是一位让人见了就清爽的美人。它的茎直立着，多分枝，茎叶花冠，都生有好看的细细的小柔毛，远看，犹如一层薄薄的小雾停在那里，凑近了，那些小柔毛分明是丝丝缕缕的香气，从绿叶里渗，往花冠上涌，让你的鼻息粗重得就像两只呼啦呼啦的风箱，喉头咕咚咕咚地响着，整个人进入了薄荷的气场。薄荷开花的时候有些像益母草，轮伞花序，紫色的唇形花吐气若兰，似是莺莺燕燕，呢喃着风的轻、日的暖。薄荷和益母草都是唇形科的植物，是大地的两个女儿，它们日日夜夜被大地影响着，又以清雅出尘的姿容生动着大地和天空。

"薄荷花开蝶翅翻，风枝露叶弄秋妍"（陆游《题画薄荷扇》），薄荷花开，开出人间美景，激活大地上的无数生灵。"十二月，街市尽卖撒佛花、韭黄、生菜、兰芽、勃荷、胡桃、泽州饧"（孟元老《东京梦华录》），"勃荷"即薄荷，生活在南宋的北宋人孟元老用他絮絮叨叨的语言，描绘着一座繁华昌盛的大城，他略去政治、战争，甚至黍离之悲，是鲜嫩的生菜、清爽的薄荷等物的盛宴，让他对日常生活情有独钟，对大地上的植物无比信任。

薄荷　唇形科薄荷属多年生宿根草本。叶对生，具短柄，长椭圆形且尖，边缘有锯齿，叶背有细斑点。夏秋间，叶腋簇生紫色小花，萼端5裂。其茎叶制成的薄荷油及薄荷脑，一般可为点心、糖果的调味料，亦可作为祛风剂、芳香剂。

草木记

对话莫言（代后记）

时间：2011年8月7日
访问者：刘学刚
受访者：莫言

刘学刚：莫言老师，一直喜欢你的小说，你华美妖娆的叙述追求和酣畅淋漓的叙事激情，给我留下了深刻的印象。一个优秀的作家，他的写作必然是独立和终极的，必定有一个用他的一生来发现和表述的地方，对于你，就是"高密东北乡"。我想努力构建我的"洪沟河南岸"。它在物理距离上和"高密东北乡"相邻。

莫言：你关于文学故乡的思考有深度，有思想。

刘学刚：你说过，故乡就是一种想象，一种无边的，不是地理意义上而是文学意义上的故乡。你最初是如何发现并确定这一文学故乡的？我们知道，"高密东北乡"已经是一个世界文学的概念了。

莫言：作家要写自己熟悉的地方，写作家本人的乡土经验。我的老家高密平安村是一个有一百多户的小村庄，过了河就是平度。站在村头吵架,是两个县的乡亲在吵架。村南是旷野,当年土匪出没的地方,成了一马平川的胶河农场。我五岁上学,这在城市里不算早,但在当时的农村几乎没有。这主要是因为我们村划归国营的胶河农场管辖,农民都变成了农业工人。这个国营农场里下放了大量的"右派",里面什么人都有,高手能人不计其数。胶河农场里有一个总工程师,给农村设计粮仓,美轮美奂的三层,村里人都惊呆了。一个报社的老总,写一手漂亮的粉笔字,负责出黑板报。他去劳动,背着一个背篓到田地里转一圈,脑子动也不动,举笔就写,黑板报出得像绣花一样。一个著名的戏曲演员歌唱得比百灵鸟要好听百倍,乡亲们听起来,连气都不敢喘。还有好几个省体工队的运动健将,跳高、跳远、短跑、打篮球、打乒乓球,都是专业选手。胶河农场是中国农业机械化的样板和梦想。

我的小说,虚幻和现实、历史和当下,就在这个只有七百多人口、一百多户的小小的村庄里发酵。

刘学刚:在不断的上升的创作过程中,你是怎样丰富"高密东北乡"的,融入了哪些精神特质和价值取向?

莫言:故乡的概念要拓展,要不断地添水,加柴,让炉火正旺。一个作家老写故乡经验会不会资源穷尽?作家开始写作时,一般都会写自己的故乡,包括自己的亲身经历,亲朋好友的故事。但这些资源很快就要罄尽,这就需要不断补充。我说过,作家的故乡是一个开放的概念,变化的概念。作家要汲取外部发生的变化、精彩故事,要敞开眼睛,开放自己所有的感觉器官。在《生死疲劳》中,元旦之夜,县城广场万众欢庆,大雪纷飞中辞旧迎新的场面。其实,高密没有露天广场,我从日本移植的广场。当时,我在日本北海道札幌市,走在雪地的吱吱声,大雪的味道很足。这个日本北海道雪夜狂欢的场面,被移植到了我的"高密东北乡"那里去了。《蛙》这部长篇借助书信的形式,反思共和国六十年的复杂历史,让"高密东北乡"走向更为辽阔的审美空间,而不仅仅是地理和植被意义上的简单移植。

刘学刚:你对"高密东北乡"持有怎样的写作期待?

莫言:超越高密,敞开故乡的概念,挪移外乡的经验,发生在中国的、世界的变化都可以在文学故乡里出现,我有野心,让"高密东北乡"成为中国乃至世界的一个缩影,用故乡的独特性创造出世界的共性,让国内外的读者在我的"高密东北乡"里读到他自己的情感和思想。

刘学刚:谢谢莫言老师。